LA BALANÇOIRE DE JASMIN

Ahmad Danny Ramadan

LA BALANÇOIRE DE JASMIN

Traduit de l'anglais par Caroline Lavoie

MÉMOIRE D'ENCRIER

Aux enfants de Damas,
Voici ce que j'ai fait de mon chagrin...
Et vous ?

Il se laissa tomber dans le fauteuil à bascule, le même où s'était assise Rebecca aux temps héroïques de la maison pour dispenser ses leçons de broderie, et dans laquelle Amaranta avait joué aux dames avec le colonel Gerineldo Marquez, et où enfin Amaranta Ursula avait cousu la layette de l'enfant, et, durant cet éclair de lucidité, il prit conscience de ce que son âme était incapable de résister à ce poids écrasant de tant de passé.

Gabriel García Márquez
(trad. Claude et Carmen Durand, Seuil, 1967)

PROLOGUE

Les baisers les plus doux sont ceux que l'on échange dans des lieux interdits. Comme celui que je t'ai volé à Damas sur la banquette arrière d'un taxi, dans l'obscurité, pendant que le chauffeur s'emportait contre les postes de contrôle et les guerres. À Beyrouth, dans une cabine d'essayage chez H&M. À Vancouver, sous le couvert des hautes herbes de Wreck Beach.

Pour nous, la plupart des lieux étaient interdits. Nous nous sommes rencontrés dans une Damas déchirée par la guerre, aimés dans une Beyrouth sectaire, installés ensuite au Canada. Nos préliminaires se résumaient à trouver un endroit où aucun agent de police, aucun parent en colère, aucun voisin curieux ne pouvaient nous voir. Rideaux tirés, nous retenions nos cris de plaisir dans un semblant d'intimité, un éphémère sentiment de sécurité.

S'il me fallait choisir, je dirais que le baiser le plus doux, ce fut le tout premier. Je chéris ce bourgeon originel du jardin de fruits défendus que nous avons semé ensemble, cette pousse qui a fleuri dans nos vies banales.

Je nous revois au printemps 2011 sur le mont Qasioun, silencieux, les yeux fixés sur Damas. Les réverbères et les néons verts de mille mosquées révélaient peu à peu le labyrinthe des rues. Les étoiles du soir s'allumaient dans le firmament. Scène immortelle de lueurs dansantes. Tu m'avais dit alors :

— Peu importe ce qu'il adviendra de cette ville, sa beauté survivra. La guerre n'y changera rien.

Tes yeux réfléchissaient les lumières de la ville, comme si l'univers se construisait dans le noir de tes pupilles.

De gauche à droite, tu as tracé le chemin de la grande mosquée des Omeyyades jusqu'à ta maison couverte de vignes. J'ai vaguement agité la main vers mon ancienne maison, plongée dans les ténèbres, telle une dent cariée, à quelques coins de rue.

Le nez comme un glaçon, les yeux pleins de larmes, je frissonnais. Avec un sourire timide sur les lèvres, tu as passé ton bras autour de mes épaules et je t'ai dit :

— Quelle belle journée je viens de passer !

Tu as acquiescé à mi-voix.

Au sommet de cette colline gagnée par l'obscurité, nous avons échangé notre premier baiser. Quand tu m'as mordu la lèvre, j'ai senti la chaleur envahir mon visage et réchauffer mon nez glacé. Tu n'étais plus un étranger. Cela m'a enchanté et terrifié à la fois. Avec toi, je serais désormais en terrain connu, en sécurité, accueilli, réconforté.

De peur que des soldats ou des passants ne découvrent notre refuge, nous avons furtivement échangé une dernière caresse avant de partir. Tu as reculé en soupirant, un sourire timide aux lèvres.

— Il faut qu'on se revoie.

Tu as ri.

Plus tôt ce jour-là, je t'attendais, les nerfs à vif, dans le Vieux Damas, au Café Pages situé dans une ruelle à côté d'une ancienne école. L'endroit est agréable, un peu sombre, plein de progressistes et d'intellectuels rebelles, pas encore arrêtés, pas encore éliminés, pas encore réfugiés.

Sur le mur, des affiches et peintures abstraites. Certaines promettant une révolution à venir, d'autres imaginant une Damas utopique revenue à l'âge d'or des années 1960. Une odeur de café turc et de pâtisseries syriennes toutes fraîches. À en oublier la sueur profuse des agents secrets en civil qui entrent en maculant de leurs bottes sales le carrelage noir et blanc, et écoutent les conversations, prêts à dénoncer les libres-penseurs et à arrêter les militants dès qu'ils mettront le pied dehors. Tu t'es assis à la table du coin, à côté du vieux piano. La première chose que je t'ai dite:

— J'ai une histoire à te raconter.

Le soleil se reflétait sur la devanture de l'école et renvoyait l'image des fenêtres du café, hautes et étroites.

Tu souriais, et ta barbe noire soigneusement taillée contrastait avec tes dents. C'était notre toute première rencontre, et dès que je t'ai vu pousser la porte vitrée, une aura dessinée par le soleil autour de ta tête, j'ai su que c'était toi. Je me rappelais ta photo sur le site de rencontres.

Tu as eu l'air surpris, décontenancé. Tu t'es senti un peu bête, ce jour-là, d'être venu à la rencontre d'un étranger. Mal à l'aise parce que je ne m'en tenais pas à de niaises salutations. Sortir de ta zone de confort t'a toujours déstabilisé. Tu as répondu avec prudence, en comptant le nombre de pas qui te séparaient de la porte:

— Vas-y, raconte.

J'ai commencé mon récit:

— Mon premier souvenir est celui de ma grand-mère, qui me chatouillait en faisant de drôles de bruits avec la bouche. J'avais trois ans et je riais à cœur joie.

Tu t'es demandé si je me foutais de toi. Que répondre à ça? Pas exactement les banalités qu'on échange avec un inconnu. Tu as consulté ton téléphone dans l'espoir qu'un appel t'épargnerait un après-midi en compagnie d'un énergumène de mon espèce.

— Je te raconte ça parce que je suis un conteur, vois-tu. Un fabuliste, un auteur. Un *hakawati*.

Cela t'a pris une seconde avant de comprendre, puis tu m'as regardé droit dans les yeux et m'as souri.

— Raconte-moi une histoire, alors.

Ce sourire, merveilleux et profond, insoutenable tant il est doux, fait tomber l'une après l'autre toutes les couches de la carapace d'acier de ton âme. C'est grâce à lui si je t'ai proposé de me suivre sur le mont Qasioun, si je t'ai t'embrassé, si je suis tombé amoureux de toi dans une ville ravagée par la guerre.

À l'époque, tu dormais chez moi deux fois par semaine et inventais des histoires pour expliquer tes absences à ta mère. Mon bas de pyjama t'allait à merveille. Nous jouions aux cartes avec mon colocataire jusque tard dans la nuit. Quand tu en avais assez des interactions sociales, ton regard changeait et je le remarquais tout de suite. Je te tirais par le bras jusque dans ma chambre, et mon colocataire gloussait, conscient de notre désir d'intimité. Pourtant, blottis l'un contre l'autre, nous tombions endormis au beau milieu d'une conversation.

Notre café matinal sur mon balcon était souvent interrompu par les cris et les hurlements de militaires ou de policiers en pleine opération. Ils traînaient quelqu'un par la chemise et le jetaient à terre sous les braillements des femmes à leurs fenêtres, serrant leur voile blanc sur leur tête. Ils poussaient leur victime dans le coffre d'une voiture avant de verrouiller les portières et de vider les lieux. La première fois que nous avons assisté à une telle scène, nous nous sommes terrés dans ma chambre pendant deux heures, le cœur battant. Au fil des arrestations, nous nous sommes habitués aux cris et aux gémissements, nous retournions à notre café matinal et écoutions la radio.

Souvent, le bruit de lointaines explosions nous réveillait, effarés, seuls. Le calme de la rue amplifiait l'écho sourd de la guerre. Une nuit, arraché au pays des rêves, tu t'es inquiété de la proximité des combats. Je t'ai caressé les cheveux pour te calmer.

— Ce sont des feux d'artifice, juste des feux d'artifice.

Tu t'es rendormi.

Une puissante explosion suivie de tirs de mitraillettes qui semblaient venir de la rue, tout près, a secoué un peu plus tard l'appartement.

À quatre pattes, nous avons rejoint la salle de bain, une pièce sans fenêtre. Je me suis étendu dans la baignoire et tu as recouvert mon corps avec le tien. Tes yeux étaient grand ouverts, semblables à de petites assiettes blanches. Pris de frissons, tu te mordais les lèvres. Tu te plaignais d'un mal de dos et m'as montré une petite brûlure au niveau de l'omoplate. Je t'ai serré dans mes bras pour te rassurer jusqu'à ce que les tirs des mitraillettes se transforment en un bruit indistinct.

Cette nuit-là, dans la baignoire, je t'ai fait l'amour tel un poète qui chante la beauté de Damas. J'ai réveillé tes sens avec mes premiers vers et mes caresses semblables aux premières gouttes de soleil sur les collines de la ville. J'ai donné à ton visage les couleurs de l'aube à force de te mordre les oreilles. J'ai exploré ton corps comme un voyageur égaré dans les vieilles rues d'une ville somnolente. J'ai frappé à la porte de ton âme du bout des doigts tel un timide livreur portant du pain chaud et du fromage *baladi* aux vieilles demeures de Sarouja. J'ai chatouillé la plante de tes pieds, et tu as ri tel un enfant dans une *dowikha* au parc d'attractions al-Jallaa. J'ai étouffé mes plaintes comme un vieux pont soupirant sous la pression des passants. Nos corps ont traversé la nuit tel un convoi sur les routes sinueuses d'al-Muhajireen. J'ai imprimé des baisers essoufflés sur ton front en relâchant mon étreinte. Ton corps était couvert de marques de dents et de sueur glorieuse.

Cette nuit-là, tu m'as fait l'amour telle une armée d'envahisseurs dans une guerre éclair. Tu m'as dévêtu calmement, ta tête calée entre mes côtes, et tu m'as couvert la bouche de la main pour tromper les murs minces et les voisins curieux. J'ai capitulé comme un adolescent effrayé, livré aux supplices. Par cette lutte, ce corps-à-corps, ces morsures sur ma peau, j'ai vu et touché la naissance douloureuse de ton âme. Tu as gémi et t'es aussitôt repris, prisonnier insoumis qui refuse de reconnaître la victoire dans les yeux de ses bourreaux. Quand tu es entré en moi, je me suis abandonné, accroché à toi, en plein naufrage. Puis tu as desserré ton étreinte, tes yeux pleins d'excuses et de regrets inexprimés. J'avais le souffle coupé en revenant de cette incursion dans ton univers intérieur.

Nous sommes retournés au lit. Les tirs de mitraillette, évanouis.

C'est seulement lors de ces moments-là que nous étions tout à fait nous-mêmes, nus dans les bras l'un de l'autre, presque inconscients du monde autour de nous. Dehors, il nous fallait calculer chaque pas, chaque geste, nous craignions la guerre, nos familles, et tout ce qui n'était pas nous.

Quelques jours plus tard, tu m'avais dit :

— *Hakawati*, reste avec moi.

C'était le matin : j'enfilais un t-shirt propre, tu étais torse nu dans mon lit, et plusieurs amis avaient dormi à la maison. Qu'avions-nous fêté la veille ? Un anniversaire ? Trop tard pour risquer de rentrer chez eux à l'autre bout de Damas. Une autre nuit à jouer aux cartes et à boire de la vodka bon marché.

— Je dois aller à l'épicerie d'en face. Il faut bien que nos amis mangent quelque chose.

— Je t'accompagne.

Nos doigts se sont frôlés. Une explosion a éclaté, loin, nous a-t-il semblé, Damas était en guerre, après tout. Tu m'as une nouvelle fois attiré vers le lit, j'ai ri, protesté, répété ton nom, puis j'ai cédé, tu as descendu ma braguette et moi la tienne. Nous nous caressions le dos, nos lèvres fusionnées, nos corps effondrés sur le lit. J'avais chaud, et je t'en ai fait la remarque.

Tu t'es tourné vers la fenêtre pour laisser entrer un peu d'air. La vitre a volé en mille morceaux et j'ai d'abord pensé que tu l'avais tirée trop fort. Du coin de l'œil, j'ai aperçu des flammes dans la rue, comme une rose de feu qui jaillit. Un bruit de tonnerre a retenti et une pluie de tessons et de bouts de bois s'est abattue sur moi. Je me suis accroché à toi et nous avons roulé sur le sol, nos dos lacérés par les débris. J'ai crié, sans pouvoir entendre le son de ma voix.

Puis ce fut le calme après la tempête de feu et le silence s'est installé. Tu as crié, les yeux écarquillés :

— Ça va ?

— Oui, et toi ?

Encore aveuglé, je me suis levé pour jeter un coup d'œil dehors.

— Une voiture piégée, juste en face. Devant l'épicerie.

Bien des années ont passé, et tout cela n'est plus qu'un vague souvenir. Aujourd'hui, j'ai près de quatre-vingts ans. Nous vivons dans une vieille maison dans le West End de Vancouver. J'essaie d'oublier ces souvenirs malheureux, sans effacer la mémoire de notre amour.

J'ai passé des nuits blanches à compter tes respirations. Tu t'accroches faiblement à la vie. Un duvet blanc a remplacé les poils noirs qui couvraient autrefois si virilement ta poitrine. Ton souffle irrégulier me rappelle les vagues qui s'abattaient sur la plage, à Beyrouth, où tu m'as sauvé la vie, autrefois. De loin, tu veillais sur moi, le sourire aux lèvres, et je laissais mon regard amusé dériver vers toi.

J'ai toujours été le plus faible. Toujours malade, recroquevillé dans mon lit, allergique à la moindre caresse. Criant de douleur quand je me cogne l'orteil sur le pied de cette foutue table. J'ai eu les os brisés et l'épaule disloquée. Pourtant, c'est toi qui meurs aujourd'hui. Je me sens trompé, trahi. Comme si je n'en avais pas fait assez pour te protéger ! Je t'avais promis d'arrêter de fumer et de boire moins de whisky. Regarde-moi, vieux et amer, avec mon verre et ma cigarette, et toi, sur ton lit de mort.

— *Tou'borni enshallah.*

Tu m'enterreras. Foutue expression syrienne que tu as répétée des millions de fois. Je réponds toujours: «*Beed el-shar*», éloigne le mal.

Comment cette façon si cynique d'exprimer son amour pour les siens a-t-elle bien pu plaire à nos aïeux? La mort n'a aucun sens de l'humour.

Tu as l'air surpris. Tu te demandes sûrement pourquoi tu meurs en premier. Mourir est parfaitement aléatoire. Un jour, à Vancouver, une voiture a frappé une mère de famille devant notre maison. Les gens se sont rassemblés autour d'elle. Tu disais voir son esprit s'échapper de son corps et son âme briller de mille soleils. Moi pas. J'avais mis cette version de la réalité sur le compte de tes médicaments.

Nous avons quitté la Syrie en 2012, voilà près de quarante ans. Nous sommes nés et avons grandi à Damas, respirant un air qui ne nous était pas destiné. Il a fallu nous battre pour nous frayer un chemin dans une vie que nous n'avons pas choisie. Nos souvenirs de la Syrie enfouis en nous, nous avons vu nos cheveux tomber, nos peaux se rider, nous sommes devenus une version angoissée de nos êtres autrefois jeunes et rebelles. Au Canada, nous avons mené une existence peu mouvementée, comme si toute notre vie avait été condensée dans les quarante premières années. Nous avons passé la trentaine d'années suivantes fascinés par notre vie de jeunes adultes, oubliant de vivre pleinement notre nouveau présent. Nous sommes désormais des vieillards assis au bord de l'oubli, prêts à nous jeter dans l'abysse du temps perdu.

J'attends avec toi ta dernière heure en pensant à ce que j'ai cru être la mienne: je me revois il y a des années, flottant sur le dos au milieu d'une mer calme, un soleil enchanteur dans les yeux et l'appel du large, l'horizon disparu, les eaux fraîches m'attirant vers les abîmes. « Va rejoindre les créatures du froid », me soufflaient des voix.

Mes nerfs étaient exposés au monde, comme un grand brûlé, et les eaux salvatrices m'appelaient. Mes paroles sont remontées des profondeurs :

— Non, je ne suis pas prêt, mon amant a encore besoin de moi.

Les voix insistaient et m'invitaient à m'abandonner à la mer glacée, à laisser mon corps fatigué disparaître dans le gouffre ultime. Je protestais. Les vagues, furieuses, m'avaient projeté sur le rivage et je m'étais échoué, tremblant, le souffle court.

Aujourd'hui, tes médicaments t'ont mis à cran. Tu ne me parles presque plus, dors peu et exiges une attention constante. Seules mes histoires te donnent un peu de répit. Tu les as pourtant ignorées pendant toute notre vie commune. Tu les trouvais trop touffues, les rejetais du revers de la main, m'interrompais sans cesse. Mais à présent, au réveil, tu te soulèves lentement, allumes la lampe et me tires du sommeil.

— Je n'arrive pas à dormir. J'aime beaucoup tes histoires. Raconte-m'en une.

Tu es désormais mon Shahryar et je suis ta Schéhérazade. L'ange de la mort se tient dans l'embrasure de la porte, sa faux à la main, prêt à me décapiter si j'ose désobéir aux ordres : te divertir. L'ange, toi et moi sommes la réincarnation de personnages bien connus. Schéhérazade, qui survit en suscitant la curiosité de son roi ; Shahryar, qui veut connaître la suite de l'histoire, tel un fan de séries télévisées qui attend le prochain épisode ; et la mort.

Quand j'étais petit garçon, j'écrivais des histoires pour survivre. Aujourd'hui, je te raconte des histoires dans l'espoir de te sauver la vie. Tu te soulèves lentement, allumes la lampe :

— Raconte-moi une histoire.

LE CONTE DU CONTEUR (*HAKAWATI*)

Une improbable sonate résonne autour de nous. Une mélodie secrète rythme notre quotidien. Nos gestes sont semblables au frôlement de l'archet sur le violon. Avec nos traditions, nos habitudes, nous écrivons une symphonie qui imite la vie, sans être la vie, juste une série d'octaves. Le bruit de tes pas quand tu vas à la salle de bains en fin de matinée, le sifflement de la bouilloire quand je prépare ton café, les petits cris de douleur que m'arrache l'ascension de l'escalier, mêlés au murmure de notre vieille maison. Même si nous n'y prêtons plus attention, ces sons composent notre petite musique intérieure.

Je me suis tant accordé à cette musique que je ne peux imaginer vivre sans elle. Ma joie secrète : imaginer tes épais sourcils blancs quand tu cherches dans ton reflet le bel homme de jadis. Du jardin, les chiennes à mes côtés, j'entends toujours la cinquième marche craquer sous ton pas lourd et je me dis qu'il faudrait que je trouve le temps de la réparer.

Un bracelet d'arbres et d'arbustes assoiffés entoure le poignet de notre jardin ; le temps des courts mois ensoleillés de Vancouver, il se pare de feuilles et de fleurs prêtes pour la nouvelle saison des amours. L'hiver, long et pluvieux, le couvre de boue et de flaques d'eau et nous le désertons. Le tambour incessant des fortes pluies s'ajoute à la symphonie du temps.

Quand nous l'avons achetée il y a une vingtaine d'années, cette maison était blanche. Nous l'avons peinte en rouge, pour la fraîcheur et la vivacité, puis en vert, pour te rappeler la demeure familiale, à Damas. Devenus vieux, nous avons remplacé ces couleurs gaies par le gris foncé, celui de tes yeux, à l'aube, quand tu prends tes médicaments et ton premier repas de la journée.

Au début, le vent du nord faisait claquer portes et fenêtres, effrayait nos chiennes et nous réveillait au beau milieu de la nuit. Sifflant comme un étranger qui s'amuse à lancer des insultes, il répandait les odeurs d'English Bay, de Sunset Beach et des beignes de Tim Hortons, à t'en faire saliver le matin.

Notre symphonie a ensuite perdu son premier violon, le vent, qu'ont fait taire les imposants gratte-ciel construits autour de notre maison à un seul étage.

Tu la meublais comme chez tes parents, à Damas : tableaux, mosaïques, salon arabe. Tu bougeais les meubles et les observais d'un coin de la pièce, imaginant des réunions entre amis jamais organisées. Fallait-il accrocher la photo en noir et blanc de ton grand-père bien en vue, ou la laisser dans un coin ? Un tapis bleu pour le salon ? Non, un jaune foncé, que tu regrettais aussitôt. Tu aimais arroser les plantes du jardin.

Tu te fous de tout ça aujourd'hui. Tu ne jardines plus. Cela fait bien cinq ans que tu n'as pas bougé les meubles. Il n'y a plus de tapis au salon, la photo de ton grand-père ramasse la poussière dans notre débarras.

La nuit, de mystérieux bruits s'infiltrent par les fenêtres et remplacent le silence de nos vies. Tu dors et moi je veille, à l'affût de ces voix de l'inconnu dans l'espoir d'en décoder le message. Au cas où elles me raconteraient une histoire que je pourrai t'offrir un jour. Ta respiration régulière m'empêche de dormir. À quoi rêves-tu ? À ton paradis ?

Petit, tu croyais que le monde était à toi, et ton cœur s'ouvrait aux rires et aux plaisanteries. Tu m'as montré une vieille vidéo tournée avec une caméra empruntée à un ami de ton père qui organisait des mariages. En costume blanc et nœud papillon rouge, tu écoutes un air de reggae populaire en Syrie au début des années 1990, et tu danses sans te soucier des gens autour, sourd aux rires de ton père. Tu imites les mouvements des danseurs, te balances de droite à gauche, reprends le refrain d'une voix forte, agites les pieds de mouvements rapides, hoches la tête au rythme de la musique.

C'est cela, ton paradis. L'époque où tu étais vraiment toi-même. Après, tu as fui la réalité et gardé pour toi tes réflexions. Plus vieux, tu as abandonné le rire et la danse, et t'es drapé dans un sarcasme abscons, un désir de protéger ton espace privé, un besoin de rester seul avec tes pensées.

Ta respiration s'alourdit, et pendant une seconde, mon cœur bondit d'effroi. Tes yeux s'ouvrent. Tu me souris.

Je me demande si j'arriverai à te raconter la fin de l'histoire, cette fois. Je t'attire contre ma poitrine, tu y poses ta tête fatiguée, saturée de médicaments. Ma côte cassée craque sous ton poids, comme toujours. Tu entends le petit bruit et te pousses un peu :

— Je ne veux pas te faire mal. Tu n'as jamais vraiment guéri.

Je te serre un peu plus fort en me grattant la poitrine :

— Ne t'en fais pas, ça ne me fait plus rien.

J'ai vécu au Caire dans la vingtaine. Je t'ai raconté cette histoire une seule fois, il y a très longtemps. Je ne trouve aucun plaisir à ressasser ces vieux souvenirs de côte brisée et de douleur. J'ai l'impression qu'un autre les a vécues à ma place. Ma vie ressemble à l'histoire d'un étranger méconnaissable, incompréhensible.

Dans la vingtaine, donc, je vivais au Caire. Non, cet étranger vivait au Caire. Il avait fui sa famille en Syrie et s'était installé dans un pays qu'il ne connaissait que par les films de momies et les livres pour adolescents. Pourquoi ? Qu'est-ce qui l'avait incité à ignorer tous les signes, ce soir-là, et à s'aventurer dans une ruelle sombre et déserte de la banlieue du Caire, seul et innocent ?

Ses amis égyptiens avaient appris qu'il était homosexuel. Tu connais cette histoire :

Un après-midi, l'un d'eux lui donna rendez-vous dans un centre commercial. Il rejoignit donc ses camarades à la foire alimentaire, envahie par le fumet puissant des hamburgers de McDonald.

— Des rumeurs courent à ton sujet, commença un grand gaillard. Nous sommes de tout cœur avec toi, tu peux compter sur nous pour te soutenir.

Son teint était basané, il avait de grosses moustaches et un ventre de père Noël.

— Quel rôle joues-tu ? demanda Fady, que l'étranger aimait bien. Top ou bottom ? Si c'est top, pourquoi ne pas épouser une fille ? Tu pourras la prendre comme tu voudras !

L'étranger n'avait nulle envie de répondre. Il se sentait pris au piège. Tout ce qu'il voulait, c'était fuir sans regarder derrière lui. Rêver. S'imaginer main dans la main avec Fady, ami compréhensif et réceptif à ses avances. Échanger avec lui un baiser, une caresse, un murmure.

Ses huit amis continuaient de parler de sa vie sexuelle et d'un plan pour sauver ce qu'il restait de son âme.

— Il faut contribuer aux préparatifs de son mariage, suggéra Fady.

L'étranger finit par trouver assez d'énergie pour réagir.

— Je ne vous ai rien demandé, déclara-t-il. Ni de m'accepter ni de me comprendre.

Il leur rappela toutes les soirées passées chez lui, les occasions où ils avaient partagé le même lit, à discuter d'amour et de souffrance, parfois jusqu'à l'aube. Tous ces moments, qui lui étaient chers, semblaient désormais perdre leur sens.

— Tu as dormi juste à côté de moi, rappela-t-il au père Noël, qui rougit. Est-ce que j'ai tenté de te toucher ? Est-ce que je t'ai ennuyé ? Est-ce que tu t'es senti mal à l'aise, même un petit peu ?

Personne ne savait que répondre.

L'étranger s'élança dans l'escalier mécanique, jusqu'au cinéma où jouait V pour Vendetta.

À l'entrée, il bavarda avec l'employé, plutôt mignon, cheveux noirs, à peu près le même âge que lui. Ils échangèrent quelques mots en attendant l'ouverture de la salle. L'étranger se demandait s'ils n'étaient pas en train de flirter.

— Je l'ai déjà vu une fois ou deux, racontait l'employé en jouant avec sa petite lampe de poche. C'est un très bon film.

Il expliquait ce qui avait suscité son émotion, ses grands yeux sombres fixés sur l'étranger.

— V est un loup solitaire. La société l'a abandonné et rejeté pour ce qu'il est.

L'étranger n'avait qu'un seul désir : attirer l'employé vers lui et le couvrir de baisers.

— V s'arrange pour transformer la société, continua l'autre d'une voix douce, les lèvres séduisantes, la peau radieuse. Pour qu'on l'accepte. Une petite révolution. Je ne sais pas pourquoi les dieux égyptiens de la censure n'ont pas coupé la scène où on voit deux femmes s'embrasser.

L'employé suivit l'étranger des yeux pendant qu'il rejoignait son siège. Dans l'obscurité, entre les scènes, il se glissa dans le siège vide à côté et marmonna un rapide salut.

Ensuite, ils se frôlèrent les mains, les unirent pendant que les deux femmes s'embrassaient à l'écran. Leurs doigts jouaient au chat et à la souris devant V et Evey qui dansaient au rythme de leur cœur, au début du troisième acte.

— Une révolution sans danse est une révolution qui n'en vaut pas la peine, murmurait V en fond sonore.

Quand les spectateurs commencèrent à quitter la salle, leurs mains se séparèrent. Leurs regards et leurs sourires se croisèrent.

— Tu me donnes ton numéro de téléphone? demanda timidement l'employé.

Ils échangèrent leurs coordonnées en rougissant. Ils se quittèrent sur la promesse d'une rencontre.

Le vent froid du désert s'engouffrait dans les vêtements de l'étranger; il frissonnait en rentrant par les rues vides, sans pouvoir trouver un taxi. Il se sentait en sécurité, grisé par la promesse d'un rendez-vous avec un bel ami aux mains douces. Puis, il entendit des bruits de pas derrière lui. Des airs de la nuit l'invitaient à un slow. Il continua à marcher, enivré par la brise fraîche.

Cette nuit-là, je suis né du corps de cet étranger, je me suis détaché d'une fracture à l'intérieur de lui. Cet homme-enfant a quitté le cinéma vivant, innocent, mais il était mort quand je me suis réveillé le lendemain à l'hôpital, avec une épaule disloquée et des côtes cassées.

Toujours dans le même corps, l'étranger et moi nous sommes retournés, et nous avons vu sept hommes s'approcher en courant. Fady n'était pas avec eux. Leurs visages familiers affichaient des expressions méconnaissables. Le premier coup de pied avait visé l'entrejambe.

— *Khawal*! Pédé!

L'étranger et moi n'avons pas parlementé, nous avons simplement tenté de protéger notre visage. Un crochet a frappé notre poitrine, une douleur vive a déchiré nos poumons. Un choc au genou nous a jetés à terre. Puis, d'autres coups sont venus, nombreux.

— Je fais ça pour toi, a dit le père Noël. Tu dois savoir qui tu es vraiment.

Les mains de l'étranger manquaient de force. Il n'arrivait plus à protéger son visage. Lentement, ses bras retombèrent. Sa poitrine sentit le dessous d'une semelle. Il entendit l'écho d'un craquement dans sa tête, une côte fracturée. Je l'ai entendu, moi aussi.

Son cœur s'emballait, ses pensées s'engourdissaient. Les coups déchiraient ses entrailles. Il voulait prendre une profonde inspiration. Parler, sans que les mots puissent sortir. Demander pardon pour un péché auquel il ne croyait pas. Il s'entendait respirer, mais l'air ne pouvait plus entrer dans ses poumons. Il suffoquait. Dans l'espoir qu'ils s'arrêtent. Qu'ils entendent ses os se fracturer. Il rêvait de miséricorde.

Dans son esprit, il revoyait leurs visages hilares quand ils se rassemblaient dans son petit appartement les week-ends. Quelqu'un sortait une shisha, un autre achetait assez de kushari ou de graines de tournesol pour tout le monde. Ils jouaient à Red Alert, parfois en ligne, ou sur deux ordinateurs reliés. Il leur faisait du thé et eux, ils empruntaient ses livres et lisaient ses nouvelles.

La douleur quitta son corps. Il ne sentit plus rien. Ce soir-là, je suis devenu le purgatoire de cet étranger, son vase à chagrin. Il perdait son emprise sur la réalité. Et moi, je suis resté derrière à prendre les coups, pendant que lui se réfugiait dans ses rêves.

L'étranger inventait un scénario alternatif: il appelait l'employé du cinéma, le rencontrait dans un café sur les rives du Nil, lui achetait une rose comme en vendent ces petites marchandes de fleurs qui portent un voile d'une propreté douteuse. Ensuite, il faisait sécher la rose entre les feuilles d'une bande dessinée, parfumée à tout jamais et la rendait immortelle, comme une rose de verre.

Dans ce scénario alternatif, ils iraient au cinéma le week-end, se chamaillant à propos de films de superhéros et se tenant la main dans l'obscurité. À la maison, ils s'embrasseraient pour se souhaiter bonne nuit. Ils vieilliraient ensemble et un jour, endormi dans les bras de son amant, dans une chambre aux murs couverts d'affiches de cinéma, il glisserait doucement vers son dernier repos.

Un ultime coup de pied au visage l'avait ramené dans la ruelle sombre. Il crachait du sang.

— *Bass!* Assez, je vous en supplie!

Sa côte cassée avait dû lui crever un poumon. Je l'ai sentie s'y planter comme une racine. Un arbre, qui pousse de travers, avec des branches desséchées, nues, jusqu'au coin du cœur, et qui fouette la cage thoracique. Il mourait, enfin.

— *Bass!* avait-il répété.

Son râle n'était plus qu'un chuintement ensanglanté.

Cette nuit-là, j'ai rencontré pour la première fois l'ange de la mort.

La mandibule crispée dans un sourire, il s'était précipité vers moi. Un petit geste de ses phalanges, et le monde s'arrêtait. Une goutte de sang s'est figée au coin de mon œil, telle une larme rouge jamais pleurée. Les visages au-dessus de moi étaient des masques de colère, les pieds, suspendus à quelques millimètres de mon corps.

— Tu peux abandonner la partie dès maintenant, m'a-t-il soufflé. Il suffit de me le demander, et tu meurs.

De sous sa grande cape noire un peu caricaturale, il a sorti un bras squelettique et passé ses phalanges sur mon visage, comme autant de petits glaçons. Il m'a tout révélé : mon avenir, les histoires que je raconterais, les hommes que je rencontrerais. Et toi aussi, mon amour, je t'ai vu cette nuit-là.

— Voilà ta vie. Assis au chevet de ton amant à l'agonie, tu lui raconteras des histoires, tout doucement, pour le protéger de son ultime rencontre avec moi.

Pendant que les ténèbres m'assaillaient, il me demandait si j'étais prêt à disparaître dans l'inconnu. Non, je n'étais pas prêt.

— Ce n'est pas pour le garder en vie que tu lui raconteras des histoires. Ce sera par crainte d'avoir à affronter la vie tout seul. Un geste égoïste, triste, par pur instinct de conservation.

Schéhérazade n'aimait pas le sultan. Elle ne voulait pas le changer. Elle ne lui racontait des histoires que pour éloigner la lame du cimeterre de son cou délicat.

Le jour où j'ai été victime d'agression, le monde s'est assombri et je ne voyais plus que la lumière des yeux de l'ange de la mort. J'ai tendu la main pour toucher son crâne. J'ai posé un baiser sanglant sur ses dents blanches et l'ai supplié de me laisser vivre.

C'est alors que j'ai été écorché vif et qu'a disparu cet être innocent qui vivait en moi et qui m'est désormais étranger. Moment de paix, malgré ce morceau de mon âme que l'on m'arrachait. L'ange de la mort m'a souri et a extrait de mon corps l'homme-enfant que je fus jadis.

Parfois, couché à tes côtés, je me rappelle cet enfant innocent, et il vient me raconter des histoires depuis longtemps oubliées. Il me chuchote des poèmes, alors que j'attends ton réveil pour savoir si tu es toujours vivant.

— Raconte-moi une histoire, me demandes-tu encore.

L'ange de la mort jette un coup d'œil furtif par la porte entr'ouverte ; dans les replis de sa cape, je revois l'étranger. Il n'a pas l'air heureux. Il a quitté la terre pour le paradis des innocents, me laissant une douleur tenace, qui hurle de plus en plus fort à travers mes os. C'est l'appel d'un enfant abandonné par sa mère, il trouve écho dans mon esprit, frappe violemment ma côte brisée et mon épaule disloquée, m'éloigne de toi vers de sombres recoins. Pourtant je garde tout cela pour moi.

Je te souris, mon amour, puis je commence un autre récit :

— Il était une fois, un homme qui racontait à son amoureux une histoire intitulée *Le plus beau suicide du monde* et dont l'héroïne s'appelait Evelyn McHale.

Evelyn McHale était morte depuis longtemps lorsqu'elle s'écrasa contre une voiture. Pendant sa paisible chute à partir du quatre-vingt-sixième étage de l'Empire State Building, son âme quitta son corps pour s'élancer vers les cieux, à la suite de l'écharpe blanche qui avait glissé de son cou quand elle s'était élancée dans le vide.

Les fantômes rôdent en bandes, on dirait. Je te raconte l'histoire d'Evelyn, et une autre apparition échappe à l'emprise de la mort. Blottie dans un coin, elle m'écoute raconter l'histoire d'une autre femme qui a abandonné le monde.

Je reconnais ses vêtements à leur odeur, et son regard à sa profondeur. C'est l'ombre de ma mère, silencieuse. J'entends sa voix résonner de sous le lit, où elle se cache comme un monstre.

— Je t'ai porté neuf mois dans mon ventre, répète la voix, malgré l'immobilité du fantôme. Tu fais partie de moi.

Je suis né à Damas, enfant solitaire. Frappé du mauvais œil avant même ma naissance. Une vieille tante célibataire lui aurait dit, les yeux verts d'envie en sentant mon premier coup de pied dans le ventre de ma mère :

— Il grandira et deviendra fort. Il faudra bien t'en occuper.

La grossesse de ma mère n'avait pas été facile. À ma naissance, son lait s'était asséché et aigri. Je ne suis pas devenu fort. Solitaire, j'étais objet de moqueries.

Le fantôme de ma mère jette sur moi un regard accusateur et je frissonne. Je me souviens bien trop de toi, mère. Tu m'arraches à mon amoureux qui m'écoutait raconter une histoire pour me lancer dans le trou glacé de la mémoire. Je te revois, assise dans le salon poussiéreux, attendant mon retour de l'école, ton ouvrage de tricot sur les genoux, un pull bleu et jaune pour l'hiver. Hideux. Il me faudra pourtant le porter. Le salon mal éclairé, la poussière roule, la télé repasse un absurde feuilleton à l'eau de rose. Je hais la poussière, je hais les mélos, je hais ce pull et surtout, je te hais, toi, mère.

L'air est épais, les fenêtres en bois n'ont pas été ouvertes depuis des mois et je me sens suffoquer, mon lourd sac d'écolier à l'épaule. Tu m'observes de loin, perçois mon regard noir, et ma peur. Tu esquisses un sourire, puis éclates d'un rire sadique. Ton hilarité résonne à travers toute la maison. Son écho se répercute sur mes manuels scolaires, ma chambre, mes vieilles cassettes et les photos que je te cache.

— Bonjour, mère.

— Va te faire foutre !

Elle n'entendit pas le bruit assourdissant de son corps quand il se brisa contre la limousine garée devant l'immeuble, ni n'observa les gens se masser autour de son cadavre. Elle ne se voyait pas elle-même, élégante comme d'habitude, ses jambes croisées à un drôle d'angle, ses perles soigneusement réparties autour de son cou, ses gants blancs immaculés. Elle ne pouvait sentir le métal de la voiture, plié autour d'elle comme un nuage dans l'imaginaire d'un enfant. Elle ne pleura même pas la perte de ses talons hauts, envolés pendant la chute.

Comme une murène verte, tu entres furtivement dans ma chambre au milieu de la nuit, mère. Tes vêtements sont en désordre. Ton amour n'a rien d'élégant. Ta main tourne lentement la poignée, l'autre serre un couteau de cuisine. Je me réveille, mes yeux s'ajustent à la nuit. Tu es là, juste au-dessus de moi, statue de poison et d'urine.

Tu me dis que mes yeux brillent dans la nuit comme ceux d'un démon.

Je bondis hors du lit et te repousse. Tu tombes et emportes avec toi deux bibliothèques remplies de livres, mes seuls amis en ce bas monde. Je me précipite vers la porte, pieds nus, en sous-vêtements.

— Reviens, petit morveux !

Je m'élance dans l'escalier, saute les marches deux à deux. Mon petit cœur de quatorze ans pompe le sang dans mon corps. Mes muscles se tendent d'effroi et les larmes coulent sur mon visage comme autant de fleuves. La terreur s'empare de moi. Tu es une déesse pour ton enfant, une déesse capable de tout. Une dictatrice qui se repaît de mon sang, et moi, je suis faible, impuissant, incapable de me défendre face à tes coups de couteau.

Je t'entends parcourir la maison comme une tigresse en cage qui rugit sa solitude. Je dépasse les boutiques fermées et cours vers ma cachette préférée, derrière les poubelles au fond de la rue, où un escalier me protège du regard des passants et du vent froid de la nuit. Je compte les voitures et les étoiles, j'attends que finisse ta nouvelle crise.

J'éclate en sanglots, en chute libre, poussé sur le bord d'un gouffre qui veut m'avaler. Ma foi en toi a été trahie. Ton cœur est censé ressentir de l'amour pour tes enfants, mère, tes seins, produire du lait pour les nourrir.

Entre les immeubles qui bordent la rue étroite, serrés les uns contre les autres comme de vieux amis, je m'endors. Ce n'est pas la première fois. Le matin, je rassemble mes forces pour rentrer à la maison, en évitant les regards curieux. Je traîne mon corps las jusqu'en haut de l'escalier. J'écoute à la porte, dans l'espoir d'entendre tes ronflements. Une fois rassuré, je vais furtivement jusqu'à ma chambre.

Je rappelle au fantôme de ma mère qui me vole ces moments fugaces, ces ultimes nuits auprès de mon amant : ce n'est pas la dernière fois que j'ai marché dans la honte.

Elle est comme une lune émergeant de l'obscurité, dans une photo prise quatre minutes après son rendez-vous avec la mort. Je tente d'ignorer Evelyn McHale, mais elle me hante. Elle est étendue là, comme une déesse sacrifiée pour les péchés des autres. Dans sa note de suicide : « Dites à mon père que j'ai trop de penchants qui ressemblent à ceux de ma mère. » Elle a eu peur pour son fiancé et ses futurs enfants, alors elle s'est rachetée par le sacrifice du sang. Evelyn crie mon nom, me demande si j'ai besoin d'une étreinte, d'un baiser ou d'une histoire avant de m'endormir. Ses paupières closes, ses cheveux, sa robe que j'imagine rouge bordeaux, s'impriment dans les cellules de mon cerveau, laissant un négatif flou de son image brillante.

Le lendemain de la nuit du couteau, je reste aux aguets, comme les hommes rassemblés autour du corps d'Evelyn. Vers midi, je sens une odeur de fumée. J'ouvre la porte, de peur que l'issue que je m'étais réservée soit bloquée par les flammes. As-tu encore oublié quelque chose sur le feu, mère? La cuisine est déserte, l'évier rempli de vaisselle sale, et des coquilles d'œuf que j'y ai encore laissées la veille, restes des nombreuses omelettes que j'ai dû me préparer tout seul comme un grand garçon. Des mouches bourdonnent autour d'un bout de banane pourrie, les pommes de terre ont germé dans leur panier de plastique. Une odeur d'huile bouillante colle au plafond. Le frigidaire est vide, la porte, béante.

Mon cœur s'accélère. Je me demande si ma mère est en train de brûler la porte d'entrée. L'idée de la mort me suffoque comme un tas de cendre dans la bouche.

La fumée vient de ton balcon, mère. Debout dans un coin, devant un grand bac d'où sortent des flammes qui se reflètent dans tes yeux sans te faire cligner, tu souris. Cela t'amuse, comme une enfant qui frappe la poupée de sa sœur sur le mur pour lui écraser le visage.

Je m'approche et tousse pour rompre ta transe, mais tu ne fais pas attention à moi. Je te rejoins prudemment jusqu'au vieux balcon couvert de poussière, que j'avais toujours envisagé comme une issue, et que j'aurais aimé être assez grand pour y installer une balançoire.

Dans le brasier, des dizaines de photos brûlent. Mes photos! Prises au camp, deux ans plus tôt, quand j'avais douze ans, et une photo de classe où j'ai l'air cadavérique. Il y en a une de toi avec une rose dans les cheveux devant une mer éclatante de soleil, une autre de moi avec mes cousins en habits neufs à l'occasion de l'Aïd, une autre encore où je ris à gorge déployée en sautant à la corde à danser avec un garçon. Mon petit visage brûle, le feu mange les bords, engloutit la corde à danser, détruit les traits de mon camarade, progresse jusqu'à mon corps, mes bras, mes oreilles, mes cheveux, mon front, mes yeux, et enfin, ma bouche qui rit, la faisant taire dans un cri de douleur.

De l'autre côté de la ruelle, sur le balcon d'un vieil édifice, un voisin nous regarde d'un air curieux, pendant toute l'heure où nous restons là, ma mère et moi, debout, en silence. Le feu t'emporte vers le pays de ton imagination, mère, tes yeux suivent les flammes. Avec les photos de mon enfance s'envole l'occasion de les partager lors des #jeudi-nostalgie.

Merde! Je ne vais pas te donner une raison de me foutre une claque en travers de la gueule. Je me tairai, tu peux brûler toute la maison si tu veux, ton fils n'en a rien à cirer. Au moins, la fumée a masqué l'odeur écœurante de notre cuisine.

Le voisin n'est pas aussi bien avisé que moi.

— Y'a un problème? demande-t-il de son balcon.

Deux passants lèvent la tête. Tu ne réponds pas. Tu rentres calmement à l'intérieur et tu vas chercher un livre dans ma chambre, une traduction arabe de *Portrait de l'artiste en jeune homme.* Je suis content de l'avoir déjà lu.

Tu vises puis balances le livre en direction de l'indiscret. Tu n'es pas forte, mais ton geste théâtral pousse le voisin à se mêler de ses affaires.

— Va te faire foutre! lui cries-tu.

Le livre s'écrase sur le mur deux étages plus bas, avant de continuer sa chute jusque dans la rue, ses pages semblables aux ailes d'un oiseau paniqué.

— Toutes les photos sont *haram,* un vrai péché, déclares-tu. Elles ouvrent la porte de l'enfer et permettent aux fantômes et aux démons d'en sortir.

Je regarde un instant mon livre écrasé dans la ruelle. Un homme marche dessus, un autre y donne un coup de pied, jusqu'à ce qu'il disparaisse de ma vue.

S'élancer de l'Empire State Building l'a immortalisée. Elle avait pourtant sauté pour qu'on l'oublie. Son portrait ultime ne raconte que son combat, son soulagement de mettre fin à une soif d'appartenance. On dirait à son air qu'après avoir traversé une grande plaine, elle a décidé de se reposer sur une pelouse et a lancé au loin ses talons hauts, pour profiter du soleil, les yeux fermés, une marguerite frôlant son menton. Seulement, le gazon est un lit de métal, son corps est sans vie et la marguerite n'est qu'un éclat de verre.

Quand ai-je décidé de m'enfuir ? À vrai dire, je l'ignore. Cela m'est venu comme un printemps qu'on n'attend plus après un long hiver. L'idée a gagné en intensité dans mon esprit, tel un soleil d'avril qui briserait la tempête de tes cris. Il a percé la brume opaque de ton abandon et de ton isolement, mère.

J'emporterai à tout jamais ce moment ultime, avec son urgence. Tu me dis que tu sors te promener. Chaque jour, tu fais une longue promenade. Personne ne sait où tu vas, et personne ne s'en soucie.

Tu dessines des nuages d'émeraude sur tes paupières, mets un soupçon de rouge à lèvres, un foulard blanc, descends l'escalier, tes talons hauts claquent sur le sol et produisent un rythme hypnotique. Aussitôt que le bruit s'estompe, je cours au balcon et t'observe descendre la rue, avec ton cher manteau bleu, tes collants préférés, ton sac blanc. Mon nez se remplit de l'odeur des souvenirs brûlés, leurs cendres au fond du bac. Tu marches d'un pas sûr jusqu'au coin de la rue avant de disparaître. Une voie s'ouvre claire et nette devant moi : je vais partir.

Mes livres sont sans importance. Je ne garde que mes préférés. J'ai peu de vêtements, je choisis seulement ceux qui n'ont ni tache de sang ni tache de mémoire. Mon sac d'écolier se remplit rapidement. Il y a de l'argent dans mes poches. Mes chaussures m'attendent à côté de la porte.

Je jette un dernier regard à ma chambre, mon petit lit, mon matelas bleu, mes fenêtres en bois, mes bibliothèques, les unes brisées, les autres intactes. Au petit sofa blanc et au foyer. Je leur dis adieu, je ne les reverrai plus jamais.

Je te joue une dernière blague, mère : je tourne la clé dans la serrure et je la brise dans le trou. Je souris méchamment.

Il y a dix ans que je t'ai vue pour la dernière fois. Je t'ai évitée à toutes les étapes de ma vie, et ma fuite se poursuit depuis ce qui me semble une éternité. Peut-on jamais échapper à son ADN ? Se tourner vers le passé et se dire que tout ça, c'est de la merde qu'il faut laisser derrière soi ?

En haut de trois marches qui mènent à un petit restaurant de quartier, à Damas, je t'ai revue au début du printemps, à la fin de la première décennie des années 2000. Je me suis demandé si tu allais descendre jusqu'à moi, ou si je devais monter jusqu'à toi. Aux aguets, comme un chat de gouttière, sans pouvoir m'empêcher de chercher une issue pour m'enfuir.

Quand tu m'as serré dans tes bras, mère, j'ai frissonné. Tu m'as demandé de mes nouvelles, et mes voyages autour du monde? Tu me souriais, riais même, tu semblais calme et équilibrée. Je me sentais claustrophobe, avais du mal à respirer. Tu m'as avoué à quel point tu te sentais seule. Dans ta vieille demeure, après avoir chassé tout le monde autour de toi. Assiégée dans une zone de combats auxquels tu ne comprenais rien, livrée à toi-même.

Je ne sais pas ce qui m'a le plus irrité: pensais-tu que cela me concernait, ou que j'avais oublié tes nombreux abandons, tes gifles quand, petit, je demandais à dîner? J'ai frissonné comme si un enfant murmurait trop près de mon oreille. Mes genoux flanchaient, comme quand je te demandais de l'attention et me serais damné pour ton approbation, caché derrière les poubelles.

Une heure plus tard, je t'ai dit adieu. Tu m'as demandé quelle était ma prochaine destination.

— Honnêtement, je l'ignore.

A-t-elle crié? me suis-je demandé. L'histoire que je raconte à mon amoureux me semble chétive, mal ficelée. Mes fantasmes s'étendent à travers l'espace et le temps: j'imagine Evelyn sauter de l'Empire State Building, sans qu'elle tombe vraiment, son corps se détendant, porté par le vent, les yeux fermés, passant à une autre vie. *A-t-elle crié?* J'en doute. Peut-être un petit cri, juste un souffle, l'espace d'une seconde. Un moment d'incertitude avant d'accepter la mort toute proche, l'effondrement de la logique du monde. Des bruits affreux, ceux du citron pressé, amer, hideux, avant de se calmer et de se laisser flotter sur les ailes du vent. La douleur s'est arrêtée, son cœur a cessé de battre et la mort est venue, rapide, invitante, définitive.

Pendant vingt ans, ma mère a été prisonnière au premier acte du plus beau suicide du monde, et a tenté follement de revenir sur ses décisions, crié, battu l'air de ses poings, manifesté sa colère contre le monde. Aujourd'hui, elle accepte enfin son destin immuable et s'accroche au souvenir d'une élégance qui ne lui a jamais appartenu. Dans son ultime image, elle laisse voir ce qu'elle considère comme sa véritable identité: des perles autour du cou, une coiffure parfaite, des talons hauts abandonnés quelque part et un sourire résigné sur le visage.

Mais je ne t'accompagnerai pas dans ta chute, mère. Je me contenterai de te rejoindre à la limousine.

À la fin de l'histoire, tu conclus par une remarque:

— Je me sens triste.

L'air se remplit à nouveau d'une musique matinale. Une fois de plus, j'ai réussi à te tenir en vie jusqu'au bout de la nuit; je peux dormir en paix maintenant. Schéhérazade a besoin de sommeil, elle aussi.

— Désolé de t'avoir chagriné avec mon histoire.

Je pèse sur un bouton et les rideaux se referment lentement, comme dans un vieux théâtre après une pièce remarquable.

— C'est l'histoire de ta mère, pas vrai?

Tu poses la question comme s'il s'agissait d'une évidence. Sans attendre ma réponse, tu me tournes le dos et je vois ton petit tatouage en forme d'oiseau brûlé sur l'omoplate.

Je souris et te réclame un bout de draps, tu les tires toujours vers toi.

Pendant que je m'endors, je murmure un air à la mort qui me sourit, toujours debout dans l'embrasure de la porte. Sous sa cape, j'aperçois le visage de ma mère, au regard tantôt coupable, tantôt chargé de reproches, car je l'ai abandonnée seule à Damas pour aller faire le tour du monde.

— Fais-moi de la place, me dit l'ange de la mort, et il entre lentement dans notre chambre et notre lit.

Je l'entends et le vois, mais pas toi. Il singe parfois tes mouvements, se moque de toi pendant que tu le regardes droit dans les yeux sans le voir. Il me sourit comme à un vieil ami. Il est mon tortionnaire, un rappel constant que tu n'en as plus pour très longtemps. Je lui fais une place au creux de notre lit. Comme toutes les nuits depuis aussi longtemps que je me souvienne, il vient dormir entre toi et moi.

LE CONTE DE L'AMANT QUI SE CROYAIT AVENTURIER

Tu remarques, avec un sentiment d'urgence :

— Le temps nous est compté. Ne t'en fais pas. Ce n'est pas ta faute. Nous allons tous mourir, rien de nouveau sous le soleil.

Je te jette un regard vide et continue de brasser des œufs dans un petit bol blanc. J'ajoute toujours un peu de farine à mon omelette pour la rendre plus légère. Un soleil de fin d'été, caressant, entre dans notre maison de Vancouver. La théière chante sur le poêle ; j'ai déjà placé deux poches de thé dans nos grandes tasses noires et blanches à motif de chien.

— Oups, j'ai oublié le sel !

Tu te passionnes pour la mort. Évoquer ta fin imminente te donne le sentiment d'avoir un objectif, comme si tu te disais : *j'en suis à la dernière étape de mon voyage vers la mort.* Aussi bien y prendre plaisir.

Tu brises rarement ton silence, sauf pour ces remarques morbides. Tu as toujours gardé tes pensées pour toi. Tel un dragon qui mettrait ses œufs hors de portée d'un Sinbad affamé. Je me frappe au mur de tes réponses monosyllabiques, tes hochements de tête, tes regards de travers, qu'il me revient d'interpréter.

Je suis amoureux de toi, ou bien du chemin vers toi ? Je suis peut-être accro au casse-tête émotionnel dans lequel tu places mon cœur ? Est-ce que j'ai bien reconstitué ton image à partir de toutes les pièces manquantes ou des couleurs du tableau de ma vie ? Je ne le saurai peut-être jamais.

Tout cela me met en colère, tu le sais et tu me le reproches :

— Bon sang ! Où est passé ton sens de l'humour ?

Tu en as toujours eu plus que moi, de l'humour. Je désigne de ma cuillère l'importun qui nous a rendu visite : l'ange de la mort, drapé de sa grande cape noire, attablé et agitant sa fourchette comme un enfant qui attend sa pitance.

— Ça n'a rien à voir. Je déteste ces conversations sur la mort, surtout quand je prépare le petit-déjeuner.

Nos conversations se sont écourtées à mesure que tu vieillissais. Avant, nous parlions de divinités et de royautés, de chants et de printemps enchantés, alors qu'aujourd'hui, nous n'avons parlé que du petit-déjeuner et de ta mort imminente. Tu t'es laissé accabler chaque jour davantage par ton désarroi, cette eau infecte dont tu te gargarises avant de la recracher sur moi.

Tu n'as pas toujours été aussi renfermé sur toi-même. Petit, tu étais la joie de ta famille, le plus jeune de la fratrie, le dernier raisin de la grappe. Tu avais le soutien et l'affection de tous. Tes frères partageaient leurs bonbons avec toi, ta mère te réservait toujours la meilleure part de gâteau. T'ai-je déçu pour que tu me parles si peu, alors que tu as la langue bien pendue avec tes frères et sœurs ? Tu crois peut-être que je ne pourrai jamais te préparer un gâteau aussi bon que celui de ta mère. Ta famille te donnait le sentiment d'être quelqu'un de spécial, et moi, non ?

— Ça sent bon, me dis-tu.

Je sais que tu mens, car tu as perdu l'odorat il y a trois ans. Tu continues :

— Quand j'étais dans l'armée syrienne, les œufs frais étaient rares. Nous passions des semaines, parfois des mois, sans pouvoir en manger. Je t'ai raconté l'histoire de cet officier qui faisait enquête sur un vol d'œufs dans mon unité ?

Je te réponds en souriant, et bien que je te tourne le dos, je sais que tu souris toi aussi :

— Encore ces histoires de ton passage dans l'armée. Je me rappelle bien la fin : *Tout se calcule dans l'armée arabe syrienne, chers camarades !*

J'ajoute en tâchant d'imiter ta voix, plus grave :

— *Et si vous mangez plus d'un œuf par jour, vous allez chier le deuxième.*

Nous rions, et tu te mets à tousser ; je te regarde pour voir si ça va, avant de retourner à mes œufs.

— Le pire, c'était quand l'officier nous rendait visite à la frontière avec la Jordanie, comme bien des hauts gradés qui venaient y chasser le lièvre avec des fusils militaires tout en prétendant enquêter sur les contrebandiers. Un jour que j'étais en sous-vêtement en train de faire du thé dans un abri militaire, au chaud, un officier est entré.

Je t'interromps :

— Voilà qui ressemble au début d'une scène porno avec des militaires.

— Va te faire foutre. C'était un vieillard de soixante-huit ans, hideux et obèse, et moi, j'avais dix-neuf ans.

— C'est ça, tu n'aimes pas les vieux.

Il te faut une seconde pour comprendre. Tu te lèves, t'agrippes au dossier de ta chaise et t'approches avec lenteur. Tu m'enlaces et imprimes un baiser dans le dos de mon t-shirt, alors que j'ai du mélange d'œufs, d'huile d'olive et de *labneh* jusqu'au coude.

— Tu seras toujours jeune pour moi, me dis-tu.

Tu joues avec mes sentiments. Avec une petite phrase assassine, tu m'attires vers ton côté obscur, puis tu me ramènes avec un geste tendre vers ton aura lumineuse. Comme un idiot, je te suis pas à pas. Désespérément attaché à notre amour énigmatique. J'ai été ton premier amant et c'est un drapeau rouge hissé à jamais dans un coin de mon esprit, même après un million d'années à tes côtés. J'ai peur de laisser des traces sur toi. De te soustraire à ton destin, avec un autre homme, peut-être.

T'ai-je déçu ? J'aurais sans doute dû en faire plus pour te rendre heureux. Ne pas t'accabler avec mon lourd et tortueux passé. Un autre t'aurait sans doute rendu plus heureux. Si j'avais réussi, peut-être ne serais-tu pas en train de mourir, de t'éloigner de moi, même quand nous discutons.

Le soir, au dîner, tu me fais une autre remarque morbide :

— Tu n'as pas besoin de m'apporter des fleurs. Sur ma tombe, je veux dire.

La faible lueur du coucher de soleil entre dans notre sombre demeure par l'ouverture des fenêtres. À la radio joue un vieil air de jazz. J'ajoute quelques épices arabes aux restes du repas chinois d'hier et je le mets à chauffer. Je te demande :

— Pourquoi encore parler de ça ?

Je voudrais juste manger en paix. Je suis épuisé, j'ai sommeil, et surtout pas le cœur à un autre débat.

L'ange de la mort quitte notre table pour répondre aux appels téléphoniques de ses agents un peu partout sur la planète. Je répète ma question :

— Combien de fois faudra-t-il avoir cette conversation pour que tu sois satisfait ?

Tu observes en silence mon visage qui trahit le fatras de mes émotions. Je n'arrive pas à m'empêcher de te lancer une dernière flèche :

— Ça ne sert à rien de parler avec toi.

La nuit, tu montres tes vraies couleurs. Tu te défais de ton sourire comme d'un imperméable mouillé. Ta bonne humeur du matin est de la fausse monnaie. Tu es pris au piège de ton noir destin, inexorablement cloué au lit, à la recherche d'un sommeil qui ne vient pas. Tu commences à redouter le moment qui précède le coucher du soleil, quand la certitude d'une nouvelle nuit blanche s'impose. Cachets et potions seront inutiles. Je te regarde te métamorphoser comme un vampire, une créature de la nuit affamée d'attention, belliqueuse. Ton humeur bascule, comme le soleil qui disparaît derrière l'horizon, d'abord mordoré, ardent, confus, puis bleu foncé, morose.

Toutes les nuits ne sont pas les mêmes : soit nous la passons à nous apitoyer sur notre sort, soit je te raconte une histoire qui fait taire la bête en toi et nous permet de couler doucement jusqu'à notre lit tiède et accueillant. Tu t'endors alors comme un enfant. Ces nuits glorieuses nous sont comptées.

Après un moment, j'estime avoir suffisamment boudé, et toi, assez montré d'amertume. Je brise le silence pour voir de quel côté penchera la soirée.

— Quand nous sommes brouillés, toi et moi, j'ai l'impression que ma vie est un tableau accroché de travers sur un mur blanc. Je peux l'ignorer pendant un temps, mais je finis toujours par me lever de mon siège douillet pour aller le redresser.

Je tiens un verre de whisky que j'ai rempli il y a quelques instants d'un geste un peu trop théâtral.

Est-ce l'esquisse d'un sourire que j'aperçois sur tes lèvres ? Cette nuit sera remplie d'un sommeil paisible, sans rêves ? Je file la métaphore :

— Tu es mon tableau le plus précieux, celui qui se rebelle contre les angles et les lignes. Je ne peux pas rester fâché contre toi très longtemps.

Notre dispute a commencé avec tes constants rappels de la mort chaque fois que l'on mange, ce qui devient franchement désagréable. Si je ne laisse jamais les choses s'envenimer entre nous, c'est pour une autre raison, inavouable : moi aussi, je vois bien que l'ange de la mort occupe tout l'avenir et s'affaire dans la maison. Si je continue de me disputer avec toi, et que demain matin, à mon réveil, tu n'es plus là ? Chaque moment auprès de toi pourrait être le dernier, il faut donc en faire une fête.

Tu me demandes :

— Est-ce que je t'ai déjà raconté la fois où je me suis perdu, enfant ?

Je souris : bien sûr que tu me l'as déjà raconté. Pourtant, devant ton sourire et ton regard brillant, je te réponds :

— Non. Dis-moi ce qui s'est passé.

— C'est notre conversation à propos de tombes qui m'a rappelé ce lointain souvenir.

Tu dis ça comme si ce n'était pas toujours toi qui abordais ce sujet.

Tu avais onze ans, peut-être treize, quand tu t'es réveillé un beau jour dans un état de transe, transporté par l'envie d'explorer les limites du monde, aussi loin que possible du giron familial. Dehors, tout te semblait coloré, accessible, et tu voulais crever cette bulle familiale et t'aventurer au-delà.

Contrairement à moi, tu n'avais nullement l'intention de t'enfuir. Tu te sentais à l'abri dans ton royaume, il te suffisait de l'agrandir un peu. Ta famille t'avait donné le monde. Ta mère, qui riait dans son sommeil, ne rêvait que d'une chose : te traiter comme un prince. Elle préparait tes mets préférés le lundi et le jeudi, *foul b'zayt* et *mlokhieha*. Tes frères aînés t'enseignaient comment attraper des souris et t'occuper des chats, et achetaient de la viande de grande qualité pour la *kebbeh nayeh* de ta mère. Une tante mariée à un lointain cousin rapportait des déserts d'Arabie saoudite des présents, chaussures Nike et jouets à piles. Elle t'avait offert, à toi son préféré, un magnifique petit cheval bleu que tu faisais galoper à l'aide d'un bouton et qui hennissait et s'ébrouait quand il s'arrêtait. Le monde était comme une oasis autour de toi. Damas t'ouvrait les bras, et tu te jetais dans son étreinte.

À l'époque, la Syrie profitait d'un changement de cap. Le pays connaissait un essor économique après que le président Hafez al-Assad a mis fin à des années de méfiance envers l'Occident et accepté une invitation à une conférence de paix avec Israël. Dans les années 1980, de longues files se formaient devant les magasins publics au riz bon marché et au sucre qui ne rendait pas le thé moins amer. Les sanctions imposées par les États-Unis empiraient la situation. Ensuite, les gens ont commencé à acheter des biens importés. Ton père possédait une imprimerie et papeterie redevenue rentable. Il rentrait du travail les bras chargés de pommes, d'oranges et de *kenafieh* qu'il achetait à la confiserie de Nabil Nafiseh au coin de Malki et Arnous. Il avait même offert une voiture à ton grand frère, une Mercedes 1961 qui vrombissait dans la rue et effrayait les filles en hijab à la sortie de l'école islamique de Bab Sharki.

Damas avait l'air propre, mièvre, pleine d'espoirs. Les gens jetaient leurs manteaux vieux de soixante-dix ans, aux coudes éculés couverts de retailles de tissu, puisqu'ils avaient enfin les moyens d'acheter de nouveaux habits. Les échoppes dans Hamidiyeh faisaient le plein de jouets d'enfants et de jeux de backgammon ouvragés.

Tu n'étais jamais allé plus loin qu'au marché Zanket el-Setat, en compagnie de ta mère. Dans ce marché étroit, avec des étals devant des boutiques encombrant la rue, les femmes choisissaient de nouveaux tissus pour leurs robes. Les mères tiraient leurs enfants par la main et se frayaient un chemin parmi la foule, à la recherche d'étoffes de prix et de hijabs et niqabs à la dernière mode.

Ta maman était tombée sur une vieille amie aux yeux bleus et au sourire doux, encombrée de sacs.

— C'est Samira la couturière, avait expliqué ta mère. La meilleure. C'est chez elle que les épouses des policiers et des fonctionnaires font faire leurs robes.

Tu avais regardé la vieille dame s'éloigner et son nom s'était aussitôt effacé de ta mémoire.

Le long de cette rue étroite, vous évitiez le regard des hommes qui marchandaient ou hélaient les clientes, jusqu'à une échoppe à la porte si basse qu'il fallait se pencher pour y entrer. À l'intérieur, sur les murs et sous une table de verre, de la lingerie féminine soigneusement rangée selon la taille et la couleur. Tu avais rougi quand ta mère avait demandé à voir un sous-vêtement avec du faux or et de faux diamants.

— Un jour, ta femme s'achètera des habits comme ça, elle aussi, t'avait-elle chuchoté, un sourire moqueur aux lèvres. Ne sois pas timide, mon garçon. Une prérogative conjugale.

Ta femme sera la reine de toutes les jeunes mariées. Elle portera tout l'or du monde pour te faire plaisir.

Tu es sorti de la boutique te sachant roi juste et bon assis sur le trône de ton avenir. Damas était ton royaume, et tu avais envie de l'explorer.

Le matin où tu t'étais perdu, enfant, une pluie généreuse couvrait les vieilles rues de flaques d'eau scintillantes dans lesquelles tu avais envie de sauter. Le parfum de jasmin autour de votre vieille demeure damascène chatouillait tes sens avec de suaves promesses. La fontaine de la place des Abbassides, toute proche, crachait son eau, et les taxis jaunes, à la peinture semant des écailles aux quatre vents sous le soleil du printemps, bourdonnaient autour de toi. L'odeur des pommiers de la Ghouta en fleurs flottait sur la brise et remplissait les collines de Damas d'un arôme frais et invitant. La reproduction géante d'un sabre des Ommeyyades au milieu de la ville brillait des couleurs de l'arc-en-ciel sous le chaud soleil annonçant l'été.

Ton sens de l'aventure au zénith et désireux de montrer que tu pouvais te débrouiller comme un grand, tu as convaincu ta sœur :

— Allons voir la tombe de grand-père !

Comment l'idée t'était-elle venue ? Tu étais trop jeune pour essayer de justifier tes désirs. Tu voulais peut-être revivre la fin du ramadan. Le jour de l'Aïd, ton père vous emmenait dès l'aube rendre visite à votre grand-père, au cimetière. Cette tradition était le sobre début d'une longue journée de cadeaux et confiseries. Vous chantiez des chansons racistes en vous balançant. « Ali ne mourra jamais, car ses filles sont noires et laides comme des guenons. »

Ces paroles tellement déplacées étaient reprises en chœur à la fin du ramadan, mais peut-être n'en étiez-vous pas conscients. C'était avant qu'on cesse de fêter, en Syrie.

Ta petite sœur et toi marchiez main dans la main dans ce que vous croyiez être la bonne direction. La première fois que tu m'as raconté cette histoire, j'ai tout de suite compris que tu t'étais perdu ce jour-là, car tu n'as aucun sens de l'orientation. Vous descendiez la rue couverte de Medhat Basha, le nez rempli de l'odeur d'épices exotiques. Vous avez pris à gauche vers Qanawat. À l'époque, les vieux buvaient du thé noir, jouaient à la *tawlieh* et se lançaient des jurons quand les dés n'étaient pas en leur faveur, devant leur chère *arjileh*. Chacun apportait la sienne, fier de l'exposer à l'admiration de tous. Ta sœur et toi passiez à côté d'eux, sans savoir qu'ils allaient bientôt être remplacés par des magasins d'aubaine où les marchands se disputeraient bruyamment pour une différence de cinq livres avec des clientes venues acheter des vêtements bon marché pour leurs enfants, chassées à leur tour par des manifestants antirégime qui porteraient des drapeaux verts et hurleraient à pleins poumons pour réclamer la liberté, devant des soldats armés d'épées et de fusils qui tireraient à vue.

Mais ce jour-là, ta sœur et toi marchiez dans les vieilles rues de Damas baignées de la douce lumière du matin. Ta sœur frissonnait un peu, toi, tu avais toujours bien résisté au froid. Ce jour-là, il ravigotait ton âme, la solidifiait. Tu te sentais vivant, omniscient, comme une divinité sur son trône. À la vue du vieux cimetière, porte d'entrée sur l'interdit, le lointain, l'exceptionnel, tu as souri. Puisque ce n'était pas la fin du ramadan, tu t'es demandé si quelqu'un vous attraperait et vous renverrait chez vous.

Personne ne vous a barré la route.

La crainte que suscite ce genre d'endroits s'estompe dès le lever du soleil. Le bruit des voitures en sourdine inspire un sentiment de paix. Ta sœur et toi marchiez du côté droit des tombes et lanciez le salut islamique, comme votre père vous l'avait appris. Sur les pierres tombales, des versets du Coran et des prières, en plus des nom, prénom, nom du père et date du décès du défunt. Ces stèles inspirent une grande neutralité, une solitude.

Le jour de l'Aïd, les foules viennent en grand nombre déposer des fleurs et des brins de myrte autour des tombes de leurs chers disparus. Elles échangent nouvelles et souvenirs, prient et lisent des passages du Coran. Les pères parlent fièrement à leurs enfants du passé glorieux de leurs ancêtres et exagèrent parfois les détails. Lors de ta première visite au cimetière, tu étais suspendu aux lèvres de ton père.

— Mon grand-père avait quatre épouses, t'avait-il raconté. Il possédait une petite terre sur le bord de la Ghouta, près de Mashrou Dummar, où il avait construit une maison au cœur d'un grand jardin, avec ses arbres fruitiers préférés qui se fertilisaient et se reproduisaient. Il l'appelait le jardin de Noé.

Les pleurs d'une femme dans le cimetière entrecoupaient le récit amusé de ton père.

— Les épouses de ton arrière-grand-père se réunissaient autour de la piscine. Elles s'entendaient bien entre elles, je t'assure, comme des sœurs. Elles se baignaient, toutes les quatre autour de mon grand-père, et lui apportaient des cerises, des pommes et des figues pendant qu'il se délassait dans l'eau fraîche pour échapper à la chaleur du mois d'août.

Ton père t'avait expliqué que même quand il nageait, ton grand-père ne retirait jamais sa calotte blanche, pour dissimuler sa calvitie grandissante.

Tu t'étais laissé distraire par le souvenir des histoires de ton père. Voilà que vous aviez perdu votre chemin parmi les tombes. La peur se glissait dans ton regard et ta main serrait un peu plus fort celle de ta sœur. Tout d'un coup, tu as cédé à la panique et compris que tu avais pris trop de risques en voulant explorer le monde. Tu t'es senti suffoquer.

Quand ta sœur t'a vu pleurer, elle a éclaté en sanglots elle aussi. Vous vous êtes mis à courir ici et là en quête d'une issue. Au lieu de réconforter ta sœur, tu cherchais quelqu'un qui s'occuperait d'elle, car toi, tu ne savais pas comment.

Tu pensais à ta mère, qui la prendrait dans ses bras pour la consoler. Quelqu'un allait sûrement l'entendre à l'autre bout du cimetière. Les pierres tombales faisaient saillie au-dessus de vous. Tu les imaginais en tours immenses qui vous empêcheraient de voir les secours arriver, et ta petite sœur y voyait des monstres prêts à la dévorer. Ses pleurs redoublaient.

Soudain, derrière une pierre tombale est apparu un vieil homme vêtu d'une chemise blanche, avec une calotte blanche sur la tête. Tu as reconnu quelque chose de familier dans son long visage, sa grosse moustache blanche et ses lunettes à monture noire, quelque chose qui t'a immédiatement rassuré.

— Oncle, dis-moi où est al-Bezorieh ?

Le vieux t'a souri.

— Loin. Très loin.

Vos petits cœurs se sont serrés et ta sœur ne pouvait se retenir de pleurer, mais toi, tu restais calme, ne serait-ce qu'en apparence.

— Nous allons être en retard, oncle, amène-nous à l'école s'il te plaît.

L'homme vous a fait signe de le suivre. Il flottait paisiblement entre les tombes, les touchait l'une après l'autre et leur lançait un *al-salamualykum*. Il leur parlait comme à de vieux amis qui lui auraient beaucoup manqué. Vous le suiviez, confiants. Cela ne vous a pris que quelques secondes pour trouver la sortie.

— Descendez cette rue, a dit l'homme, et il a pointé un doigt tremblant et osseux vers le chemin.

En retard pour l'école, vous avez couru, et quand vous vous êtes retournés pour lui jeter un dernier regard, le vieil homme avait disparu.

Tu conclus ton histoire en disant que Damas te manque.

Je remarque un changement dans ton humeur, et une fois de plus, je te perds de vue sous ton côté sombre. L'ange de la mort nous aide à éteindre toutes les lumières de la maison et à vérifier que le feu a bien cessé de brûler dans l'âtre. Nous poursuivons notre conversation au fil de cette danse de début de soirée. Je marche sur le tapis jaune, tu éteins les lanternes du salon. Je passe à côté de la cuisine, tu vas chercher tes médicaments dans la salle de bain. Les chiennes, qui ont atteint le grand âge comme nous, nous suivent avant d'aller s'affaler dans un coin, l'une sur l'autre.

— La Damas que tu as connue n'existe plus depuis longtemps, tu le sais bien.

Nous avons eu la même conversation trois semaines plus tôt.

— Ta Damas, où les grands-pères reviennent à la vie, où le jasmin pousse sur les balcons de jolies femmes aux cheveux roux, celle où nous nous sommes rencontrés… Elle a été dévorée par la guerre.

Je te retrouve debout dans le couloir, l'air déprimé. Je t'ai tiré plus creux dans le terrier des souvenirs et te serre dans mes bras pour te réconforter.

— Tu la garderas bien vivante. Nous lui redonnerons vie, tous les deux.

L'ange de la mort nous lance un petit sourire, avant de tourner son attention vers les oreilles des chiennes endormies. Leur heure n'est pas encore venue.

Tu te glisses dans les draps frais avant de te tourner vers moi :

— Tu m'apporteras des fleurs, alors ? Sur ma tombe ?

— Non, je viendrai te raconter des histoires.

Tu cales ta tête au creux de mon épaule.

Sans te laisser le temps de me le demander, j'entame mon récit. Tu es mon sultan, tes désirs sont des ordres.

— Il était une fois un homme qui avait quitté sa chère patrie pour partir loin, très loin. À son retour, tout avait changé.

Au nom d'Allah, le miséricordieux! Un! Deux! Trois! Quatre! Cinq!

Quand les policiers défoncèrent la porte de sa chambre, il était toujours à moitié endormi. Il se grattait la tête avec l'impression de rêver et les regardait passer son appartement au peigne fin. Les policiers ne firent pas attention à lui et il ne tenta pas de leur résister. Après avoir inspecté le studio sur le toit où l'artiste travaillait jusqu'au matin, rideaux noirs tirés, ils s'emparèrent de lui et le traînèrent dehors. L'artiste comprit qu'il ne rêvait pas quand il vit un policier porter un tableau bleu sous le bras, sa sueur mélangeant les couleurs et ajoutant une touche artistique à une œuvre encore inachevée.

Le soleil, promesse d'une longue et accablante journée, était encore bas sur l'horizon quand ils le jetèrent dans le coffre d'une voiture, sous le regard des femmes voilées qui prenaient leurs aises sur leurs balcons.

Six! Sept! Huit! Neuf!

Au poste de police, il ne savait toujours pas pourquoi on l'avait arrêté. Jamais il n'avait montré ses tableaux à quiconque, les policiers avaient dû entrer chez lui pour une autre raison. Il s'expliquait mal leur hostilité à son égard. Qu'avait-il fait de mal? Il avait forcément fait quelque chose de mal. Le cœur plein d'effroi, il retraçait sa semaine, sans trouver rien à se reprocher. Avait-il offensé un membre de la famille royale sans le vouloir? Coupé une personnalité de marque avec son véhicule? Il fouillait en vain sa mémoire. Il savait que cette voiture lui causerait des ennuis, un jour. Il conduisait si mal, surtout quand il lui prenait l'envie de filer à toute allure sur l'autoroute, avec le sentiment de s'évader, son rêve, et de maîtriser son destin.

Quand le détective entra dans la pièce avec un tableau, il comprit que peu importait la raison première de leur perquisition, ce n'était déjà plus là le problème.

Dix! Onze! Douze!

Il n'en sut rien, mais après l'avoir amené au poste, les policiers parlèrent longuement des tableaux et des femmes nues dans de drôles de positions qu'ils représentaient. Ils implorèrent Allah de les pardonner d'y avoir posé des yeux coupables pendant la perquisition.

L'artiste avait estompé les traits de ses modèles pour protéger leur identité. C'était ce qu'il y avait de plus difficile : effacer ces regards pleins d'espoirs et de rêves, de désirs et d'aspirations. Il peignait de mémoire et esquissait d'abord leur visage, avant de gommer avec une petite brosse leurs yeux, leur nez, et tous leurs traits.

Quelques jours plus tard, un policier fit l'inventaire du dépôt et constata avec stupéfaction que toutes les peintures avaient disparu, sauf une, alors qu'il devait en contenir dix-sept !

Il songeait à la liste des documents qu'il aurait à remplir. Il retourna le dernier tableau.

À l'intérieur d'une maison, une jeune fille nue vue de dos regardait le monde extérieur par les fentes d'une fenêtre de bois. Le policier fixa des yeux avides sur les formes pleines des fesses et du dos nus, semblables aux courbes d'un violon.

Il ramena le tableau caché sous sa chemise dans son bureau, l'enferma à clé dans le tiroir du bas, mit la clé dans sa poche et alla se faire du thé dans la petite cuisine de l'entrepôt.

Treize ! Quatorze ! Quinze ! Seize ! Dix-sept !

L'avocat de l'artiste lui donna un pot de pommade sous la table, pour échapper à la vigilance du garde. Il lui annonça qu'il serait déporté le lendemain. L'artiste ne comprenait pas pourquoi et demandait à l'avocat s'il lui serait possible de garder son emploi.

— Tu as été viré. Ton patron t'a renvoyé dès qu'il a su, pour les tableaux.

L'avocat lui expliqua que quelqu'un l'avait dénoncé pour conduite dangereuse, mais quand les policiers avaient découvert les tableaux, ils l'avaient plutôt arrêté pour indécence. Sans emploi, il n'aurait plus droit à un visa et serait déporté.

L'homme cacha la pommade dans son sous-vêtement. Il remercia l'avocat avant de retourner dans sa cellule.

Quand la porte s'ouvrit, des petits cercles de lumière illuminèrent la cellule sombre. Puis, les prisonniers se retrouvèrent dans le noir, sans espoir de lumière, et l'artiste aveuglé chercha un endroit sur le sol où s'installer.

Il laissa son corps las choir par terre, et le contact des pierres froides et humides soulagea la douleur dans son dos, apaisa la brûlure. L'odeur de merde et de vomi émanant d'un seau lui était devenue familière, au point où il ne la sentait plus.

Sur son front, les autres prisonniers soufflaient leur haleine. À son arrivée une semaine plus tôt, il les avait craints, lui, si affaibli, et eux, tous voleurs, violeurs ou meurtriers, empilés dans une unique cellule. Il s'était retenu le plus longtemps possible, effrayé par leurs yeux sur lui, sachant pourtant qu'il n'aurait d'autre choix. L'appel de la nature avait fini par l'emporter et il s'était approché lentement du seau en évitant les regards. L'odeur lui explosa au visage et faillit le faire tomber, tant le vertige était étourdissant.

Il s'attendait à être empoigné par un violeur ou tué par un gang, mais en se retournant vers les autres, il avait constaté qu'eux aussi détournaient les yeux, se sentant aussi nus que lui. Mieux valait être ici avec eux, plutôt que dehors aux mains des gardiens.

Allongé à même le sol, il sentait la douleur dans son dos, une brûlure pourrissant en forme de V qui, comme un oiseau aux ailes déployées, l'emporterait au loin pour le ramener vers sa patrie. Venue de nulle part, une main se posa sur sa poitrine et le fit sursauter dans une douleur atroce. Ajustés à la noirceur, ses yeux distinguèrent un garçon d'une quinzaine d'années, le visage couvert de sang séché, le nez cassé. Avec un sourire gêné, l'artiste le laissa s'approcher, toucher sa poitrine et y appuyer la tête. Des gouttes humides pleurèrent sans fin.

Dix-huit! Dix-neuf! Vingt! Vingt et un!

Il espérait qu'Amal vienne le chercher à l'aéroport. Ce fut plutôt son ami d'enfance, Abdul-Salam, et son frère Bassem, qui l'attendaient. Il les regarda dans les yeux sans rien dire. Ils ne posèrent aucune question.

Ils le ramenèrent à la maison, où sa mère l'accueillit à bras ouverts, ce qui provoqua ses larmes et le frappa en plein cœur. Elle se poussa ensuite pour le laisser s'approcher du fauteuil roulant de son père. Souriant, il s'apprêtait à lui embrasser les doigts en signe de respect, mais le vieil homme détourna les yeux et demanda à Bassem de le raccompagner dans sa chambre. Sa porte claqua comme un tir de fusil.

Vingt-trois ! Vingt-quatre ! Vingt-cinq !

Des sueurs froides réveillèrent l'artiste dans son ancienne chambre. Il regarda autour de lui, effaré, pour s'assurer qu'il était bien rentré chez lui. Il sauta du lit et se sentit étourdi. Il ouvrit les rideaux pour laisser entrer le doux soleil de son pays, avec l'impression qu'une eau chaude se déversait sur son corps. Il sourit, se gratta la poitrine. Il recula d'un pas et se regarda dans le miroir avant de retirer le pyjama de son frère et de remettre les vêtements qu'il portait la veille.

Sa mère entra dans la chambre sans cogner alors qu'il était toujours en sous-vêtements, poussa un petit cri de surprise et lui ordonna d'arrêter. Elle alla chercher des vêtements propres et l'aida à s'habiller comme s'il était encore un enfant incapable de boutonner sa chemise.

Submergé par une sérénité qui lui avait fait défaut depuis longtemps, il attira sa mère contre lui et posa un baiser sur son front avant de sortir de sa chambre.

Toute la famille l'attendait au salon : le père, le frère, les filles de la sœur veuve. En évitant leur regard inquisiteur, il se précipita vers le téléphone pour demander à l'ambassade qu'on lui envoie ses affaires, comme promis. Quand personne ne répondit, il se rappela qu'aujourd'hui, c'était l'une des nombreuses fêtes glorieuses de la nation célébrant une révolution passée.

Vingt-six ! Vingt-sept ! Vingt-huit ! Vingt-neuf ! Trente !

Il tenta en vain de joindre Amal sur le portable qu'il lui avait envoyé à son anniversaire. Il lui avait demandé d'installer une sonnerie juste pour lui, sur l'air de Kiss interprété par Prince, qu'il avait vu chanter un jour à la télé. Le présentateur avait traduit les paroles, et cela lui avait laissé un souvenir lyrique très fort même s'il ne les avait pas vraiment comprises. Le rutilant téléphone demandait à n'en plus finir un simple baiser à l'amour de sa vie.

Il appela la mère d'Amal.

La vieille femme répondit, messagère de mauvais augure. Elle lui apprit qu'Amal s'était enfuie avec son nouvel amoureux, Saad, âgé d'à peine vingt et un ans. Sous le choc, la maman s'était giflée, avait pleuré en scandant le nom de sa fille. Après en avoir discuté sept mille fois avec sept mille voisines, elle commençait à accepter la situation. Amal avait emporté avec elle tout l'argent que l'artiste lui avait envoyé en prévision de leur mariage.

Il souhaita bon courage à la mère et éclata de rire dès qu'il eût raccroché.

Trente et un ! Trente-deux ! Trente-trois ! Trente-quatre !

Il rouvrit sa vieille boîte de peintures, sortit du papier blanc d'un tiroir et commença à relâcher les couleurs de leurs petites prisons. Il tenta de leur parler comme avant, les imaginant s'étaler parfaitement sur le canevas pour tracer un nouveau corps nu avide de liberté.

Après une heure passée à éclabousser la toile de silhouettes sans visages, il abandonna la partie.

Comme son dos le faisait de nouveau souffrir, il cogna doucement à la chambre de ses parents. Il entr'ouvrit la porte et aperçut son père endormi et sa mère sur une chaise, de dos, les yeux sur la fenêtre en bois, les mains délicatement posées sur les genoux.

Il murmura son nom, et elle sortit de sa stupeur et le suivit jusque dans sa chambre. Il retira sa chemise pour qu'elle lui applique la pommade.

Trente-cinq ! Trente-six ! Trente-sept ! Trente-huit ! Trente-neuf !

Pendant que sa mère enduisait avec précaution ses plaies brûlantes, son esprit vagabondait malgré lui vers le moment où ses bourreaux, entourés de deux témoins, avaient retiré sa chemise en plein milieu du désert. Il avait imploré leur miséricorde, à genoux, sous le regard du juge, debout un peu plus loin.

— Pour tes crimes d'indécence, tu es condamné à quarante coups de fouet, avait prononcé le juge. Qu'Allah t'accorde sa merci.

Un homme avec un masque noir avait levé son fouet, loué Allah le miséricordieux, et commencé à compter.

Quarante!

— Tu dors?

—...

— Tu es réveillé?

Je prends ma voix la plus douce.

—...

Sans attendre ta réponse, je te dis que je t'aime.

— Moi aussi, me réponds-tu.

Ta voix provient d'un pays à l'intérieur d'un rêve.

LE CONTE DE L'HOMME QUI N'A PLUS JAMAIS DORMI DE SA VIE

Tu me cries de la cuisine :

— Où as-tu mis les beignets ?

— Pas la moindre idée.

Je me roule un joint dans mon bureau.

— Il faut continuer malgré tout, me dit l'ange de la mort de sa voix rauque.

Sorti de la mythologie grecque, il est venu fumer un pétard avec moi. Je roule le joint d'une main experte, lèche le papier et referme délicatement la pointe pour former un petit tunnel de bonheur parfait autour d'un filtre en papier.

— Qui le divertira, sinon moi ?

J'ai trafiqué le détecteur de fumée il y a quelques années. Quand des amis nous rendent visite, la première chose qu'ils remarquent, c'est l'odeur de la marijuana mêlée à celui des vieux meubles et du whisky. Certains n'osent rien dire, d'autres me demandent sans détour si je fume de l'herbe, les yeux remplis d'anticipation et de malice. Je souris et ouvre ma petite cachette pour me rouler un nouveau joint.

À notre arrivée à Vancouver, la première chose que j'ai cherchée fut un dealer. C'était un homme blanc, grand, au sourire mielleux, qui livrait son herbe à vélo. Quand il ouvrait son gros sac à dos, le parfum du cannabis emplissait la maison. Il parlait éloquemment des différentes variétés et de leurs effets respectifs, suggérait telle *sativa* pour les petites heures du matin, telle autre *indica* pour une rencontre intime, la nuit. « *Filtre d'amour* », murmurait-il avec admiration, et il sortait un pot plein de petits sachets bien scellés. « Cette petite pute m'a causé quelques ennuis », ajoutait-il. Nous rigolions, et j'achetais tout ce qu'il me proposait.

Aujourd'hui, je m'approvisionne auprès des grandes pharmacies. J'y vais à pied, muni de mon petit permis. L'employée à la joue tatouée se fout pas mal de ce que j'achète et me dit de poser ma carte de crédit sur la machine. Elle ne me parle jamais d'aventures sexuelles suscitées par la fumée grise de la marijuana.

L'ange de la mort, qui attend impatiemment sa taffe, me tend le briquet.

— Allume donc cette petite salope ! m'ordonne-t-il.

La première bouffée, suave, entre dans mes poumons, dans mon sang, pour aller se heurter aux cloisons internes de mon cerveau. Je tousse et la mort, qui ne demande qu'à me faire plaisir, s'écrie :

— *Salamtak* ! À ta santé !

Je tire une autre touche qui me brûle les yeux. Mon téléphone sonne, une stupide publicité, je l'ignore. Je passe le joint à la mort, qui le prend entre ses phalanges.

— Fais attention à tes doigts tout secs, lui dis-je d'un air narquois. Le joint pourrait y mettre le feu.

— C'est arrivé, une fois.

Je regarde la fumée descendre de son crâne à sa cage thoracique, où elle flotte quelques secondes, avant d'être expulsée.

— Pas à moi, ajoute-t-il. Si tu meurs défoncé, ton âme prendra le goût de la mûre.

— À Damas, nous ne l'appelions pas Marie-Jeanne, mais Sawsan, un nom qu'on donnerait à notre sœur, ou à une jeune innocente.

Au cas où nos téléphones soient sous écoute, je disais à un ami: «Amène Sawsan avec toi!» Sa réponse provoquait parfois la déception: «Sawsan est fatiguée aujourd'hui, peut-être demain?»

— C'était difficile d'en trouver, à l'époque. On disait que le Hezbollah libanais contrôlait le marché de la drogue en Syrie, se finançait par la vente de hachich et réservait la meilleure part à l'exportation!

Ma plaisanterie fait rire l'ange de la mort.

Telle une vieille rengaine entendue un milliard de fois, la fumée remplit ma tête de vieux souvenirs. Je n'arrive pas à oublier le passé. Surtout les moments de honte. Comme le jour où j'ai lu des dossiers qui ne m'étaient pas destinés dans le bureau de mon patron, à l'office du tourisme où j'ai travaillé, l'été de mes quatorze ans.

En Syrie, pendant les vacances, les parents dénichent de petits boulots à leurs enfants. Quand j'ai fui la maison de ma mère, mon père m'a cherché dans les rues froides de Damas. Il m'a retrouvé deux jours plus tard endormi sur un transat du jardin al-Sibki, affamé, entouré de chats de gouttière et de regards apitoyés. Il m'a emmené vivre chez ma grand-mère. Il venait rarement me voir, sauf quand il m'a jugé assez vieux pour travailler.

Vêtu de ma meilleure chemise et de mon plus beau pantalon, je l'ai suivi jusqu'à la rue Arnous, à une vingtaine de minutes de chez nous. Je croyais qu'il m'emmenait prendre une glace chez Damer ou manger quelque chose de sucré, et discuter de mon éventuel retour chez ma mère. Il m'a plutôt fait entrer à l'office de tourisme où travaillait un ami, à qui il a offert mes services pour faire la vaisselle, le thé et le café. En faisant le ménage dans le bureau du directeur, j'ai remarqué des dossiers en anglais.

À l'époque, je ne connaissais que les rudiments de cette langue, car je lisais surtout des auteurs russes et de la mythologie grecque traduits en arabe. Même si je ne comprenais pas tout en anglais, j'étais curieux de savoir ce que contenaient ces dossiers et je voulais apprendre.

Alaa, un homme au profil et à l'humour d'éléphant, m'a pris sur le fait et copieusement injurié et rudoyé. J'étais sincèrement désolé, je ne voulais surtout pas être indiscret. Je n'avais pas non plus envie de faire du café, mais peu importe.

J'ai été viré ce jour-là. Je m'en souviendrai toujours, de ce premier renvoi. C'est le petit souvenir idiot d'une honte qui aurait dû s'effacer dès le lendemain, mais qui me revient à l'esprit de temps en temps. Mon tout premier échec, qui refait surface chaque fois que je veux repartir à zéro, cette humiliation publique devant huit géants, des femmes à longues jambes avec leur sac dernier cri, et des hommes à la moustache parfaitement taillée.

L'ange de la mort s'incline en souriant; il entend mes pensées. La fumée sort de ses orbites et ses doigts glacés me frôlent. Si l'âme des drogués goûte la mûre, un joint fumé avec la mort a la saveur du paradis.

— Tu sais, me dit-il, tu n'as pas changé. J'ai arraché des morceaux de ton âme, mais tu restes un enfant curieux qui veut qu'on l'accepte. Tu n'as jamais cessé de lutter contre ta destinée, pour être le plus fort. Tu te vois comme un être inachevé, et tu vois tout ce qui t'entoure comme parfaitement achevé. Pour te sentir entier, il faut être le plus fort.

Il s'interrompt pour reprendre son souffle, pendant que je tire sur mon joint, puis poursuit à travers la fumée verte :

— Tu n'as rien compris, hein, *hakawati* ? Tu ne vois que tes échecs. Tu es l'envers de Dorian Gray : en toi, un portrait coloré par tes peurs et tes insécurités t'empêche de voir qui tu es vraiment.

Il me prend le joint.

— Au cœur de la nuit, quand ton amant s'endort à la fin de ton histoire, où te caches-tu pour fuir la peur ?

— Je me dissimule derrière un écran de fumée.

Nous rions.

Je n'ai pas besoin de lui dire la vérité, il la connaît déjà. Depuis le jour où je me suis enfui de la maison de ma mère, je cours. Il paraît qu'en situation d'urgence, on a le réflexe de se bagarrer ou de se défiler. Je n'ai jamais trouvé un moment dans ma course folle pour m'arrêter et reconnaître que j'avais atteint ma destination.

— Tu compliques trop les choses. La vérité est toute simple : tu as construit un royaume de paix dans ton imagination.

Il m'explique qu'en réalité, il y a une alternative à se bagarrer ou à se défiler.

— On peut se figer, aussi. Appuyer sur la touche « pause » pour que le monde arrête de tourner, comme un film sur ta vieille machine vidéo. Se ménager un petit royaume où on se sent en sécurité.

La marijuana joue des tours à mon esprit. Je me revois, enfant, en train de pointer un sabre damascène en bois vers une toute petite abeille ; mon ombre est celle d'un chevalier arabe qui manie l'épée volée par Ali Baba dans la grotte et anticipe l'attaque d'un gigantesque rocher. J'explique :

— Chaque fois que le monde s'éteint autour de moi, je m'enfuis vers le pays des ombres.

Le silence remplit la pièce. Nous entendons le bruit de tes pas à travers la maison ; tu évites soigneusement mon bureau. Tu sais que je fume mon deuxième joint de la journée et l'odeur t'irrite et provoque un murmure désapprobateur. Tu disparais ensuite dans tes pensées.

L'ange de la mort, calé dans son fauteuil à bascule préféré, me réclame une histoire :

— C'est toujours à lui que tu réserves les meilleures. Raconte-m'en une, à moi aussi.

Je lui obéis :

— Il était une fois, dans les rues de Beyrouth, un homme qui était défoncé. C'était moi. Il faisait noir, et je m'en foutais pas mal.

Mon interlocuteur continue de se bercer et tend l'oreille.

Complètement défoncé, je descendais une rue familière. Les lumières des réverbères et les phares des voitures m'hypnotisaient, leurs rayons comme autant de petits soleils. «Tu sais à quoi t'attendre, me disais-je; détends-toi, laisse ton corps te guider vers la bonne direction, tout doucement».

Dans la rue, trois femmes sans domicile fixe vivent sur le trottoir, alors qu'il n'y en avait qu'une seule quand j'ai emménagé ici il y a dix-huit mois: celle-là, à gauche, qui mendie un dollar aux passants et tâche de contrôler son bambin de deux ans qui court dans la rue achalandée. Des Syriens, eux aussi! Cela s'entend à leur accent. Ils haussent la voix à mesure que l'on approche, comme un disque qui saute, et répètent leurs prières pour que votre mère vive éternellement et que votre travail soit productif et béni. Leurs paroles s'estompent derrière les passants.

Je laisse des marques de doigts noirs et un peu de sueur sur l'enveloppe que je trimballe. À l'intérieur, deux billets de concert. D'une boutique tout près s'échappe un air d'oud arabe un peu cliché comme on en entend dans les restaurants de Beyrouth. J'ai besoin d'un Red Bull pour me détendre, en commander un, payer, prendre la cannette bleue et argentée de l'autre main… C'est compliqué! Avaler une gorgée. Le liquide est éventé, et pourtant pétillant.

Je hèle un taxi, négocie le prix, saute dedans, sors une cigarette.

Le chauffeur est bavard, Syrien lui aussi, et je me sens suffoqué par son accent, qui me rappelle mon pays. Je me demande une seconde si j'ai raison, s'il est bel et bien Syrien, ou si ce n'est qu'une illusion. Il parle peut-être avec l'accent libanais et c'est moi qui entends des voix. Des panneaux illuminés annoncent une marque de sous-vêtements. *De quelle couleur sont ceux de la Reine d'Angleterre?* Le chauffeur n'arrête pas de parler. J'ai besoin de retourner à mes pensées.

— Quel salaud, bien élevé par sa mère! s'écrie le chauffeur. Un con de pilote qui vient tout juste de bombarder une école à Alep.

Je réponds avec un juron, surpris d'avoir réussi à rebrancher mon esprit à ma langue:

— *Kess ekhto shu sharmout.*

Ce matin, je me suis réveillé à côté de mon amant qui me demande, les yeux brillants d'amour et d'émotion: «California Orange?» et je lui ai répondu «Oui, le matin, c'est super!» Il a tiré un joint tout roulé d'un petit tiroir, un California Orange, justement. Je l'ai pris et allumé avec mon briquet. Qui a dit que le matin, un bon joint, c'est super?

— L'école préparait une petite exposition de dessins, continue le chauffeur, un peu déçu de mon silence. Au lieu de tableaux, les murs se sont couverts de restes de petits enfants… Peut-être ont-ils emporté leurs œuvres chez Allah et lui ont-ils demandé de les juger?

Nous étions couchés, nous demandant qui ferait le premier pas. J'hésitais à nouer de nouveaux liens. J'ai glissé les doigts sous son t-shirt pour jouer du piano imaginaire dans son dos. Il était la clé de ma musique, l'instrument de ma créativité. Faire l'amour donne un sentiment d'appartenance.

— Le pilote recevra un trophée pour sa bravoure, poursuit le chauffeur. Et quelle bravoure, tuer des innocents! Des enfants en plus!

Les larmes me montent aux yeux, et j'ignore pourquoi. Les lumières se voilent autour du taxi.

— Le régime syrien a gagné une guerre qui n'en était pas une, annoncera la propagande. Le pauvre, il faisait face à un complot universel pour attaquer l'intégrité de tous les Syriens.

J'ai envie de dire au chauffeur de bien vouloir se la fermer, bordel.

J'ai pris anxieusement le visage de mon amant, pressé mes lèvres sur les siennes, et me suis noyé dans la profondeur de ses baisers. Esseulé, affolé, je ressentais le besoin de creuser plus profondément dans ma vie avec lui. J'attendais depuis longtemps des réponses aux questions que je n'osais lui poser, écouter des chansons dont je connaissais les paroles me donnait envie de le serrer dans mes bras. Je me demandais s'il m'aimerait encore demain. J'ai collé mon corps sur le sien.

— Enlève ton t-shirt, tu n'en auras pas besoin.

Dans le taxi, le chauffeur poursuit son monologue qui me rend fou :

— C'est un cercle vicieux. Dans l'autre camp, quelqu'un fixera une bombe à son torse pour poser un geste tout aussi héroïque contre les défenseurs du régime, et encore plus de gens mourront pour rien.

Il agite sa cigarette devant moi, et je lui souffle ma fumée au visage.

Il me rappelle un pays qui n'a jamais été le mien.

— Je t'aime toujours, m'a dit mon amant.

— Je n'en ai jamais douté, lui ai-je répondu.

Le nœud s'est défait, il m'a regardé dans les yeux et a demandé :

— Qu'est-ce qui ne va pas ?

La douleur, l'âge me rattrapent, ainsi qu'une lassitude de me battre constamment pour avancer. Enfui depuis quelques semaines, mon optimisme habituel.

— Passe-moi le joint.

— Les martyres rencontreront Allah, conclut le chauffeur devant la salle de concert. Ils lui demanderont justice et Allah condamnera tout le monde : le gouvernement, le peuple, le monde entier.

Par un geste malencontreux, j'ai renversé un verre laissé la veille sur la table de chevet. Nous nous sommes levés pour ramasser les mille éclats. Du sang a coulé sur le verre brillant.

— Tu as peur, on dirait, a plaisanté mon amant.

— Peut-être plus que je ne le pense.

Je descends du taxi et traverse les cloisons de fortune qui entourent la salle de concert. Je perçois de la musique, des applaudissements, de la lumière. Je suis en retard. Je réalise un peu tard que j'ai oublié les billets dans le taxi.

L'ange de la mort n'a pas du tout aimé mon histoire. Les pans de sa cape flottent, ses os s'entrechoquent, j'en ai la chair de poule.

— Pourquoi me racontes-tu tout ça? proteste-t-il. C'est mon métier, je suis l'ange de la mort. On ne peut pas me reprocher de faire mon métier!

Calé dans mon fauteuil, je lui réponds:

— Tu as besoin d'un psy, mon vieux.

Il se met à rétrécir, à rapetisser jusqu'à prendre la forme d'un enfant boudeur, le nez dans des dossiers qui ne lui sont pas destinés.

— Ce sont des fous qui ont retenu mes services, explique-t-il. Ils veulent que le travail soit fait, et bien fait. Moi, je n'ai pas de contrôle là-dessus. Ils lancent leurs bombes. Je récolte les âmes. Des centaines de milliers d'âmes. Je ne chôme pas. Ils tirent leurs missiles et leurs balles au hasard, mais moi, je suis bien organisé. J'ai tout prévu.

Au début, c'était le régime syrien, la famille régnante qui voulait garder le pouvoir.

— Ils en ont tué beaucoup, et lancé du ciel des tas de barils d'explosif sur des familles endormies.

La voix rauque de l'ange de la mort se fêle de plus en plus et il se met à bégayer.

— Ensuite, il y a eu des armes chimiques et des gaz empoisonnés. Ce n'est pas le travail qui manquait.

Les extrémistes sunnites ont pris le relais, en expliquant la terreur de nouvelles façons. Des corps sans tête étaient crucifiés dans les squares. Les enfants chantaient des refrains qui parlaient de couper la tête aux Aalouites, cette secte musulmane qui dirige la Syrie. Quelques semaines plus tard, ces mêmes enfants se baladaient avec les têtes promises à la main.

— Une véritable boucherie, ils sont devenus fous, poursuit-il, et moi aussi je deviens fou.

C'est une histoire sans fin, qui se complique, s'embrouille. Impossible à raconter.

Tu m'appelles du rez-de-chaussée.

— *Hakawati* !

— J'arrive !

J'ai les yeux rougis.

L'ange de la mort a grandi, il a peut-être quatorze ans et est entouré d'un million d'âmes syriennes de plus grande taille : femmes élancées aux cheveux noirs, hommes à la barbe bien taillée, enfants. La mort n'oublie jamais les enfants.

LE CONTE DU PRINCE ENSORCELÉ

Je me demande si tout cela n'est pas qu'un mauvais sort jeté par ma méchante belle-mère pour me punir d'avoir raté les funérailles de mon père. Et si, comme elle à la mort de mon père il y a longtemps, je me demandais dans un coin sombre ce que sera la vie après la mort de mon amoureux… Si, comme elle, je suivais des yeux ton cercueil clos porté par des étrangers… Si, comme elle, je n'arrivais pas à trouver les mots lors de tes funérailles…

Il y a plus de trente ans que ma belle-mère m'a appelé en pleine nuit, affolée. Tu t'en souviens ? Nus, blottis l'un contre l'autre, nous venions de nous mettre au lit. Notre vieille chienne blanche un peu grincheuse se servait de ma jambe comme d'un oreiller. La nuit était calme. Je n'ai senti aucun pincement au cœur, aucun bourdonnement dans les oreilles, aucun de ces liens émotionnels qui, paraît-il, unissent pères et fils au-delà de l'espace et du temps. Nous avions oublié de vérifier si les lumières ou la télé étaient encore allumées, et échangions des baisers somnolents. Tu as marmonné quelque chose d'intangible et je t'ai fait taire pour te renvoyer au pays des rêves.

C'était une autre longue nuit d'hiver à Vancouver et nous n'étions pas encore habitués à la pluie. Autour de notre immeuble sur West Georgia, le bruit des voitures était amplifié par la pluie. L'appartement était si petit qu'on y tenait à peine à deux. Je détestais ces fenêtres tout le temps fermées. Toi, tu n'aimais pas que la cuisine soit ouverte sur le salon ; les gens pouvaient te voir torse nu t'affairer à recréer les recettes de ta mère, et il fallait toujours tout garder propre.

Mon portable a sonné et une voix que je n'avais pas entendue depuis huit ans a résonné. J'étais à moitié endormi, mais je l'ai aussitôt reconnue.

Un air jouait à la télé. *Anywhere, I would have followed you.* J'avais dû laisser Spotify sur ma liste pour nuits froides. Je l'entendais à travers les fentes du mur en bois derrière notre lit. *I'm feeling so small. It was over my head, I know nothing at all.* La voix à l'autre bout du fil traversait des déserts et des océans. Elle projetait des paroles qui s'envolaient dans l'espace comme Anzû l'antique oiseau sumérien à corps d'aigle et à tête de lion. *I will stumble and fall. I'm still learning to love, just starting to crawl.* Pour faire plus grand effet, ma belle-mère exagérait chaque détail des derniers jours de mon père et prétendait qu'à l'agonie, il avait prononcé mon nom. Les paroles de cette femme étaient aussi monstrueuses et charnues que cet oiseau mythologique. Le seul arbre assez grand pour loger son méchant nid de paroles aurait été celui qui chevauchait les sources des sept rivières du soleil.

J'ai appris des années plus tard que mon père était mort en paix. Il était allé se coucher un soir et ne s'était pas réveillé.

Cette nuit-là, l'ange de la mort nous a pour la première fois rendu visite. Il a poliment frappé à la porte et demandé la permission d'entrer. Il n'est jamais reparti. Il nous accompagne quand nous partons en vacances, s'introduit dans nos boîtes quand nous déménageons, et retrouve chaque fois son fauteuil à bascule préféré dans mon bureau.

Je lui avais préparé un café et demandé d'être seul avec lui. Nous avons bu notre café noir d'un air lugubre. Je ne pleurais pas. Il m'a demandé si j'avais besoin de quelque chose, et je l'ai regardé de travers. Dans les plis de sa cape noire, des bouts de souvenirs se bousculaient, des moments de profond regret, mais aussi des souvenirs plus doux, ceux d'un temps depuis longtemps révolu.

— Dis quelque chose. Je n'attends plus rien de toi.

En juin 2000, quand la canicule a frappé Damas, les gens se promenaient en manches courtes, jamais en short. Les Syriens en portent rarement, car ils ne considèrent pas qu'il est très viril de montrer leurs genoux et la forme de leurs parties génitales. Le temps était exceptionnellement chaud à Damas et j'avais très envie d'un Popsicle. Mon père et moi marchions dans les rues vides à la recherche d'un magasin ouvert. C'était trois jours après la mort d'Hafez al-Assad. On racontait qu'il s'était éteint paisiblement, en parlant au téléphone avec le président du Liban ou de l'Égypte. On disait aussi que ses derniers mots avaient été des paroles de paix et de dignité, qu'il fallait continuer le juste combat contre Israël, un épouvantail que les gouvernements arabes brandissaient pour rassembler le peuple. On ironisait qu'il était mort en héros, comme il avait vécu.

À l'époque, je ne pensais guère à la politique, ni ne remettait en cause la grandeur de notre brillant dirigeant.

Les rues vides réfléchissaient le soleil sur nos visages. Celui de mon père rougissait sous la chaleur. Il maudissait le moment où l'idée de sortir lui était venue :

— Pourquoi sortir si tôt après sa mort ? Tous les magasins sont fermés.

Moi, j'avais l'esprit ailleurs.

Je pensais à Samer, qui était venu chez moi quelques jours plus tôt. Il s'était porté à ma défense l'année d'avant, à l'école, pour une broutille. J'écoutais le dernier air des Backstreet Boys sur le petit Walkman que j'avais acheté avec mon salaire de l'été, quand quelques garçons m'avaient remarqué dans la cour de récré. Ils m'avaient arraché mon Walkman et le lançaient comme un ballon. L'un d'eux m'a poussé par terre. Une prof qui fumait de l'autre côté de la rue avait marmonné quelque chose avant de tourner les talons.

En Syrie, tout finit par finir. Mon amour pour les chiens, par exemple, que ma mère avait tué quand elle avait refusé un petit chiot ramassé dans la rue. Je n'étais donc pas surpris de voir mon Walkman ainsi détruit. J'aurais pu hurler pour me défendre, mais ils étaient plus forts que moi. Je m'expliquais ma lâcheté: *à la fin, ce qui compte vraiment, ce sont les liens que l'on tisse, peu importe comment ça se termine. Je n'oublierais jamais les moments passés à écouter sur mon cher Walkman des chansons d'amour composées par de beaux jeunes gens.*

J'avais repris espoir à la vue de Samer, un garçon de dix-sept ans armé d'une attitude de caïd. À l'école, nous portions un uniforme de style militaire, et lui, il roulait toujours ses manches pour montrer ses beaux biceps, dévoilant ses poils noirs, que j'imaginais doux au toucher. Il lui avait suffi de demander à mes agresseurs ce qui se passait, et ils avaient déguerpi, non sans d'abord me rendre mon Walkman. Mon sauveur s'était présenté, Samer, en m'aidant à me relever.

Je connaissais son nom, que m'avait appris un ami dont le grand frère était dans la même classe. Toujours dans la cour de récré le midi, Samer portait l'uniforme scolaire avec une touche de rébellion, le col ouvert pour révéler un t-shirt noir de Metallica, les manches relevées, la ceinture serrée autour de sa taille, soulignant chacun de ses muscles.

Moi, je flottais dans mon uniforme trop grand pour moi. Mon père croyait que prendre une taille au-dessus le ferait durer au moins deux ans. Dans la boutique de la rue Hariqa, il avait regardé d'un air déçu mon corps malingre et s'était dit que je finirais bien par remplir mon uniforme. En attendant, j'avais l'air d'un clown triste qui aurait perdu son chemin en se rendant au cirque. Quand j'avais fini par grandir, l'uniforme était usé jusqu'à la corde.

Mon père et moi avons terminé notre tournée ce jour-là à l'échoppe de l'oncle Abu Saleh. C'était un vieillard chauve à la barbe grise. Avant d'entrer, j'ai attrapé un Popsicle dans le congélateur stratégiquement placé à portée des enfants devant sa boutique. Abu Saleh n'était pas vraiment mon oncle, mais le cousin préféré de ma grand-mère. J'avais entendu dire qu'ils avaient été promis l'un à l'autre, mais qu'Abu Saleh, conscrit dans l'armée, avait ensuite été porté disparu. Au comble du désespoir, la jeune femme qui allait devenir ma grand-mère guettait le nom de son fiancé tous les jours dans la liste des morts à la radio, sa seule compagne au début des années 1940.

Six mois après la disparition de son cousin, son père l'avait mariée à un autre homme. Abu Saleh était rentré juste à temps pour assister aux noces.

Quand nous sommes entrés dans sa boutique, Abu Saleh nous a salués d'une bien drôle de manière :

— Qu'il aille se faire foutre, Hafez !

Le cœur de mon père s'est arrêté.

— Chut ! Ne dis pas ça !

— Tu es trop jeune pour te rappeler l'époque sombre où il a pris le pouvoir, a insisté Abu Saleh.

Il a craché dans un mouchoir et l'a jeté à la poubelle. Mon père lui a fait signe de baisser d'un ton, mais Abu Saleh ne voulait rien savoir.

— Il a tué tellement de gens à Hama dans les années 1980, a-t-il ajouté encore plus fort. Il a épargné les lieux historiques, mais a détruit tout le reste.

Le visage de mon père virait au jaune. Abu Saleh continuait sa tirade :

— Il a fait venir des gens à lui pour repeupler la ville.

Moi non plus je ne comprenais rien à ce que racontait cet homme, car je n'étais qu'une vague idée dans la tête de mon père à l'époque, quand le régime syrien avait écrasé la révolte des Frères musulmans. Un mouvement sunnite qui représentait la majorité et résistait à un gouvernement dirigé par les alaouites, portés au pouvoir par un coup d'État une dizaine d'années plus tôt.

Abu Saleh avait accepté le destin de celui qui arrive trop tard. Il s'était fait discret dans la vie de ma grand-mère. Marié à une femme respectable choisie par sa mère à peine quelques semaines après le mariage de son ex-fiancée, il ne l'avait vue qu'en photo avant la nuit de noces. Il l'avait traitée avec bonté, et elle, bonne épouse, préparait humblement ses repas chaque jour, repassait ses vêtements et lavait sa *gallabieh* blanche avec un savon parfumé au laurier. Elle avait porté et élevé avec un amour infini leur fils unique, Saleh. Elle quittait rarement la maison et ne rendait jamais visite à personne dans notre famille. Abu Saleh n'a rendu visite à ma grand-mère que pour les funérailles de mon grand-père. Après avoir serré les mains de mes oncles et de mon père, il a lu un ou deux versets de la sourate al-Rahman, bu un café noir et vidé les lieux en moins de vingt minutes.

À ce stade de la conversation, mon père reculait vers la porte à mesure qu'Abu Saleh continuait de râler contre le régime.

— Ne dis pas ça, Abu Saleh. Il y a peut-être quelqu'un qui nous écoute.

Mon père a posé la main sur mon épaule, comme pour me protéger.

— Tu verras, a conclu Abu Saleh en nous voyant pressés de quitter sa boutique. Un jour, ce régime tombera et tous nos maux seront soulagés.

Plus tard, en 2011, Abu Saleh et sa femme ont été tués par une milice armée. C'était sous le régime du jeune Assad, au moment où la révolte a éclaté. Saleh a été conscrit dans l'armée arabe syrienne l'année d'après et envoyé à Alep pour combattre les terroristes. Dans une ultime photo prise par ses amis, on le voit enthousiaste dans un uniforme kaki, un fusil à la ceinture et un AK-17 à l'épaule. Il est parti à la guerre et on n'a plus jamais entendu parler de lui.

Samer et moi faisions l'école buissonnière tous les jours pendant des heures. Dans un jardin public, nous parlions de tout et de rien, moi, de ma collection de bandes dessinées et lui, de son amour pour les chatons. Je jouais avec ceux qu'il parvenait à attraper. Je lui donnais des cours particuliers d'anglais, et lui, de maths. Ses solides épaules et ses cheveux, doux au toucher, me plaisaient beaucoup. Il riait de bon cœur à toutes mes blagues.

Il voulait partir. Il rêvait de voyager en avion, et moi je voulais être sur le même vol que lui. Pour aller où ? En géographie, nous n'apprenions pas grand-chose à l'école, mais n'en souhaitions pas moins partir au bout du monde.

Comme une mosaïque damascène assemblée une pierre à la fois, un sentiment grandissait en moi. Une joie nouvelle m'envahissait dès que je le voyais avancer dans le soleil du matin. Il provoquait une chaleur dans ma poitrine. Il me remplissait d'une angoisse amoureuse qui remontait jusqu'à ma gorge et fêlait ma nouvelle voix d'homme. Avant Samer, ce sentiment ne me venait que quand j'écoutais ma vieille cassette des Backstreet Boys. Leurs voix juvéniles et leurs airs un peu faciles, leurs chansons qui parlent d'amour non partagé et de cœurs brisés, avaient fait naître en moi une joie réconfortante, un peu coupable. Avec Samer, un véritable sentiment commençait à prendre forme au fond de mon âme, telles les pierres d'une mosaïque.

Un jour, étendus sur la pelouse du jardin Jahiz non loin de l'école, nous avons parlé de ma mère et je lui ai montré les cicatrices sur ma peau, mais aussi sur mon cœur. Il a eu du mal à croire à l'histoire des photos brûlées et du couteau brandi au-dessus de moi. Une minuscule larme est allée s'écraser dans l'herbe luisante. Sans un mot, il m'a serré la main. Ce simple geste m'a fait trembler comme une feuille, et pendant une seconde, tout mon corps s'est tendu, avant de se relâcher quand le soleil a reparu. J'ai compris que j'étais amoureux de lui.

En rentrant de la boutique d'Abu Saleh, je me suis arrêté et j'ai fixé mon père des yeux. Il lui a fallu un moment pour réaliser que j'étais resté derrière. Il comprenait toujours tout en retard, comme quand il m'avait abandonné avec ma mère, pendant trois ans, alors qu'elle souffrait d'une maladie mentale. Quand il me demandait d'être parfait chez ma grand-mère. Quand il faisait un nouvel enfant à ma mère, pour partager les souffrances de l'aîné. Mon père reconnaissait toujours ses erreurs une seconde trop tard.

Quand il s'est retourné, je lui ai dit :

— Papa, je suis gay.

Plus tôt, dans la chambre de Samer, je l'avais embrassé. Nous regardions *La Momie*. Il riait à chaque blague de Brendan Fraser, et moi, j'avais peur de la momie squelettique. Je me suis approché de lui et il a placé son bras autour de mes épaules. J'ai levé les yeux vers lui et je l'ai embrassé.

Et il a répondu à mon baiser.

Je dis à l'ange de la mort avec une dernière gorgée de café :

— Six mois plus tard, j'ai assisté au mariage de Samer.

— Et moi, réplique-t-il, six ans plus tard, j'ai assisté aux funérailles de Samer.

Le lever du soleil colore timidement le mont Seymour, visible de notre fenêtre.

Mon père n'a pas réagi tout de suite. Il a d'abord été incapable d'entendre mes paroles, qui avaient pourtant retenti haut et fort dans la rue déserte et ensoleillée. Il s'est approché lentement de moi, avant de se figer, avec un regard incrédule et confus. J'ai aussitôt regretté mes paroles.

— Qu'est-ce que tu viens de dire ?

Je l'entendais de loin, mais j'avais très bien compris la question. Je n'ai pas répondu. Il s'est énervé :

— Qu'est-ce que t'as dit, bordel ? Répète ça, fils de *sharmouta* !

Je le regardais en silence, les larmes aux yeux. Je ne bougeais pas d'un muscle, ne prononçais pas une parole.

Aussi troublé que moi, il promenait son regard sur la rue vide, comme s'il y cherchait une réponse à ses questions. Il était tout rouge, les yeux brillants comme un briquet en panne de gaz. Il a tourné les talons avec un soupir bruyant, avant de faire quelques pas dans l'autre direction. Je suis resté immobile, anticipant toujours une réaction. Soudain, il est revenu sur ses pas et s'est rué vers moi. Il m'a attrapé par les cheveux et traîné derrière lui. Je marchais à reculons en pleurant, tendu, le cuir chevelu en feu. Sans un mot, sans un cri. Jusqu'en haut de l'escalier de l'immeuble de ma grand-mère. J'ai perdu l'équilibre, mais il continuait de me tirer par les cheveux et mon corps se heurtait contre les marches, l'une après l'autre.

Il m'a jeté à l'intérieur. Quand ma grand-mère nous a vus, elle a manqué suffoquer.

— Qu'est-ce qui se passe ? s'est-elle écriée. Lâche-le tout de suite !

Mes oncles se sont rassemblés dans l'entrée. Mon père n'a pas ouvert la bouche. Il a envoyé sa mère valser et j'ai hurlé en la voyant, elle si délicate, s'écraser contre une chaise. J'avais le sentiment qu'un barrage venait de céder dans ma gorge, et le flot ne voulait pas se tarir. Mon père m'a poussé dans la première chambre, celle de ma grand-mère, et refermé à clé derrière lui.

Il m'a frappé avec sa ceinture, jeté sans ménagement sur le sol en me qualifiant de *louti*, pédé.

— J'ai élevé un homme. Tu n'es pas mon fils. Tu n'es pas un homme.

Mon père m'a collé son poing sur la figure et arraché une dent au passage. Ma grand-mère cognait frénétiquement à la porte. Mes oncles se demandaient s'ils devaient enfoncer la porte ou « laisser le père élever son fils comme bon lui semble. » Mon père exigeait de savoir qui était l'autre garçon.

Deux heures et un nez cassé plus tard, j'ai fini par le lui dire. Il est sorti en ignorant ma grand-mère qui pleurait à chaudes larmes, assise à côté de la porte. Les doigts couverts de sang, il a composé un numéro de téléphone et discuté avec le père de Samer. Six mois plus tard, nous étions invités au mariage de Samer.

Le jour où nous nous sommes embrassés pour la première fois, j'ai déboutonné la chemise de Samer pendant que sa main caressait mon dos. Il a baisé mon torse nu. J'ai glissé les doigts sous sa ceinture, et ses baisers ont redoublé de force. Il a tiré ma tête en arrière et m'a regardé dans les yeux. J'ai senti qu'il hésitait. Faisions-nous quelque chose de mal ? Une seconde plus tard, ses lèvres s'écrasaient contre les miennes. Je l'ai repoussé un peu pour pouvoir embrasser chacun des poils de sa poitrine et mordre doucement le bout de ses seins. Il s'est mis à haleter.

Brendan Fraser a crié quelque chose d'odieux en arrière-plan.

J'ai baissé son pantalon et lui le mien. Une fois nus tous les deux, nous nous sommes demandé quoi faire ensuite. Nous n'en avions pas la moindre idée. Quelle était la prochaine étape ? Nous sommes restés collés l'un à l'autre, à nous embrasser et à nous caresser. Pendant toute une heure, ce ne fut qu'une série d'étreintes, de baisers et de tendresses, avant de relâcher la tension dans une séquence rythmique, haletante.

Il m'a attiré vers lui et je me suis blotti dans ses bras. Il m'a souri et a caressé mon corps nu.

— Mon prince, m'a-t-il dit d'une voix douce. Tu seras toujours mon prince.

Après m'avoir cassé le nez, mon père m'a enfermé trois nuits dans la chambre de ma grand-mère. Elle entrait la nuit, m'accompagnait aux toilettes et me ramenait furtivement, dans l'espoir que mon père ne s'en rende pas compte. Elle mettait de la glace sur mon nez cassé et caressait mes cheveux en pleurant.

Le quatrième soir, une tempête s'est déclenchée en moi. J'ai décidé de fuir. Ma grand-mère le savait. Cette nuit-là, elle m'a apporté des vêtements propres et a laissé la porte ouverte derrière elle.

De mes livres, je n'ai gardé que mes préférés. Je n'avais pas beaucoup de vêtements sans tache, de sang ou de mémoire. Mon cartable s'est vite rempli. J'avais de l'argent dans les poches et des chaussures à côté de la porte.

J'ai jeté un dernier regard à la chambre de ma grand-mère, le grand lit, le matelas rose, les fenêtres en bois, les bibliothèques, les unes brisées, les autres intactes. Le petit tapis de prière et le foyer, la photo noir et blanc de mon grand-père. Je leur ai fait mes adieux, car je n'allais jamais plus les revoir.

Je réalise que je suis de retour dans le présent, vieux, malade, quand l'ange de la mort pointe sa longue phalange vers l'escalier que tu descends à pas lents. Il exige que je te raconte une histoire.

Notre conversation s'est prolongée. Je réponds avec un tremblement dans la voix:

— D'accord, mais je suis tellement fatigué…

L'ombre de la mort grandit tout à coup, recouvre le mur, le plafond. Je lui demande ce qu'il fait, il ne daigne pas répondre.

Je plisse les yeux pour mieux voir l'ombre. C'est celle d'un pendu.

Un corps se balance de gauche à droite au rythme de tes pas dans l'escalier. Soudain, le pendu revient à la vie, lève les bras pour défaire le nœud coulant autour de son cou, glisse sur le sol. Son spectre s'approche et je l'accueille à bras ouverts. Il est lugubre, lourd de chagrins. Il s'assied sur mes genoux et se fond en moi. Mes mains sont les siennes ; ma langue, sa langue. Je veux raconter son histoire.

Le spectre de Samer, ne demandant qu'à faire plaisir, commence à raconter son histoire.

Quand mon heure est venue, ils ont descendu mon corps dans la terre froide et humide. J'étais enveloppé d'un linceul blanc, rugueux. Quatre hommes ont placé ma tête en direction de la Kaaba, dans l'espoir que mon âme retrouve son chemin. Ils ont sauté dans le trou pour réciter une dernière prière avant de remonter. Les yeux rougis, mon père poussait de longs soupirs. Mon oncle soufflait la fumée de sa cigarette à petits coups. Ma femme avait refusé d'assister à mes funérailles. C'est elle qui avait découvert mon corps pendu au bout d'une corde.

La pluie a commencé à tomber. Un vent violent répandait l'odeur de la mort émanant des tombes fraîchement creusées. Les quatre fossoyeurs se sont éloignés pour laisser ma famille faire ses adieux. Mon père a regardé une dernière fois mon cadavre avant de leur ordonner de finir leur travail. Ils ont rempli le trou de terre humide.

— Les funérailles de la honte, a murmuré mon père avant de s'éloigner.

— Une tombe sans épitaphe, a ajouté mon oncle.

Personne ne déposera mon cadavre dans une mosquée de Damas. N'adressera de prières funéraires pour un suicidé. Personne ne se rassemblera dans la maison familiale. Ne lira les sourates du Coran. Ne racontera d'anecdotes sur ma vie. Ne pleurera ma mort, pas même ma femme. Avec notre jeune fils dans les bras, elle est rentrée chez sa mère pendant qu'on emportait mon cadavre à l'hôpital, avant de m'enterrer juste avant minuit.

Au bout d'un mois, tout le monde m'avait oublié. Mon histoire n'a jamais été racontée ; mon nom jamais prononcé. Mon corps a pourri dans son tombeau et les vers ont trouvé le chemin de mes entrailles pour ronger mes bras galbés couverts de poils noirs, tirer ma langue et arracher mes yeux bruns.

Le soir de ma mort, ma femme était rentrée plus tôt que prévu de chez ses parents. Elle avait l'intention d'y passer la nuit, quand son père et sa mère s'étaient mis à se quereller, et leurs engueulades avaient provoqué les hurlements du bébé. Elle s'était glissée sans bruit hors de chez eux, avait hélé un taxi jaune et demandé au chauffeur de la ramener à la maison. Elle avait tourné la clé avec lenteur par crainte de me réveiller. Car elle me craignait. J'avais laissé une fois ou deux la marque de ma paume sur son visage. Elle me détestait, et acceptait pourtant son destin. « Un homme doit montrer à sa femme qui est le maître », lui avait dit sa mère quand elle s'était plainte de mes colères et de ma main un peu lourde. « Les coups de ton mari devraient avoir le goût du raisin dans ta bouche. » Elle a retiré ses modestes talons et son hijab, est allée déposer le bébé à pas de loup dans son berceau. Elle l'a regardé dans l'obscurité, lui a mouché le nez en souriant jusqu'à ce qu'il se rendorme. Ensuite, elle a ouvert la porte de notre chambre, sans allumer.

Dès que ses yeux se sont ajustés à la noirceur, elle a distingué le contour de mon corps dans le lit. Ma tête reposait sur l'oreiller et ma jambe nue dépassait des draps. Elle a retenu un cri quand elle a remarqué un autre corps à mes côtés.

Elle a allumé et j'ai plissé les yeux. Agacé, sans comprendre ce qui se passait, j'ai repoussé la tête de mon amant appuyée sur mon épaule. Ma femme a hurlé.

— Un homme nu dans notre lit !

L'amant d'un soir, déniché au parc Shallan un peu plus tôt, s'est levé d'un bond.

— Quoi, tu es marié ! Tu ne m'avais pas dit que tu étais marié !

Il me criait dessus, nu, et ma femme aussi, depuis l'embrasure de la porte.

Sous le choc, elle pointait le doigt vers moi, vers lui, son esprit réalisait petit à petit ce qui se passait. Puis sa surprise s'est transformée en colère et elle s'est précipitée hors de la chambre, en sanglots. Notre fils s'est mis à pleurer lui aussi. J'entendais ma femme crier de la chambre du petit :

— Je vais appeler ton père. Je lui dirai qu'ils m'ont donné un homme détraqué !

J'ai sauté du lit, me suis habillé à la hâte, l'ai suppliée de n'en rien faire. J'ai ordonné à l'homme dans mon lit de dégager au plus vite. Il a mis une seconde avant de ramasser ses vêtements et de sortir sans un mot. J'ai entendu la porte se refermer derrière lui. J'ai ordonné à ma femme de sortir de la chambre de notre fils où elle s'était enfermée à clé :

— Je le jure devant Dieu, je vais casser la baraque si tu n'ouvres pas tout de suite !

Au lieu de me répondre, elle a composé un numéro de téléphone. J'ai entendu une conversation houleuse, entrecoupée de sanglots. J'ai donné un coup de pied à la porte, mais me suis arrêté quand j'ai entendu les vagissements de mon fils.

Je tournais dans la maison comme un animal en cage. Je suis rentré dans notre chambre. Mon cerveau bouillonnait ; je me rappelais les nuits passées à me faire battre par mon père, la douleur endurée et les promesses de ne plus jamais commettre de péchés. Je me souvenais du jour où j'avais pleuré, à la mosquée, lors de la prière de la nuit, et imploré Allah de m'épargner cette épreuve pour le corps et pour l'esprit, et de me soulager de mes attirances coupables.

— Plus jamais. Plus jamais ça.

J'ai sorti ma ceinture et l'ai accrochée au ventilateur du plafond. Pendant que ma femme parlait dans la pièce d'à côté, j'ai serré le nœud autour de mon cou. Je me suis laissé tomber du lit où j'étais monté. J'ai senti le poids de mon corps faire ployer le ventilateur. Je me suis débattu pour respirer quand le nœud s'est refermé. Le cuir de la ceinture me lacérait les chairs.

La langue m'est sortie de la bouche quand l'air a quitté mes poumons. Les jambes secouées de spasmes, je tentais de reprendre appui sur le lit. Je suis resté en vie six minutes de plus. Mon cœur s'est emballé, avant de ralentir. Mes orteils se sont contractés, puis relâchés. Une urine chaude et brûlante a maculé mon pantalon, descendant le long de ma jambe, de mon pied. J'ai fini par ne plus rien sentir du tout.

Cet amant d'un soir, je l'avais rencontré en fumant une cigarette avec trois amis au coin de la rue Shallan, près du parc al-Madfa. Ses lunettes, son air sérieux et son sourire malicieux m'avaient rappelé un ancien amant. Il m'avait demandé une cigarette. Un mois plus tôt, il avait couché avec l'un de mes amis et lui avait posé des questions sur moi.

Nous avons commandé un sandwich-frites chez Baguette Sandwich. Il m'a dit son nom, que j'ai aussitôt oublié. Il a passé son doigt le long de mes biceps et admiré ma pilosité. Il m'a demandé si j'étais top ou bottom. Son visage s'est éclairé quand je lui ai dit: «top». C'est logique, a-t-il dit, pour un gars viril comme moi. Il a posé la main sur ma cuisse.

Nous n'avons pas parlé de chatons ni de bandes dessinées, pas échangé d'histoires houleuses à propos de parents déments. Il ne connaissait pas Brendan Fraser. Je l'ai emmené chez moi, puisque ma femme dormait chez ses parents. Dans la voiture, il a descendu la fermeture éclair de mon pantalon et empoigné mon pénis. Il l'a approché de sa bouche en me disant qu'il avait toujours rêvé de faire ça.

Je trouvais cela vulgaire et le moment mal choisi. J'aurais aimé discuter avec lui, du passé, de l'amour, avec un brin de timidité dans la voix. Je savais pourtant que ce ne serait qu'une aventure sans lendemain. Le passé ne reviendrait pas, même si je m'y employais.

Dès que nous sommes entrés chez moi, je l'ai plaqué contre le mur pour l'embrasser. Je ne me suis pas éternisé, il avait mauvaise haleine. L'attirant dans ma chambre, j'ai déboutonné sa chemise, baissé son pantalon. Il a gémi quand je suis entré en lui. Pas de caresses sur toutes les parties de nos corps. Pas de baisers passionnés ni de cheveux tirés. Pas de regards tendres dans les yeux ni de baisers langoureux. Il n'a pas embrassé les poils de ma poitrine.

Le temps que je vienne sur son dos, j'étais épuisé, écœuré et rempli des fantômes du passé. Je me suis tourné et endormi sans attendre.

Des années plus tôt, mon père et un cheikh m'avaient fait asseoir dans la chambre d'amis. Je les écoutais me parler à voix basse sans me regarder. J'avais mal à la mâchoire et j'étais couvert de bleus. Le cheikh avait le visage sombre et morose, sa barbe blanche tremblant chaque fois qu'il faisait tssst avec la langue. Après un moment, il m'a demandé de m'approcher.

— Tu sais ce qu'Allah a fait au peuple de Loth ? m'a-t-il dit sans attendre de réponse. Il a saisi leur village de sa puissante main et l'a levée jusqu'au plus haut des sept cieux, pour l'abattre brutalement sur terre. C'est comme ça que la mer Morte a été créée.

Il m'a expliqué que ce que j'avais fait était honteux et que ma punition serait sévère.

— Nous avons reçu l'ordre de jeter les gens comme toi de la plus haute tour de la ville, devant tout le monde. Puis, il faut lancer des pierres sur ton cadavre jusqu'à ce qu'elles le recouvrent comme une sépulture.

J'avais toujours eu peur des hauteurs.

La rédemption était pourtant possible, insistait-il.

— C'est un test qu'Allah te fait passer ; il veut savoir si tu réussiras à sortir pur de cette vie, pur de corps et d'âme.

— Tu marieras ta cousine, a annoncé mon père. J'en ai déjà parlé à ton oncle.

— Il faudra prier beaucoup, a ajouté le cheikh. Tu demanderas pardon chaque jour de ta vie, jusqu'à ce que tu rencontres l'ange de la mort. Garde espoir de retourner sur la bonne voie et d'obtenir la miséricorde d'Allah.

J'ai hoché la tête et une larme a coulé au coin de mon œil; je me suis empressé de l'essuyer.

Avant qu'on me dise que j'allais marier une femme, avant de venir sur le dos d'un amant d'un soir, avant de me réveiller dans la lumière et les cris, avant d'attacher ma ceinture au ventilateur, avant d'être enterré, avant de sentir mon cerveau pourrir sous la terre humide, mon dernier rêve avait été le souvenir d'un garçon que j'avais un jour embrassé.

— Mon prince, lui avais-je alors murmuré une dernière fois. Tu seras toujours mon prince.

Après avoir bien écouté cette histoire, tu me dis d'une voix faible que j'aime encore cet amour de jeunesse.

La nuit est presque terminée et le coq s'apprête à annoncer les premières lueurs de l'aube.

— Plutôt de la pitié que de l'amour, je crois.

— Tu peux écrire le début d'une histoire, jamais la fin.

— Peut-être, mais la fin de Samer aurait pu être évitée.

Je me tourne et me retourne à la recherche d'une position confortable pour dormir. Je souris en me rappelant les blagues qui faisaient rire Samer, les chatons qu'il attrapait, notre tout premier baiser. Je l'imagine sur un cheval volant, en route vers un pays au nom imprononçable, pour échapper à un monde qui le haïssait, pour en trouver un autre où il se sentirait chez lui. Je l'immortalise par mes histoires. Il sera toujours mon prince.

Tu sais que je souffre, hanté par le fantôme de ce garçon que j'ai connu jadis. Tu décides de me laisser tranquille pour la nuit. Tu me tournes le dos, éteins la lumière, effaçant les derniers détails de la chambre remplie de mes idées noires.

Je réinvente ma vie. Si j'étais resté chez ma mère et avais accepté mon destin de souffre-douleur pour m'occuper d'elle, peut-être Samer ne serait-il pas mort. Si j'avais laissé ma mère planter ce couteau dans ma gorge, me laissant ensanglanté au milieu des bandes dessinées éparpillées sur mon matelas bleu, peut-être aurait-il pu être sauvé.

J'ignorais que quitter ma mère changerait ma vie et celle des gens autour de moi. Quand on me demande de raconter l'histoire de ma mère, je me fais toujours prier. Ce n'est pas un sujet facile. Pas aussi simple que me rappeler quels médicaments tu dois prendre, et quand. Il y a longtemps que ma mère est morte, seule dans sa vieille maison de Damas, au milieu des combats, aux dernières heures de la guerre civile. Oubliée dans un coin de l'antique demeure familiale remplie de souvenirs et de regrets. Dans cette capitale qui a ensuite inspiré tant d'autres guerres, ma mère a vu s'achever une époque qu'elle comprenait peu, remplacée par une autre qu'elle ne comprenait pas du tout.

Les jours où ma mère allait bien, une odeur de médicaments et de poussière flottait dans l'air. Quand elle allait mal, la folie gagnait du terrain.

Elle est morte d'une balle perdue, un jour où elle suspendait son manteau bleu à la corde à linge du balcon. Il a fallu plusieurs jours pour qu'on remarque sa disparition. Depuis longtemps, elle vivait en marge de la société, et presque personne ne se souvenait d'elle.

Mais assez parlé de ma mère!

C'est ma grand-mère Samira qui m'a élevé. Cette petite dame chaleureuse, sévère, capable de tout, aux cheveux blonds et aux yeux bleus. Elle faisait le meilleur *riz b'haleeb* de toute la Syrie et de tout le Moyen-Orient. Elle m'envoyait au lit le soir à huit heures trente précises pour m'épargner les nouvelles à la télévision syrienne arabe, la seule chaîne que nous avions à l'époque.

Après la mort de mon grand-père à la fin des années 1980, elle est restée seule avec six garçons et une fille. Elle a ressorti sa machine à coudre. Un chauffeur de taxi lui a rapporté du Liban des magazines de mode. Elle imitait le dernier chic parisien et confectionnait des robes pour vivre. Au printemps, saison des mariages, les affaires étaient plutôt bonnes.

Tôt le matin, je quittais la lugubre demeure où ma mère allait et venait comme un animal en cage. Je frappais à la porte de la petite maison ensoleillée de ma grand-mère et elle venait m'ouvrir avec son voile de prière blanc sur la tête. Je lui demandais sa bénédiction.

J'embrassais sa main, puis donnais un petit coup sur mon front en signe de respect.

Ma grand-mère adorait les plantes. Elle en avait des dizaines. Nous passions nos matinées à les arroser. Je grimpais à une petite échelle pour atteindre les jardinières suspendues.

— Les plantes rafraîchissent l'air l'été, disait ma grand-mère, de l'eau dégouttant entre ses doigts.

C'est ainsi qu'elle arrosait, en formant un petit entonnoir pour cibler la racine.

— Les plantes ressentent un amour pour Allah qui les a créées, et pour les gens qui les arrosent.

Respectueuse des traditions de l'islam, c'est ainsi qu'elle comprenait la vie.

— Toute chose a une fin en soi, disait-elle en couvrant le *labneh* d'huile d'olive et de menthe fraîche.

Tous les oiseaux du ciel, tous les animaux de la terre, lui semblaient reliés à un rythme universel sachant écouter le cœur battant de la planète. Elle croyait qu'Allah avait doté chaque être vivant d'émotions pour lui permettre de distinguer le bien du mal et de rendre grâce.

— Sauf les êtres humains, précisait-elle. Ils ont oublié comment écouter.

Dans son enfance, ma grand-mère avait été promise à son cousin Abu Saleh, qu'elle aimait depuis toujours. À travers la fenêtre qui la séparait du monde extérieur, elle le voyait passer tous les jours quand il sortait de chez lui, beau, grand, avec le fez offert par son père pour ses dix-huit ans. Il lui rapporterait tous les desserts dont elle avait envie.

Un jour de fin d'été, elle s'était précipitée à la fenêtre sous le regard inquisiteur de sa mère, pour regarder son cousin vêtu d'un uniforme militaire gris et armé d'un vieux fusil de chasse. Son père l'avait serré dans ses bras après lui avoir prodigué ses conseils. Abu Saleh s'était éloigné en évitant les cyclistes et trébuchant sous le poids de son lourd barda.

Il fallait se battre contre les occupants britanniques. L'Opération Exporter, comme l'appelaient les Anglais, n'avait duré qu'un mois ou deux, puis la vie avait repris son cours. Samira avait attendu son cousin à la fenêtre pendant des jours, l'imaginant frapper à sa porte, mais il tardait à revenir.

— Tu auras bientôt seize ans, lui avait dit sa mère. Il faut te marier, maintenant.

Sa rencontre avec la *khattabieh* avait été déroutante. Sa mère avait accueilli la marieuse avec une tasse de café.

On était en 1941, c'était du moins ce que disait la boîte d'où sortait la voix d'un étranger, le poste de radio dans la chambre de ses parents. Personne n'avait le droit d'y toucher, pas même sa mère, qui replaçait la poussière dessus avec son plumeau avant le retour de son mari. Quand son cousin avait été porté disparu, on avait permis à Samira d'écouter la litanie des morts récitée à la radio. Élevée dans l'idée que la curiosité n'était pas un bon trait de caractère pour une fille, elle ne s'intéressait pas à la radio, avant.

La *khattabieh* avait pris place à côté de sa mère. C'était une étrangère, venue d'un autre secteur de Damas. À l'époque, il était inhabituel pour une femme de la vieille ville de quitter son quartier sans un homme de la famille pour l'accompagner. Mais la marieuse était exemptée, puisqu'elle ne rencontrait que des femmes.

La mère de Samira et l'étrangère s'étaient installées dans le *ard dyar*, petit jardin niché dans la cour entouré des autres pièces de la maison. Les deux femmes avaient commencé par échanger des banalités. Samira, vêtue de ses plus beaux atours, comme le lui avait demandé sa mère, servit du café à l'étrangère en souriant.

— *Min eed ma n'dama*, avait remarqué la visiteuse, en lui rendant son sourire.

Samira n'avait jamais compris comment un compliment pouvait se cacher dans une expression qui voulait dire: « d'une main qui ne sera jamais coupée ». Elle avait remercié poliment la marieuse.

Après s'être assise sans mot dire entre les deux femmes, elle avait soudain ressenti une vive douleur: la *khattabieh* était en train de lui tirer les cheveux.

— *Ma shaa Allah!* Quelle belle chevelure! Et toute naturelle, *ya khanoom*!

La mère de Samira comprenait que la marieuse devait faire passer toutes sortes de tests à sa fille. Casser une noisette avec ses dents, pour vérifier qu'elles étaient bonnes. Lire un papier écrit tout petit pour s'assurer que sa vision était parfaite. Renverser comme par mégarde de l'eau sur les cuisses pour les tâter sous prétexte de l'aider à sécher sa robe.

Samira était gênée, mais un regard de sa mère lui avait fait accepter toutes ces épreuves sans protester. Il restait un test ultime.

— Je voudrais un *madas*, avait déclaré l'étrangère.

La mère de Samira avait alors décidé que c'en était assez.

— Sa poitrine est authentique et vous n'avez pas besoin d'y toucher pour le savoir, *khanoom*, avait-elle déclaré, et Samira avait rougi.

La marieuse en avait pris son parti et s'était contentée de déshabiller Samira du regard.

Deux semaines plus tard, Samira unissait son destin à celui d'Ahmed, qu'elle n'avait jamais rencontré avant la nuit de ses noces. Des années plus tard, ma grand-mère m'a montré un carton d'invitation jauni précisant que les enfants et les femmes célibataires n'étaient pas les bienvenus.

Mon père était le troisième de ses sept enfants. Vingt ans plus tard, c'était à mon tour d'entrer dans l'existence, et le premier mot que j'ai prononcé était «*tetta*». Mon grand-père Ahmed est mort après trente-cinq ans de mariage et *tetta* a continué de le pleurer toute sa vie.

Je me rappelle les conversations de ma grand-mère avec ses clientes, qui venaient boire un café et papoter en fin de matinée.

— Ahmed était chiche, racontait-elle au sujet de son défunt mari. Il mesurait le gâteau à l'orange pour s'assurer que personne n'en mangeait dans son dos. Pardonne-moi, cher époux, ajoutait-elle à voix basse, les yeux levés au ciel, avant de poursuivre son récit.

Elle évoquait son souvenir, une règle à la main dans la cuisine pour mesurer les parts, avant de lancer un juron en se demandant qui avait encore volé une part de gâteau. Personne ne lui répondait et le lendemain, ma grand-mère m'en découpait une autre part.

Après avoir bavardé un peu, elle emmenait ses clientes dans une petite pièce où elles ne gardaient pour l'essayage que leurs sous-vêtements aux couleurs vives. Elles riaient, discutaient avec des mots d'adultes que je ne comprenais pas.

— On voit trop ma poitrine, remarquait une femme.

— Montre-la donc un peu, ma chérie! répondait *tetta*, qui avait de la répartie. Tes beaux petits seins n'ont pas vu la lumière du jour depuis que ton mari a détaché ton soutien-gorge pour la première fois!

Plus grand, j'ai compris que *tetta* était connue du tout Damas pour ses doigts de fée. Ses jolies robes et ses plants de jasmin étaient vantés par ses voisines devant leurs sœurs, qui en parlaient à leurs amies, et ainsi de suite. Tôt le matin, des femmes de modeste condition venaient lui offrir des plats cuisinés et des plantes. Plus tard, c'était le tour des dames fortunées que leur chauffeur déposait au bas de l'escalier.

Un jour, l'aîné de ses fils a déclaré qu'il était trop vieux pour que sa mère continue de lui donner de l'argent. Il a confisqué la machine à coudre et les magazines, jeté les épingles, les fermetures éclair et les boutons. Il n'a gardé que le jasmin. Ma grand-mère a protesté en vain.

— Je suis l'homme de la maison, maintenant, a-t-il annoncé. Je ne peux plus marcher dans la rue avec dignité si les gens savent que ma mère est couturière et qu'elle dépense de l'argent pour moi.

Ma grand-mère a refusé d'arroser le jasmin, qui a connu une lente et douloureuse agonie.

Je sors du lit en faisant attention de ne pas te réveiller. C'est l'une des rares nuits où tu t'es endormi avant moi. Je vais dans mon bureau à pas feutrés.

L'ange de la mort est là.

— Une nuit difficile, hein?

Ses yeux brillent d'un regard avide et cupide. Je le chasse de mon fauteuil. Je sors un étui de ma bibliothèque et l'odeur de la marijuana envahit la pièce.

— Je n'ai pas sommeil. J'aimerais bien que quelqu'un me raconte une histoire, à moi aussi.

— Jouons à un petit jeu, alors, propose-t-il.

Il fait apparaître par magie le plateau télé de *Vérité ou Mensonge*, directement sorti des années 1950, et lance un clin d'œil à une silhouette en carton, main levée, qui se découpe sur le rideau derrière lui. La scène s'éclaire. Je devine le contour de trois femmes cachées dans l'ombre. L'ange de la mort m'explique comment jouer.

— Dis-moi qui tu es!

La lumière éclaire le visage de la première femme. C'est ma grand-mère.

— Je suis la femme de sa vie, répond-elle en pointant le doigt vers moi.

La mort affiche un petit sourire narquois et pose la même question à la deuxième femme: ma sœur.

— Je suis la femme de sa vie, répond-elle.

Il éclaire le visage de la dernière. Je l'interromps:

— Je ne suis pas d'accord pour jouer à ce jeu-là.

— Tu dois voir son vrai visage, me répond-il avec un sourire.

Je refuse de regarder la troisième femme. C'est ma mère.

— Dis-moi qui tu es!

— Je suis la femme de sa vie, répond-elle.

— Ces femmes évoqueront des souvenirs, dont un seul est faux, explique la mort en étirant les É et les O pour imiter l'accent de l'animateur.

Je n'ai qu'une envie: m'enfuir de mon bureau, que je vois en noir et blanc. Je me lève, le sachet tombe à terre, je cherche la porte, sans pouvoir la retrouver.

— Ha, ha, ha! s'esclaffe l'ange de la mort. Impossible d'échapper à ce jeu-là. C'est pour toi que je joue ce jeu. Tu dois faire face à tes démons. Et ranimer les souvenirs de ces trois femmes.

Il se tourne vers elles et leur dit tout bas:

— Jurez-vous de dire la vérité, toute la vérité et rien que la vérité ?

— Je le jure.

— Je le jure.

— Je le jure.

PREMIER SOUVENIR

J'ai sept ans. Mon grand-père est avec ses amis au *salamlik*, réservé aux hommes, et ma grand-mère leur jette des coups d'œil à partir du couloir. La pièce est spacieuse et ornée d'antiques mosaïques. Les chaises en bois sont sculptées de fleurs, de branches, de mandalas. Du haut plafond pend un chandelier qui portait jadis des chandelles et des lampes à l'huile. Des fils électriques s'accrochent aux murs comme autant de plantes grimpantes et leur dérobent un peu de leur beauté. La pièce est ouverte sur le *ard dyar*, quelques marches mènent à notre jardin intérieur.

Assis à côté de mon grand-père, j'écoute les conversations et je joue avec un cheval de bois et un petit cavalier. Mon grand-père ne cesse de tousser et son frère aîné lui tend un verre d'eau. Ce grand-oncle marche avec une canne que j'ai toujours aimée, dont le pommeau représente une face de singe. Il y a aussi deux hommes plus âgés ; je ne les vois pas bien, car ils ne jouent aucun rôle dans ce souvenir, à part écouter attentivement et fumer du tabac avec de vieilles pipes. Ma grand-mère leur sert du café. Les hommes mangent des biscuits avec leurs dentiers en poursuivant leur discussion.

— Je m'en souviens parfaitement, dit mon grand-père en mettant un autre biscuit dans sa bouche, sa moustache blanche tachée par les miettes et le café noir. J'ai emmené ma femme au cinéma. C'était tellement original, tellement nouveau. J'ai oublié le titre du film.

Il raconte une scène qu'il n'a pas appréciée, où une femme pointe un fusil vers un homme en criant à tue-tête. Une blonde paniquée, inconsciente du sentiment de puissance que donne une arme.

Son frère est pris d'une quinte de toux. Je le regarde, lui et sa canne à face de singe.

— C'était la première fois qu'une femme pointait un fusil dans un film, remarque-t-il.

Ma grand-mère entre avec un plateau. Elle se déplace rapidement, pour diminuer le temps passé en compagnie des hommes. Sa tête est couverte d'un voile blanc et elle porte son vêtement de prière par modestie.

Mes yeux fixent le sirop de mûre sur le plateau. Je compte les verres et suis ravi de découvrir qu'elle ne m'a pas oublié.

— Les femmes ne devraient jamais pointer de fusil, ni au cinéma ni dans la vie, remarque l'un des convives. Elles sont incapables de contrôler une arme, et on ne sait jamais, elles pourraient s'en servir contre leur mari !

— *Es-Allah*, quel souvenir ! remarque mon grand-père, son verre à la main. Ce temps-là ne reviendra plus. Nous vivons dans une bien mauvaise époque : les femmes manient des fusils, travaillent et subviennent aux besoins de leur famille.

Il continue de fulminer. Et explique comment au cinéma, il a forcé sa femme, ma grand-mère toujours présente dans la pièce, à fermer les yeux pour ne pas voir l'actrice prendre le fusil et le pointer vers son partenaire. Ma grand-mère le regarde du coin de l'œil, mais elle est trop prudente pour risquer un commentaire.

Tous les vieux sont d'accord. Ma grand-mère me donne enfin mon précieux verre.

DEUXIÈME SOUVENIR

J'ai neuf ans. Ma mère me tient par la main et nous descendons la rue Hamra à Damas. Nous sommes à la fin des années 1980 et les boutiques retrouvent un peu de leur gloire passée. Les magasins de vêtements installent de plus en plus de mannequins en vitrine. Les plus petits portent des vêtements d'enfant aux couleurs vives et imitent des mouvements de jeu ou de danse. Une ou deux boutiques osent même revêtir des mannequins féminins de chemises de nuit provocantes, presque transparentes. Ma mère m'explique à quel point elle apprécie la couleur de cette robe-ci, la belle coupe de cette jupe-là. Je mange une glace à la vanille couverte de chocolat et trempée dans du miel, un goût si entier que je n'en ai jamais connu de meilleur. Avec l'âge, on oublie de savourer les petits plaisirs.

Ma mère a les cheveux bruns foncés, comme moi. Elle ne les couvre pas. Longs, épais, ils font des vagues, comme la mer. Des cheveux de rêve digne d'une princesse ou d'une chanteuse de jazz. Je me délecte de ma glace à la vanille en accompagnant ma mère dans sa séance de lèche-vitrine.

Un vieil homme (du moins à mes yeux, peut-être n'a-t-il pas plus de trente-cinq ans) me bouscule. Je me retrouve face contre terre, avec de la glace plein le t-shirt. L'autre poursuit sa route sans même se retourner.

— Hé ! Faites attention à ce que vous faites ! s'écrie ma mère en m'aidant à me relever.

J'ai les larmes aux yeux et des spasmes de douleur au genou et au coude. Pire, ma glace est fichue.

— C'est à moi que tu parles, *ya mara* ? À moi ? répond le gars d'une voix irritée.

J'ai envie de retenir ma mère, qui retient son souffle et calcule les possibles conséquences de cette interaction.

— Vous avez fait tomber mon fils ! s'écrie-t-elle. Regardez où vous mettez les pieds ! Vous auriez pu le blesser.

L'homme a l'air furieux. Les cheveux coupés en couronne autour de la tête, plus longs sur la nuque. Il a l'accent des régions côtières de Syrie. Je suis terrifié, et jusqu'à ce jour, cette coupe de cheveux et cet accent me font trembler de peur.

— Je vais t'apprendre à te tenir, ma fille ! On ne me parle pas sur ce ton, à moi !

— Eh bien, répond ma mère, vous devriez apprendre à vous tenir, vous aussi. Vous êtes dangereux !

L'homme s'approche avec un sourire amusé. L'altercation a attiré l'attention des badauds, qui se contentent de regarder. Pour le moment, rien n'oblige à se porter à notre défense. Observer la scène suffit.

Avec un air narquois, le vieux gifle ma mère. Je l'entends avant de le voir. Ma mère est sous le choc.

Elle a le visage tout rouge. Je la regarde, et elle me serre les doigts. Elle sourit à son tour et s'approche de l'homme. Elle lui met son poing dans la figure.

Elle me tire par la main et nous nous éloignons d'un pas vif. Elle ne se retourne pas malgré les éclats de voix de grands gaillards qui retiennent l'homme derrière nous. Ma mère me propose avec un sourire d'aller acheter une nouvelle glace à la vanille.

TROISIÈME SOUVENIR

J'ai vingt-sept ans. Un homme qui n'appartient pas à ma famille me fait face. Il a l'air nerveux. Nous sommes dans la maison de ma grand-mère. Je n'y viens plus depuis longtemps, à cause des regards désapprobateurs d'oncles qui savent que je suis trop vieux pour être puni. Mon père a abandonné l'idée de me guérir et se contente de m'ignorer. Je plisse le nez au souvenir du bruit des os qu'il m'a brisés.

L'étranger est en sueur, l'air confus au milieu des hommes de ma famille. Il est venu avec son père, son oncle et son frère demander ma sœur en mariage.

Il ne l'a vue qu'une seule fois quelques semaines plus tôt en compagnie de sa mère et de sa grand-mère. La rencontre s'était bien passée, selon les critères de mon père, mais moi, je n'étais pas content.

L'étranger et moi avons discuté seul à seul sur le balcon de ma grand-mère, à Mezzeh, d'où l'on voit la grande mosquée Huda. Nous avons regardé les voitures vrombir en direction de l'autoroute de Beyrouth. Je lui ai posé une simple question :

— Comment te comporteras-tu en cas de désaccord avec ta future épouse ?

Il m'a répondu qu'ils étaient déjà en désaccord.

— Elle ne veut pas porter le *mantouh*, a-t-il précisé. Je lui ai dit qu'on en reparlerait une fois mariés.

Je me suis retenu de rire. Il parlait de ce long manteau qui couvre le corps des femmes du cou jusqu'aux orteils, et qui fait partie, avec le voile, du vêtement traditionnel islamique en Syrie.

Les phares des voitures se reflétaient sur les fenêtres et la porte du balcon.

— Il faudra bien qu'elle finisse par accepter, a-t-il ajouté. C'est le socle du mariage. Je ne lâcherai pas prise, car c'est décidé, elle le portera.

Je me demandais s'il parlait sérieusement, les yeux fixés sur lui dans l'espoir qu'il se taise. J'ai ouvert la porte du balcon et l'ai invité à rejoindre le reste de la famille.

L'aîné de mes oncles, à qui la rumeur accorde deux maîtresses, a commencé la cérémonie.

— Nous te donnons notre fille, mais seulement si Allah te la donne.

Le verbe « donner » me fait tiquer.

— Nous te donnons une femme issue d'une bonne famille, avec des hommes autour d'elle, un père, un frère. Personne ne l'a jamais embrassée sauf sa mère.

C'est un euphémisme pour dire qu'elle est toujours vierge.

Pendant que les hommes discutent, ma sœur est à la cuisine avec les femmes. Elles préparent du sirop de mûre pour ceux qui sont en train de sceller son destin.

Je crie sur l'ange de la mort :

— Je n'ai plus envie de jouer. Espèce de salaud !

Je me lève pour échapper aux larmes et au chagrin. Je trouve enfin la porte, cachée derrière un rideau noir et blanc. Je sors de la pièce, et le plateau de cet horrible *Vérité ou Mensonge* se désintègre derrière moi, avec les fantômes de trois femmes.

L'ange de la mort ne semble pas se rendre compte de tout le mal qu'il me fait. Aveuglé par la lumière, confus, il efface d'un geste la scène.

— Désolé. Je ne savais pas que cela te bouleverserait à ce point.

J'éteins la lumière et m'éloigne d'un pas rageur, les larmes aux yeux. Il me suit.

— Tu le savais très bien. Je me rappelle quand ma mère a été giflée en plein milieu de la rue Hamra. Elle est tombée à genoux et s'est mise à sangloter. Le vieux l'a regardée d'un air triomphant. Des passants sont venus à son secours, mais elle les a repoussés en les accusant de l'avoir touchée. Elle a ameuté la moitié de la rue. Mon père est venu nous chercher au commissariat. Il nous a ramenés à la maison, ma mère en pleurs sur la banquette arrière. J'ai dormi dans mon t-shirt maculé de glace à la vanille.

— Je pense que tu devrais faire face à ton passé et en apprécier la beauté, me dit l'ange de la mort en me prenant le bras.

Je sens un frisson sur ma peau et détourne les yeux.

— Et moi, je pense que tu devrais me foutre la paix.

J'entre dans notre chambre et referme la porte à clé.

LA CONCUBINE ET SA ROSE DE VERRE

Dans mes rêves, j'ai juste assez de temps pour te faire mes adieux. Dans mes rêves, parés de nos plus beaux atours, nous dansons sur la pelouse. Étendu sur un lit de roses à tes côtés, je t'accompagne vers ta fin avec des chants plutôt que des contes. Glissant lentement vers un monde onirique, tu tombes, telle une jolie fleur flétrie par le soleil. Tu renaîtras de tes cendres, ce n'est pas triste. Dans mes rêves, tu es éternel.

Ce ne sont jamais ces rêves-là qui me restent en mémoire quand je me réveille, mais tout ce qui est laid, étrange. Aujourd'hui, je rêve de ma mort, après m'être tourné et retourné dans mon sommeil, au point de te réveiller. Mon âme s'arrache douloureusement de mon corps, je pousse mon dernier soupir et me retrouve dans ma tombe.

Tu m'appelles du monde des vivants :

— Mon chéri !

La tombe se referme sur moi. Des phalanges nues me pressent contre la boue de mon cauchemar, les gouttes de pluie semblables à de petites bouches hurlantes aux dents gâtées.

— Chéri, réveille-toi !

J'entends ta voix au milieu du tonnerre, des précipitations, de phalanges effilées d'un squelette.

« Réveille-toi ! Réveille-toi ! Réveille-toi ! Réveille-toi ! Réveille-toi ! »

Le cauchemar se rembobine comme une cassette dans le temps, les petites bulles de hurlement redeviennent gouttes de pluie et remontent vers les nuages. Les mains du squelette disparaissent sous terre. Je bondis hors de la tombe et retrouve les prés verts et les lits de roses. Toi.

J'ouvre les yeux.

— Tu faisais un cauchemar.

Sans blague ! Tu me tends un verre d'eau, que je bois goulûment.

Je connais bien la mort du corps, un peu moins celle de l'esprit. Si, une fois, par ta faute. J'étais mort pendant trois longues années. Un souvenir qui me fait horreur. Encore jeunes à l'époque, nous venions d'arriver à Vancouver après deux ans d'exil au Liban. Ce fut d'abord une lune de miel : amoureux de la ville, nous marchions sur des nuages, célébrant la pluie et tous les coins boueux que nous découvrions avec émerveillement. Tel un amour naissant, Vancouver nous faisait oublier notre besoin d'avenir, d'espoir, et nous vivions dans le présent.

Hormis les avions qui passaient au-dessus de notre immeuble à Richmond, le calme régnait dans nos vies. Descendant du SkyTrain à Yaleton, nous remontions les escaliers jusqu'à Davie. Nous refusions de traverser la chaussée n'importe où, même quand il n'y avait pas de trafic. De peur qu'on nous arrache notre nouvelle ville, nous jouions les citoyens modèles. Au carrefour arc-en-ciel, nous avons lié connaissance avec des inconnus. Nous faisions semblant d'aimer la poutine, mais la sauce graisseuse nous revirait l'estomac.

Au bout de quelques mois, notre humeur a changé. Nos disputes se multipliaient. Nous dansions un tango dangereux qui tantôt nous rapprochait, tantôt nous séparait. Vibrant à l'unisson un jour, nos engueulades couvrant la musique le lendemain.

La nuit, des cauchemars me réveillaient, désorienté. Le souffle court, j'avais l'impression de perdre l'équilibre, comme si tout bougeait autour de moi. Notre maison à Beyrouth me manquait, tu t'ennuyais même de Damas, sans que nous osions nous l'avouer. Vancouver, qui nous avait d'abord émerveillés, semblait se transformer petit à petit en prison de béton. Je sursautais à la moindre alerte. Notre relation se détériorait, et nos liens avec notre environnement aussi. Il nous a fallu plusieurs années pour comprendre le sentiment de rejet qui nous habitait. Au Canada, on ne parle que du temps et de la circulation, alors qu'en Syrie, quand on aborde ce genre de sujets, cela signifie que notre interlocuteur nous ennuie. Nos tentatives pour nous faire des amis se perdaient dans la traduction.

Tu t'isolais, enfermé à clé dans ta chambre. Tu me jetais un regard perplexe quand je rentrais du petit journal où j'étais rédacteur. Nous faisions chambre à part, malgré nos promesses, et tes humeurs me faisaient peur. Tu m'en voulais.

Le pire, c'est que nous étions parfaitement conscients que ça n'allait pas.

Après une réunion de travail où j'avais éclaté en sanglots sans raison apparente, mon patron m'avait envoyé chez une psy, une femme autochtone au regard pénétrant.

Elle m'avait expliqué ce qu'était le choc culturel post-traumatique.

— Toutes ces épreuves ont habitué votre corps à un degré de stress excessif qui vous protège de ce qui est nouveau et inconnu. Et tout ce qui vous entoure est nouveau et inconnu.

Je te raconte mon cauchemar, encore à bout de souffle :

— J'ai rêvé de ma mort. Je crois que c'est l'ange qui cherche à s'excuser du mal qu'il m'a fait hier. On dirait que ça l'amuse. Il m'a montré comment je mourrai, seul, par une nuit froide, sur un lit d'hôpital, le dos collé au métal glacé, le corps incapable de frissonner.

Mon âme flottait au-dessus des chirurgiens, mon corps se démembrait, tel celui d'une poupée. Cet avant-goût de ma mort m'empêchera de vivre en paix. Mort prévisible, irrémédiable. Cadeau de l'ange pour me prouver qu'il est bien disposé à mon égard. Ce que j'apprécie. Il connaît mon humeur boudeuse.

Tu es suspendu à mes lèvres, tant les histoires de mort te plaisent ces jours-ci.

— *Kish bara w b'eed*, déclares-tu, que Dieu nous garde !

Je souris et tu me prends dans tes bras.

— Raconte.

Peu après notre arrivée à Vancouver, au terme de huit mois de disputes incessantes, tu m'avais rejoint un soir au bureau pour me proposer une promenade. J'ai accepté, même si j'avais envie de m'enfuir à toutes jambes. Nos âmes étaient trop entremêlées pour que je puisse survivre sans toi. Je retiendrais des morceaux de ton âme et toi de la mienne.

À Sunset Beach, tu m'as dit que tu me quittais.

Je m'y attendais. Je savais que la fin était proche. Mon premier sentiment en fut un de soulagement.

Tu expliquais d'une voix sourde :

— Ce n'est pas qu'une chose ou deux qui cloche entre nous. Tout va mal.

Nous avons marché main dans la main sur la digue. La pluie a commencé à tomber, le soleil déjà bas sur l'horizon, une couverture de nuages sur les gratte-ciel. Après être rentrés en silence à la maison, nous savions que c'était fini.

Notre séparation a duré trois ans. À l'occasion, avec des amis communs, nous nous sommes croisés. Je voulais que l'on reste amis, mais chaque fois que je te voyais, je tombais de nouveau follement amoureux de toi. Je ne supportais pas que tu sois là, tout près, sans être à moi.

Je me sentais trahi. Dans mon petit studio de la rue Cardero, je ruminais. Toi et moi, il fallait qu'on soit ensemble. Tu avais rompu parce que tu ne pouvais plus supporter ma peine. Et moi, j'avais toujours été là pour toi.

Je t'ai détesté. Les photos de nous sur Facebook me rappelaient que je n'aurais pas dû te faire confiance. Les poèmes que j'avais écrits pour toi me semblaient confus, contradictoires.

Un jour, je racontais tout cela à un amant d'un soir, manifestement contrarié :

— Je me sens trompé. J'ai passé des années à boire son mauvais vin blanc…

Nous avions bâti des châteaux qui s'étaient effondrés quand tu étais parti. La douleur et l'angoisse étaient désormais mes seules compagnes, dans le champ de ruines où tu m'avais abandonné.

L'ange de la mort, assis sur le sofa de notre chambre, là où j'ai l'habitude d'attacher mes lacets, se défend d'avoir enfreint les règles :

— Je ne t'ai pas révélé le moment de ta mort. Je t'ai juste montré comment.

La notion islamique du lien entre corps et âme m'a toujours paru un peu caricaturale.

— L'âme est le ciment qui unit les parties du corps, m'avait un jour dit Tamer, un jeune Égyptien membre des Frères musulmans.

Ce jour-là, j'avais baisé avec lui dans la salle de bain de mon appartement, mais je raconterai cette histoire-là une autre fois.

Je te passe les détails du cauchemar que j'ai fait hier. En voici l'essentiel. Dans un magnifique champ de blé, je m'endors à tes côtés. À mon réveil, tu ne respires plus. Paniqué, j'hésite. Exiger ton retour immédiat à la vie, ou me résigner? Me blottir contre ton cadavre dans un lit de roses, ma tête contre ton épaule froide, à attendre que notre vieil ami l'ange de la mort envoie ses cavaliers ramasser ton cadavre.

Dans mon rêve, un ambulancier vient chercher ma dépouille enfouie dans la tienne. Il constate que je suis mort de chagrin, le cœur brisé. Il aime cette expression, sans se rendre compte à quel point elle est clichée. Les prés verts s'assécheront, vireront au brun.

Non! Je refuse cette histoire, je refuse ma fin gravée sur ton corps. Tel un enfant, je crois que je peux changer l'issue de mes rêves: je prends ton visage entre mes mains, et mes larmes argentées et amères tombent sur ton corps. Je m'imagine en train d'appeler au hasard des étrangers à qui je dois annoncer ta mort. Certains sont surpris, d'autres soulagés.

Pendant notre rupture, au début de notre vie à Vancouver, tu as collectionné les amants. Des gars populaires. Tu t'étais jeté sur un homme dans la douche de la salle de gym de son immeuble, m'a-t-on raconté. Et que tu couchais fréquemment avec un mannequin. J'avais l'impression qu'on avait pris ma place, moi qui t'avais protégé. Comme la vieille armure du valeureux guerrier, oubliée dans un coin, j'étais remplacé par une autre flambant neuve, sans fêlures.

Ton allure exotique et ta peau couleur de blé plaisaient. Pour tes amants, tu étais un chevalier arabe donnant vie à leurs fantasmes sexuels. Leurs mains se glissaient sous ta chemise à XY et Junction. Tu aimais cette attention, fréquentais les afters et t'étais habitué aux drogues qu'on y consommait. Tu as été la vedette de quelques orgies.

Je restais chez moi, sous des montagnes de papiers, de poèmes, de livres. Tu me manquais et je n'arrivais pas à t'oublier.

Ma psy m'aidait à comprendre :

— Votre attachement pour lui vous manque. Ce sentiment d'union avec quelqu'un qui partage votre culture, votre langue, et qui vous connaît mieux que quiconque.

Elle parlait de choc post-traumatique remontant à l'enfance :

— Vous l'aimez parce qu'il vous a aimé, contrairement à votre mère. Parce qu'il vous a accepté, contrairement à votre père. Vous cherchiez toujours cet amour à travers les silences. Un amour tantôt réel, tantôt illusoire.

Je découvrais des problèmes dont je ne soupçonnais pas l'existence avant notre rupture.

Un soir de mai, la deuxième année de notre séparation, j'ai eu une révélation. J'admirais le coucher de soleil comme un milliard de fois auparavant, seul à English Bay, la veste gonflée de vent, dans ce pays où je n'étais pas né. Un grand sentiment de bonheur m'a envahi sans crier gare, mon âme, tel un phœnix prêt à renaître de ses cendres. L'horizon était en feu et je pressentais qu'une nouvelle vie m'attendait. Cette idée m'a fait rire aux éclats.

Le retour de mon âme dans mon corps a retenti dans la tienne au-delà de l'espace-temps et le lien entre nous s'est rétabli. Ce même jour, tu faisais du camping sur l'île de Vancouver et tu y avais rencontré un jeune blond. D'un coup, tu as commencé à t'ennuyer de moi et surpris, tu as interrompu l'histoire que tu racontais, pour dire à quel point le silence entre nous deux t'attristait. Le gars n'avait qu'une envie : te caresser et glisser la main sous ta ceinture, alors que vous vous cachiez dans les hautes herbes du parc Pacific Rim. Tu as passé le début de la soirée à lui raconter des souvenirs de nous deux auxquels tu n'avais pas pensé depuis longtemps.

Je continue de te raconter mon cauchemar de la veille :

— J'ai rêvé que tu m'avais abandonné. J'avais perdu tout intérêt à la vie, je m'asséchais comme un poisson hors de l'eau. Les chiennes disparaissaient, ou mouraient. Nous vivions tant que tu étais vivant, et périssions dès que tu mourais.

— Ne dis pas ça.

J'ai honte de t'embêter avec ces histoires.

— Je sais. Je ne devrais pas. J'en ai pourtant rêvé.

C'est drôle, je n'ai jamais pensé que je te survivrais. L'idée que je serais le premier à partir m'a toujours réconfortée. Après tout, c'est moi qui ai une histoire de dépendance, et tant de vices ! Mourir le premier m'aurait épargné de te pleurer, de rester seul dans un coin avec ce grand trou dans le cœur. C'est égoïste. Avant toi, j'avais déjà beaucoup perdu, dans la vie. Et je t'ai perdu toi aussi, une ou deux fois ; je ne suis pas prêt à te perdre de nouveau. À rester derrière quand ta vie s'achèvera. Je n'arriverais pas à supporter ton départ une fois de plus.

Dans mon rêve, nous mourons le même jour. Toi dans notre lit le matin, moi à l'hôpital avant la tombée du jour. Une jeune médecin essaie de me sauver la vie et me supplie de donner encore un peu d'amour au monde. Je l'entends murmurer dans mon va-et-vient entre réalité et coma. C'est une salope, une prétentieuse, avec ses petites citations répétées un million de fois à l'oreille d'un million de patients ! Elle regarde sûrement trop d'épisodes de *Grey's Anatomy*.

Je finis par lâcher prise, je meurs. Ce n'est pas tragique, ni théâtral ; aucun médecin ne pleure, pas même la salope. Tantôt en vie, tantôt mort. Le songe décide de s'attarder à ce moment de silence, où mon vieux cadavre gît abandonné au milieu des faibles lumières, les yeux ouverts, la chemise déchirée. Ton corps est déjà à la morgue, plein de dignité, enveloppé dans un pyjama tout doux. On dirait que tu souris.

Trois ans après notre rupture, tu as frappé à ma porte un soir. Il pleuvait, l'océan était houleux comme souvent à Vancouver. Je t'ai trouvé sur le seuil, détrempé, les cheveux collés au front. Tu m'as dit :

— Je m'ennuie de toi, de parler arabe, de te demander d'ouvrir la fenêtre quand tu fumes. Je m'ennuie aussi de nos disputes et de nos nuits d'amour.

Il t'avait fallu tout ce temps pour me dire ça. Pour regarder tes émotions en face et revenir vers moi.

— Entre, tu vas attraper froid.

Ce soir-là, je t'ai regardé dormir dans mon lit. Je me suis réveillé blotti contre ta poitrine.

J'insiste pour te raconter mon rêve de la veille, en te serrant contre moi, les chiennes roulées en boule à côté, l'ange de la mort affalé sur le sofa, le foyer ronronnant de chaleur.

— Raconte-moi juste une nouvelle histoire, *hakawati*.

Mes rêves m'ennuient de toute façon, ce sont toujours les mêmes. Je commence en souriant :

— Il était une fois une femme qui tomba amoureuse de sa robe de mariée…

Le clou de sa journée était décidément la couleur de sa robe. Dans sa chambre de jeune fille, le tissu blanc brillait comme un flocon de neige oublié par le mois de décembre sur le carreau de la fenêtre. Comme un nuage d'été au-dessus du petit jardin damascène où elle arrosait le jasmin en compagnie de sa mère.

Comme un nuage… Son premier souvenir, à quatre ans : elle était tombée en jouant avec la neige sur le toit, après une nuit de tempête. Les flocons soyeux s'étaient posés sur elle.

Elle scrutait le ciel, le bleu pâle percé de nuages blancs gonflés de neige. Le même blanc que celui de sa robe de mariée.

Une robe soyeuse, telles les joues de son frère le jour où il avait été chez le barbier pour la première fois. Elle avait voulu l'embrasser, il l'avait repoussée: c'était un homme à présent, trop grand pour les câlins de sa petite sœur.

Elle craignait de toucher la robe. Et les doigts de son fiancé Waleed. On lui avait permis de passer une heure ou deux auprès de lui, avec trois tantes célibataires pour chaperons en plus de son frère trop vieux pour qu'on l'embrasse. Son cœur palpitait chaque fois qu'ils se frôlaient quand elle lui tendait une tasse de café, l'envie subite de lui prendre la main réprimée par sa timidité.

Une jolie rose de verre, symbole de bonheur, ornait l'épaule de sa robe. Elle avait envie de l'embrasser et de la poser contre son cœur. Avec sa sœur venue la rejoindre dans sa chambre, elles avaient ri, pas trop fort, par crainte d'être punies par leur père.

— Tu te maries aujourd'hui, avait dit sa sœur couchée à côté d'elle, les yeux au plafond.

La nuit des noces, Waleed insista pour la porter jusqu'au seuil. Elle se sentait bien dans ses bras qui enserraient délicatement la robe de mariée. Elle entendait son cœur vaillant, aimant, battre dans sa solide poitrine et déverser tout l'amour du monde.

Boum… Boum… Boum…

Il se débattit pour ouvrir la porte sans lâcher sa femme, mais finit par y renoncer et la posa délicatement sur le sol.

— Entre du pied droit. Cela porte chance.

Elle releva le bas de sa robe comme une princesse marchant sur l'herbe mouillée et se mit à explorer la maison, une pièce après l'autre. Telle une fée sautillant par-dessus un parterre de fleurs. Son rire transformait la maison en un véritable foyer. Waleed souriait en la regardant déambuler. Elle revint vers lui, les cheveux sur ses épaules, telle une cascade d'eau la nuit. Il tendit les mains et repoussa les mèches qui cachaient les yeux mouillés de la jeune mariée. Soudain, il la souleva à nouveau. Elle rit.

Ils entrèrent dans la chambre. Il la posa sur le lit. Timide, elle rougit, fleur exposée trop tôt au soleil, yeux baissés. Il était aussi timide qu'elle. Son front touchait le sien. Sa main traça lentement des lignes imaginaires le long de la rose de verre.

— Je t'aime, lui dit-il. Et toi ?

— Moi aussi, répondit-elle.

Leurs cœurs battaient à l'unisson, pour l'éternité.

Boum... Boum... Boum...

Quelques années plus tard, un jour de pluie, Fairouz chantait que tout ce dont on a besoin pour vivre, c'est l'amour.

Ses deux petites filles étaient à l'école. Sautant sur le lit de leurs parents pour les réveiller, elles les faisaient rire. Waleed en attrapait une et imprimait un million de baisers sur son visage. Elle prenait l'autre fille sur ses épaules et la portait jusqu'à la cuisine.

Elle leur préparait des sandwiches pendant qu'elles se lançaient de l'eau et des bulles de savon dans la salle de bain. Ne pas trop ajouter d'huile d'olive pour éviter de salir les doigts.

Waleed les déposait à l'école. Elle donnait trois baisers : un sur le front de chacune de ses deux filles, le troisième sur les lèvres de son mari.

La porte refermée, l'ouragan chaotique de son existence s'éloignait et le silence envahissait la maison. Elle remettait le disque de Fairouz, téléphonait à sa mère, nettoyait la cuisine, accomplissait les tâches ménagères. Ensuite, elle regardait une stupide série égyptienne.

Elle décida un jour de nettoyer l'armoire bleue remplie de robes démodées, de livres oubliés, de chandelles abandonnées. De la poussière s'en échappa, provoquant une quinte de toux. La robe de mariée se détachait par sa blancheur. Elle la sortit doucement et lui sourit comme à une vieille amie. Elle tapota le tissu à la recherche de la rose de verre, la trouva toujours aussi magnifique, brillant de mille éclats. Quelques fils blancs pendaient là où des cristaux de verre s'étaient détachés.

Même si elle craignait de l'endommager, elle ne put résister à la tentation de l'essayer. Elle se sentait plus lourde qu'avant, et pourtant sa robe épousait encore parfaitement son corps. Devant le miroir, elle défit sa coiffure. Ses cheveux ressemblaient toujours à une cascade d'eau, la nuit, même s'ils étaient parsemés d'une pluie de météores gris tombée sur elle sans lui demander sa permission.

Elle se regarda dans le miroir; son visage reflétant de vieux désirs. Elle se demandait si elle était aussi belle qu'avant.

«Toutes les histoires d'amour finissent avec toi, chantait Fairouz».

Elle se mit à collectionner les souvenirs comme une folle. Son visage reflétait l'histoire de récits jamais contés. Ses filles se marièrent. Waleed mourut. Le téléphone sonnait, au bout du fil son aînée lui expliquait qu'elle ne pourrait pas lui rendre visite.

— Mon fils est malade, maman. Je suis trop fatiguée.

Elle retirait lentement ses lunettes de lecture, trébuchait. Elle les cherchait constamment, avant de réaliser qu'elles pendaient à son cou.

D'un pas chancelant, se servant des meubles pour se retenir, elle rentra dans sa chambre solitaire et sombre. Partout dans la maison, elle se rappelait un événement du passé. Ici étudiaient ses filles; là s'assoyait Waleed.

L'air était lourd. Elle tendit la main vers l'armoire bleue.

Il n'y avait plus que sa robe de mariée à l'intérieur, unique preuve de la vie qu'elle avait vécue. D'un air las, elle la sortit et la pressa contre son cœur. Sur l'épaule, la rose de verre avait perdu tout son éclat. Elle l'arracha d'un coup avant d'éclater en sanglots.

Cette nuit-là, elle alla se coucher le visage enfoui dans sa robe et ne se réveilla plus jamais. On ne la retrouva que plusieurs jours plus tard.

Quand je finis mon histoire, il fait déjà noir. Ta main s'est raidie sur mon épaule. Tes doigts sont froids. Ton pouls est faible. Je regarde derrière mon épaule, maintenant que mes yeux se sont ajustés à la noirceur. L'ange de la mort est dans son coin, l'air coupable.

— Tu vas me le prendre tout de suite alors?

Pas de réponse.

Je me détache lentement de ton corps, glacé d'effroi. Le temps est-il venu de te laisser partir? De cesser de te rappeler à la vie par mes histoires? Est-il égoïste de te forcer à rester avec moi? D'un signe de tête, je devrais signifier à la mort mon accord et relâcher mon étreinte. Abandonner la partie et accepter le destin. Briser les liens qui nous unissent et confronter le monde sans toi.

Mais les châteaux que nous avons bâtis ensemble tiennent bon, ils flottent sur des nuages de médicaments et de fantasmes. Impossible de m'écraser une nouvelle fois sur le sol, de perdre le chemin de notre vie commune.

À moitié endormi, tu me demandes:

— Qu'arrive-t-il, à la fin de l'histoire?

L'ange de la mort esquisse un sourire et je lui pardonne tous ses coups bas.

— Rien du tout. L'héroïne coule des jours heureux auprès de son mari et de ses enfants.

Tu souris.

— C'est bien.

Je me tourne vers toi, la tête lourde. Tout ce que je veux, c'est dormir, mais sentir ta poitrine dans mon dos me rappelle de vieux souvenirs de passion et d'amour. Je me cale plus profondément dans ton étreinte et pose mon oreille sur ton cœur.

Boum… Boum… Boum…

LE CONTE DU ZOO DE LA REINE

Attendre la mort est une tâche solitaire. Tu n'as pas fini de t'accomplir, et pourtant ton séjour sur la planète approche de son terme. Triste, tu anticipes la fin, avant même que ton heure sonne.

Je me promène dans un paradis de souvenirs heureux, jeunes ou anciens : respirer l'air vif et froid à ma naissance, verser des larmes grosses comme des cascades, escalader à deux ans l'escalier d'une glissoire en plastique, encouragé par des enfants de mon âge. Sentir la gravité m'attirer vers le sol à une vitesse inouïe. Le bonheur.

J'oscille entre imaginaire et réel, reliés par des portes communicantes. Pendant que tu prends une longue douche ou que j'arrose le jardin, il me suffit de frapper à une de ces portes pour retourner en arrière. Elle s'ouvre sur des souvenirs de ma vie, des mondes parallèles ou des temps plus anciens.

À la table de la cuisine, je t'écoute me raconter des bribes d'histoires révolues. Je n'entends que des mots, des noms, des adjectifs. Je les connais si bien que quand la langue te fourche, je retrouve tout de suite le fil, même si je me laisse distraire par mes fantasmes.

À chaque silence, ils refont surface. Je me rappelle la margarita à la mangue digne d'un roi que j'ai bue la veille, le sirop sucré sur ma langue. Ta voix me tire du flot des souvenirs :

— Te souviens-tu de Maryam ?

— Maryam ? La Maryam de Damas ?

L'image de cette lesbienne aux cheveux courts et au grand sourire me revient. Après les heures de bureau, nous fréquentions ensemble les vieux bars du centre-ville. Son visage au coin d'une photo, devant une magnifique vieille maison. Maryam, une bière à la main, sur fond de coucher de soleil, le ciel orageux derrière elle.

Nous l'appelions « Maryam de Damas », par opposition à « Maryam d'Alep », une vilaine fille au sens de l'humour infantile et à la voix qui égratignait les oreilles comme une craie cassée sur un tableau noir. Elles sortaient ensemble, ce que je trouvais bien malheureux, sans oser le dire à ma Maryam (celle de Damas).

Cela avait duré un an, dix-huit mois peut-être. J'accompagnais parfois mon amie quand elle se rendait à Alep en autobus ; nous fumions et buvions sans retenue une bouteille de vodka dans la rangée du fond, toutes fenêtres ouvertes, sous le regard réprobateur des autres passagers. À notre arrivée, Maryam d'Alep nous attendait avec des copines lesbiennes. Nous éclations d'un rire d'ivrogne et nous nous embrassions chaleureusement. Un jour, j'ai par mégarde posé mes lèvres sur celles d'une inconnue, alors que je visais ses joues ; je lui ai aussitôt dit :

— T'en fais pas, je suis gay.

Elle a fait chut ! En riant, elle m'a soufflé à l'oreille :

— Moi aussi !

Nous sommes devenus les meilleurs amis du monde.

Un jour que nous allions visiter la citadelle d'Alep, les deux Maryam étaient remontées dans la chambre chercher leurs lunettes de soleil. Pendant que leurs copines et moi les attendions en bas, elles s'étaient attardées pour se caresser et s'échanger des mots doux. La mère de Maryam d'Alep était entrée sans frapper, mais comme les deux femmes s'étaient séparées juste à temps, elle n'avait rien remarqué qu'un peu de rouge sur leurs fronts.

Une semaine plus tard, la vieille femme lui avait dit :

— Ma fille, il est temps pour toi de trouver un mari.

Maryam d'Alep avait répondu en même temps qu'elle réfléchissait :

— Justement, je fréquente déjà quelqu'un.

Elle avait inventé un fiancé fictif : Anas, étudiant aux États-Unis, prêt à se marier avec une bonne chrétienne d'Alep. Elle avait ajouté :

— Il va à l'église tous les dimanches.

Les yeux de sa mère s'étaient écarquillés en entendant cette délicieuse nouvelle. Elle publiait déjà dans sa tête les bans du mariage.

Quand elle avait demandé à voir une photo de l'heureux élu, Maryam d'Alep avait ouvert mon compte Facebook et montré mon visage.

— Ah, quel beau garçon ! s'était extasié la mère.

Elle s'imaginait déjà des enfants bien élevés, instruits, détenteurs d'un passeport américain, heureux, bien nantis.

J'ignorais tout de cette histoire jusqu'au mois suivant, quand la mère avait fini par exiger de parler au fiancé sur Skype. Affolée, mon amie m'avait appelé pour me demander de me faire passer pour lui.

— Tu plaisantes ! Je ne vais pas mentir pour ta stupide copine.

Deux jours plus tard, la vieille Aleppine m'interrogeait sur ma vie à New York. C'est une ville magnifique, *tatie*, lui avais-je raconté, Maryam de Damas à mes côtés. Par Allah, c'est la plus belle ville du monde !

Maryam m'avait jeté un regard exaspéré. Sur un bloc-notes, elle avait écrit : *Anas est chrétien, triple idiot !* J'étais vraiment embarrassé par toute cette situation.

Plus tard, les deux Maryam ont rompu. Je suis allé prendre une bière avec Maryam de Damas. Près de Bab Sharki, elle avait admiré les vieilles demeures et les lumières rouges fluorescentes au coin des rues.

— Pourquoi les portes sont si basses ? m'a-t-elle demandé.

— Le niveau des rues augmente au fil du temps, ai-je répondu. Combien de couches de béton et d'asphalte ont été posées là ? Les portes suffoquent, elles ne peuvent plus s'ouvrir grand, comme autrefois.

Ma rencontre avec Maryam remonte à une époque difficile de ma vie. Je venais tout juste de rentrer en Syrie après un long et vain combat en Égypte. Elle m'a redonné un sentiment de bonheur, moi qui étais si abattu. Ma seule amie. Main dans la main, nous nous promenions dans les rues de Damas, sous la pluie fine de l'après-midi, parlant de tout et de rien. Comme elle avait l'air d'un garçon gracile, il m'était facile de la faire entrer dans ma garçonnière, où je n'avais pas le droit d'emmener des femmes.

Elle m'a fait connaître le milieu, et ensemble, nous avons fait maints voyages avinés et magiques. Damas nous ouvrait les bras, et nous embrassions la ville, amoureux de tous ses coins secrets, en particulier les souks du Vieux-Damas, pour savourer *kenafieh* et glaces chez Bikdash, au cœur du souk Hamidiyeh.

Tu me demandes si je sais où elle est, aujourd'hui, après tant d'années. Je réfléchis.

— Je vais chercher.

Lors de notre rencontre, je m'étais adressé à Maryam au masculin, tant elle ressemblait à un jeune garçon.

— Je suis une fille, bordel ! avait-elle répondu en riant. Merci quand même. J'aime bien que les gens se trompent.

J'ai tout de suite compris qu'elle était lesbienne. Je venais tout juste de commencer à travailler pour un petit journal, à Damas. Nos bureaux se faisaient face. Nous étions les seuls à bien parler anglais et à fumer.

Même si notre journal était officiellement indépendant, il reprenait tous les articles sur la politique ou la société de l'agence gouvernementale de presse. Avec des regards entendus, nous recopiions les articles provenant de sources officielles, sachant que nous répandions de la propagande, une chose injustifiable à nos yeux. Sur le balcon, nous fumions et buvions du café turc brûlant en bavardant.

Il m'a fallu une semaine pour lui dire que j'étais gay. Il aurait été trop étrange de commencer une conversation avec quelque chose du style: «Dis donc, je suis gay. Toi aussi?» Alors nous cherchions des indices avec de petites allusions pas très subtiles. Des remarques positives sur l'homosexualité au milieu de conversations qui n'avaient rien à voir.

Je disais par exemple:

— Ce café est excellent.

Et elle répondait avec enthousiasme:

— Oui, génial! Tu sais ce qui est excellent, aussi? Les gays! J'adore les gays!

Personne ne la reprenait, car on pardonnait tout à cette fille au sourire lumineux et à la personnalité engageante. Un après-midi, pendant la pause, nous avons ouvertement parlé de notre homosexualité et ri de ces petits jeux auxquels nous nous étions livrés toute la semaine. Après, nous sommes allés boire une bière.

Au début de la guerre, le budget des journaux a été coupé au profit de séries télévisées historiques glorifiant l'identité syrienne, où les personnages qui défient leurs dirigeants meurent dans des souffrances atroces. Cela avait obligé le rédacteur en chef à nous renvoyer, en nous souhaitant bonne chance dans nos démarches pour retrouver un emploi, dans un pays où plus personne ne recrutait. Nous avons quitté le bureau avec un sentiment de défaite.

La ville reflétait ce sentiment; à Damas, les rues sont froides et sévères à la fin de l'automne. Le gris des édifices emprisonnait parfois l'âme. Nous avions l'impression d'étouffer. Nous échappions à la cité de métal et de fer, pour entrer dans le vieux

Damas, avec ses maisons blanches, ses rues étroites, ses lumières : réverbères verts, minarets verts, portes décorées de rouge et de vert. La vieille ville était captive de la nouvelle, comme nous. Une antique enceinte l'entourait. Une nouvelle agglomération en fait le tour aujourd'hui, avec ses ponts sales et ses édifices froids. Tentaculaire, elle tente d'étrangler la belle et vieille cité fortifiée, dont les sept portes ont su arrêter tant d'envahisseurs. Chacune a son histoire ; chacune mène à un souk, et chaque souk a son odeur. Certaines ont repoussé les conquérants, tandis que d'autres ont cédé devant les armées chrétiennes pendant les Croisades. Au cœur de ce chaos et de ces guerres se dresse la grande mosquée des Omeyyades, une ancienne église, elle-même une ancienne synagogue, érigée sur le lieu sacré d'une religion plus ancienne encore, aujourd'hui oubliée.

Maryam et moi étions des enfants du Vieux-Damas, elle venant de Bab Touma, et moi de Bab Saroja. Des portes qui s'ouvraient jadis toutes grandes, alors que l'asphalte des rues et la guerre nous étranglaient petit à petit.

Bab Touma mène au quartier chrétien de la ville, seul endroit où les bars sont permis, en Syrie, puisque les lois interdisent aux musulmans d'en ouvrir On en trouvait de nombreux dans les années 1960, remplacés aujourd'hui par des bars branchés.

Je m'imagine vivre à cette époque : j'aurais porté un complet-cravate, dans une Damas plus colorée qu'aujourd'hui, avec l'odeur du jasmin et la couleur du vin sur les beaux visages des femmes et les fez des hommes. Dans une rue sombre éclairée à la chandelle, j'aurais suivi la musique ancestrale de l'oud et de la darbuka jusqu'à un bar empestant le cigare, où des femmes portaient la perruque et des rivières de diamants, et des hommes, le fez.

Dans un coin, Hafez al-Assad en chair et en os, dans la jeune vingtaine. D'un regard acéré, il aurait épié des vieux parlant de politique, le poing sur la table. À l'époque, Assad préparait une longue série de coups d'État pour les faire tomber un à un, jusqu'à ce que son tour vienne d'occuper le fauteuil du président.

Je m'imagine la scène :

Son regard est celui d'un loup. Issu d'une minorité religieuse dépourvue de pouvoir, méprisée depuis des siècles, il porte en lui des années de sectarisme et d'idéologie de classe. Il se mêle aux vieux, leur sourit d'un air amical, préparé avec soin. Il deviendra plus tard le chef militaire d'un pays qui croira à un mensonge pur et simple pendant quarante ans.

Interrompant un autre de mes fantasmes, tu me demandes :

— A-t-elle fini par aller en Afrique du Sud, Maryam ?

J'abandonne les vieux bars où dansent les femmes et flotte la fumée des cigares.

— Je ne pense pas, mais qui sait ?

Comme la guerre limitait nos déplacements à Damas, Maryam et moi passions le plus clair de notre temps chez moi à fumer des Marlboro, puis des Lucky Strike, et enfin des Winston à mesure que la pénurie faisait monter les prix. Nous nous sommes résignés en dernier recours à l'infecte odeur d'asphalte des cigarettes locales Al-Hamra, les seules qui ne crevaient pas notre budget.

Un jour, j'ai trouvé un ongle mélangé au tabac, et Maryam a ri si fort quand elle l'a retiré de la cigarette que les voisins sont venus frapper à ma porte pour voir ce qui se passait.

— Espérons que l'usine à tabac n'est pas en train de s'écrouler, avait remarqué Maryam.

Dans ma jeunesse, je ne fumais pas, comme je le lui avais expliqué :

— Mon oncle ramenait en contrebande des Marlboro du Liban à la fin des années 1980. Je détestais l'odeur des cigarettes. Un jour, je suis entré dans sa chambre alors qu'il était sorti. J'ai brisé toutes les cigarettes d'une cartouche de douze paquets. Quand il est rentré ce soir-là, il a tout de suite deviné qui avait laissé ce tas de tabac sur le sol. Je me suis caché dans la salle de bain, ma grand-mère faisait barrage devant la porte.

Des années plus tard, ai-je expliqué à Maryam, je faisais mes premiers pas dans un couloir d'hôpital égyptien. J'avais mal aux poumons, l'impression que mon épaule ne m'appartenait plus. J'errais dans les corridors, seul, sachant que personne ne me rendrait visite, assoiffé d'amour humaine, et me suis retrouvé à la porte arrière de l'hôpital. Dans le coin du stationnement, un homme fumait. Je me suis approché de lui en manquant de perdre l'équilibre.

— Salut. Vous avez besoin d'aide ?

C'étaient, depuis des semaines, les premières paroles que j'entendais qui ne sortaient pas de la bouche d'un médecin ou d'un infirmier. Je l'avais regardé sans rien dire. La vue d'un étranger me faisait peur, j'anticipais des coups de pied douloureux dans les poumons. Mais il m'avait souri et proposé une cigarette.

— J'en ai pris une, les yeux braqués sur le feu de son briquet. Je me suis détendu, puis j'ai toussé pendant ce qui m'a semblé une éternité, continuai-je en plaisantant et en offrant à Maryam une autre cigarette. Il m'a tapé dans le dos, et c'était mon premier contact humain depuis la nuit de l'agression.

À Damas, au milieu des plaisanteries que nous ne nous lassions pas d'échanger, Maryam m'avait avoué son rêve : ouvrir un zoo en Afrique du Sud, avec des éléphants, des ours.

— Mais sans cages, avait-elle précisé avec un sourire malicieux et triste. Personne ne veut se retrouver dans une cage.

Maryam porte désormais en elle des histoires impossibles à raconter. Plus tard, quand la guerre a éclaté en Syrie, elle a perdu son sourire. Les forces du régime ont arrêté son petit frère, sans qu'on sache pourquoi : il était parti un jour à l'école, sans revenir. Dix jours avaient passé avant que sa famille le retrouve en prison. Sa mère se frappait le visage de détresse et son père retenait ses larmes.

— Il a à peine dix-sept ans! répétait la mère. Qu'est-ce qu'un adolescent peut bien avoir à faire avec ce qui se passe dans ce pays de merde?

Il avait été relâché au bout de deux mois, très amaigri. Au début, ses parents avaient célébré son retour, mais très vite, Maryam avait remarqué quelque chose d'étrange:

— Il ne dort jamais. Jamais! Quand j'entre dans sa chambre, à n'importe quelle heure du jour ou de la nuit, je le trouve éveillé, les yeux grands ouverts.

Elle essayait de lui parler, mais lui ne desserrait pas les lèvres.

Deux semaines sans dormir. Au milieu de la nuit, Maryam était allée dans la chambre de son frère; il n'y était pas. Elle l'aurait vu sortir, alors où se cachait-il?

L'idée qu'il ait pu se jeter des sept étages de leur appartement lui avait traversé l'esprit et elle s'était précipitée à la fenêtre, térrifiée. Elle avait soupiré de soulagement en ne voyant pas de corps démembré, plus bas.

Elle l'avait retrouvé enfermé dans un placard avec des oreillers. Endormi dans une position inconfortable, il s'était réveillé en sursaut, lui criant de refermer la porte tout de suite. Ce qu'elle avait fait, avant de fondre en larmes.

Un soir, elle m'avait emmené voir un ami gay qui louait une chambre à Saroujah, dans une vieille demeure. Son plafond en bois tenait grâce et un pilier central supportant le poids des années. Nous fumions du hachich et des cigarettes. Soudain, elle était sortie, prenant conscience que son ami et moi flirtions depuis le début de la soirée. Elle m'avait attendu dans sa voiture, en fumant des cigarettes et lisant *L'alchimiste* de Paulo Coelho pendant que j'enfonçais mon visage dans le tatouage que son ami avait dans le dos. Dans un texto, elle m'avait dit de ne pas me presser, passer du temps dans sa voiture sur la rue Thawra ne la dérangeait pas du tout. Elle aimait voir la ville changer de couleurs comme une mariée le jour de ses noces, de la blancheur de l'après-midi au rouge de la nuit.

Le lendemain, elle s'était garée à l'entrée de l'université. Pendant qu'elle était en cours, une explosion avait fait six victimes, détruit sa voiture et brûlé son arbre préféré.

Bloqué un jour chez moi par les combats entre forces du régime et rebelles, je lui avais longuement parlé au téléphone. J'étais convaincu que ce serait mes dernières paroles. Nous avons pleuré tous les deux, pendant que je vidais une bouteille de whisky achetée la veille et que je comptais partager avec elle le lendemain. Il n'y avait plus d'électricité depuis deux jours, la glace avait depuis longtemps fondu dans le frigo. Je m'en foutais. À trois heures du matin, j'étais complètement saoul. Je lui avais dit:

— Je vais sortir leur demander d'arrêter de se battre.

— Tu es fou ou quoi?

Je pensais sincèrement que si je les priais poliment de cesser de se disputer, ils m'écouteraient. J'avais besoin de dormir, juste dormir, et c'était impossible tant qu'ils s'étripaient dehors.

Quand j'ai rejoint Maryam le lendemain matin, je lui ai fait promettre de ne jamais répéter cette conversation.

— Et toi, tu te souviens de ta rencontre avec Maryam?

Tu me réponds en souriant.

— Oui, c'était lors d'une fête, à Damas.

Tu n'étais jamais entré dans un bar. Tu étais mon nouvel amoureux et je voulais te présenter à mes amis. Tu avais souri gentiment et demandé à Maryam si tu pouvais lui serrer la main. Elle t'avait regardé, l'air étonné, avant de te prendre dans ses bras. Nous avions exigé du chauffeur de taxi jaune qu'il utilise le taximètre, car depuis que la police de la circulation combattait les terroristes, les compteurs étaient débranchés et les prix exorbitants.

Tu étais nerveux. Dans ta famille, boire de l'alcool était un péché. Comme tu ne connaissais les ivrognes que dans les films, tu ne pouvais t'imaginer que des hommes et des femmes se rassemblaient dans un décor d'orgies, rotant bruyamment, la bouche pâteuse. Quand nous étions arrivés au bar, entre le club de natation Barada et l'autoroute Rukn al-Din, tu avais pris ma main et demandé si j'avais l'intention de boire.

— Bien sûr que oui, merde, et au goulot avec ça !

Maryam et moi avions éclaté de rire.

Tu avais refusé tout alcool, assis dans ton coin pour me regarder danser avec Maryam. Le bar était plein de jeunes tirés à quatre épingles, et la musique jouait assez fort pour couvrir le bruit de la guerre dont l'écho résonnait dans le quartier des Muhajireen, tout près. Il faisait sombre et des rideaux noirs obscurcissaient toutes les fenêtres.

Tu t'en souviens ? Le lendemain matin, je t'ai dit pour la première fois que je t'aimais.

Les fêtes commençaient à dix-sept heures et se terminaient à vingt-deux heures trente. Inutile pour le gouvernement de faire respecter le couvre-feu, les gens comprenaient qu'il fallait obéir. Ils préféraient de toute façon rentrer avant vingt-trois heures. Car à ce moment-là, les chances de mourir dans la rue se multipliaient. Tout le monde était saoul comme des bourriques dès dix-neuf heures. Une bonne façon d'oublier que nous étions en guerre. Les lumières du club et ses fenêtres aveugles nous aidaient à tenir le rythme et à boire, fumer, danser.

Tu regardais tout cela d'un air hébété, confus. Tu te sentais dépassé par cette musique qui jouait trop fort, mais quand tu entendais une chanson qui te plaisait, tu ne pouvais t'empêcher de taper du pied en cadence.

Je te demande si tu te souviens des malentendants qui dansaient sur une chanson de Rihanna, au rythme des basses. Je t'avais fait remarquer qu'ils n'entendaient pas la musique, mais la sentaient à travers le plancher, ou les gros haut-parleurs. Le rythme parvenait à leur cerveau. Ils percevaient les sons, non par l'ouïe, mais par tout le corps, certains sans doute pour la première fois. Ils dansaient, même s'ils ne pouvaient exprimer la musique par des mots, sautant haut, répétant les mouvements, impatients de remettre les pieds sur le sol pour sentir de nouveau les vibrations.

Je t'avais dit :

— Cet air leur plaît. Ils laissent le monde derrière eux. Il n'y a plus de Damas. Plus de monde. Plus rien n'existe que cet endroit, que la danse. Regarde-les.

Le bonheur se lisait sur leurs visages. Maryam avait serré la main de l'un d'eux en riant.

J'avais tendu les bras vers toi :

— Allez, viens danser avec moi !

Sur la piste de danse, j'avais envie de risquer un autre de nos baisers volés. Mais je me retenais, soucieux du regard des autres. Vers la fin de la soirée, l'anxiété se substituait aux sourires. Des saluts rapides s'échangeaient, les derniers baisers s'imprimaient sur les joues.

— Fais attention à toi, se disait-on les uns aux autres, dans l'espoir que le retour à la maison se fasse sans heurt.

Nous savions que chaque au revoir pouvait être le dernier. Cette idée faisait lentement son chemin en nous, la proximité de cette douleur, qu'il nous semblait inutile d'anticiper.

Maryam nous avait suggéré de prendre un taxi avec elle. Tu étais assis devant, Maryam et moi sur la banquette arrière, avec nos rires d'ivrogne, perdus dans la ville qui nous entourait. Tu souriais d'un air incertain et nous regardais dans le rétroviseur.

Tu avais demandé son adresse à Maryam. Elle avait envie de vomir. Le chauffeur n'avait pas l'air content.

Devant son immeuble, je l'avais aidée à marcher jusqu'à sa porte. Tu étais sorti du taxi toi aussi et nous la serrions dans nos bras quand un corps, comme un oiseau géant abandonnant l'espoir de voler, s'était écrasé à nos pieds. La main de Maryam s'était figée au beau milieu de son salut, et toi, tu avais écarquillé les yeux. Le chauffeur s'était mis à jurer pendant que du sang giclait sur sa voiture et son visage.

Horrifié, je regardais le corps du frère de Maryam, la tête à un angle impossible, un genou explosé, le fémur lui déchirant la cuisse, les pieds formant un arc et les doigts contractés. Il serrait dans ses bras un oreiller blanc.

Maryam avait hurlé, me réveillant de ma torpeur. Je l'avais poussée à l'intérieur de son immeuble. Elle résistait et me frappait la poitrine.

— Laisse-moi passer ! Écarte-toi, espèce de salaud, laisse-moi le voir !

Son visage semblait fondre et la lumière de ses yeux voler en éclats. Elle s'était tue d'un coup et figée dans son expression d'horreur, sans plus cligner des yeux.

Ce souvenir de notre vie à Damas nous laisse sans voix.

Tu me demandes de nouveau où est Maryam maintenant.

Après quelques clics, je trouve la réponse :

— En Afrique du Sud.

Un visage gris à l'écran, des cheveux blancs. Elle est debout à côté d'une jeep safari au logo d'un zoo à habitat naturel.

— Elle est propriétaire du zoo *L'oreiller blanc*.

J'observe la photo de plus près. Maryam a retrouvé son sourire.

LE ROI ET SON TRÔNE

Les nuages de Vancouver sont bas sur l'horizon. Même grandes ouvertes, les fenêtres ne laissent que rarement entrer la lumière. Le ciel gris, trop proche, forme un filtre morose devant les couleurs du monde. Je me sens claustrophobe. Tant d'années ont passé depuis notre arrivée, et pourtant je ne me suis jamais habitué aux courtes et sombres journées d'hiver. La pluie a chassé des rues du West End les touristes au torse nu et les hommes gays en shorts sexy qui y traînent l'été. Seuls les réverbères se mirent sur le pavé mouillé. Le claquement incessant de la pluie sur le sol berce la saison.

Tu te retires dans notre chambre de plus en plus tôt chaque soir, et je n'ai pas assez de temps le jour pour préparer une histoire à te raconter la nuit. L'ange de la mort et moi ne nous adressons plus la parole. Il boude, un regard oblique dans ses orbites vides. Attend-il le bon moment pour se faire pardonner ? Malgré la pluie abondante, je me sens tout sec. Je passe trop de temps dans la douche, à accueillir sur mon corps l'eau chaude et la vapeur, frissonnant à l'idée de quitter l'enceinte bouillante. Avec le manque de soleil, je broie du noir.

Cela te surprend :

— Depuis tout ce temps, ça te fait toujours le même effet ?

Oui, que veux-tu, j'ai l'âme sensible. Mes yeux reflètent le monde gris qui m'entoure, mon besoin de chaleur, incessant, mon envie de m'asseoir au soleil, irrépressible. J'attends avec impatience le retour de ses rayons purificateurs qui rempliront mon cœur d'une paix éphémère.

Les jours de pluie, l'ange de la mort s'amuse avec les âmes des défunts ; il en a une ou deux dans sa manche en venant me rejoindre pour bavarder un peu. Même si ses gestes me semblent dénués de sens, j'accepte de jouer à ses petits jeux :

— D'accord, aussi bien en profiter moi aussi, même si je n'aime pas les règles du jeu.

Je quitte le salon pour te laisser discuter sur Skype avec des gens dont tu te souviens à peine. Une tasse de chocolat à la main, je m'installe dans mon fauteuil préféré, en face de notre foyer embrasé, pour profiter du spectacle préparé par l'ange de la mort. Il entre dans la pièce d'un air théâtral et tire de sa cape flottante une âme, tel un magicien des lapins de son chapeau.

— On appelait mon grand-père « La Bête », déclare une âme ténébreuse au reflet vert qui s'échappe de sa cape. Et j'en étais fier.

L'ange de la mort et moi lui jetons un regard vide. Je demande à l'âme damnée :

— Et comment t'appelles-tu ?

— Je suis Hafez al-Assad.

Hafez était le quatrième enfant de la deuxième épouse de son père, Ali Sulayman, qui avait onze enfants en tout. À sa naissance, Ali avait déjà gagné le respect de toute sa communauté. Ils l'appelaient Al-Wahish, « La Bête ».

— Mon père avait signé une pétition à l'intention des Français, explique Assad. Il voulait des régions à majorité alaouite indépendantes du reste de la Syrie. Un pays à nous, notre gloire, notre drapeau.

Mais le destin en a décidé autrement et les Alaouites ne furent pas détachés de cette terre. Elle était occupée depuis tant de siècles que les frontières et les lignées étaient devenues floues. Le seul ciment qui unissait encore les gens était celui de l'appartenance religieuse. Comme la plupart des êtres humains, ils se sont repliés sur leur identité commune et ont rejeté tout ce qui n'était pas eux. L'accord Sykes-Picot avait déjà divisé les terres du Levant entre Britanniques et Français.

— Demander notre indépendance constituait un combat contre l'impérialisme, précise Assad. Un geste glorieux de rébellion en avance sur son temps.

Je remarque à mi-voix :

— Ouais, c'est ça.

Avec l'âge, Hafez s'est assagi. Au lieu de détacher les régions alaouites du reste de la Syrie, il s'est promis de contrôler tout le pays.

Avant d'entrer dans l'aviation arabe syrienne en 1950, il a rejoint le Ba'ath.

— Tout le monde voulait adhérer à un parti politique à l'époque, explique-t-il. C'était ce qu'il fallait faire.

Jeune nation après avoir été occupée pendant mille deux cents ans par des forces extérieures aux ambitions multiples, la Syrie était alors plongée dans l'incertitude.

— Occupation islamique, ottomane, française, poursuit Hafez. C'était mon rôle de nous redonner notre gloire, de créer une identité syrienne et nationale.

L'ange de la mort a l'air de s'ennuyer ferme.

Le spectre de Khaled émerge des ténèbres pour se joindre à la conversation que nous avons, Assad, la mort et moi. Il se glisse à travers les portes ouvertes de notre vieille maison et s'installe confortablement sur le sofa rouge, dans un coin. Sans un mot, il croise poliment les jambes. Il me sourit de ses dents blanches et enlève ses chaussures. Quand il est mort, à vingt-neuf ans, Khaled avait l'allure d'un étudiant hippie un peu crasseux. Son sourire est toujours celui d'un garçon de dix-sept ans.

La présence de ce nouveau public ne semble pas gêner Assad.

— Je voulais être médecin, continue Assad. Comme mon père ne pouvait pas payer des études à Beyrouth, il m'a conseillé d'entrer dans l'armée. « À l'académie militaire ! » disait-il dans son fort accent, amplifié par sa moustache. « Tu y trouveras à manger, un lit et un salaire. » J'étais d'accord, mais être médecin aurait été fantastique.

Assad semble fasciné par le feu de foyer qui se reflète dans ses yeux et éclaire la pénombre. L'armée lui donnait pouvoir, statut, accès à mille et une choses. Tout cela, il l'a utilisé pour le bien du peuple, évidemment.

Comme il voulait être pilote, il a été nommé lieutenant dans l'aviation arabe syrienne en 1955.

— J'ai gagné un trophée à l'époque, se rappelle-t-il. Celui du meilleur aviateur. Et je le méritais amplement.

J'avais rencontré Khaled à mon retour du Caire, par une nuit froide de l'hiver 2011, dans un bar, à deux heures du matin. Rentré à Damas quelques jours plus tôt, j'avais oublié à quel point les hivers syriens sont froids. Je n'avais pas beaucoup de vêtements d'hiver dans mon placard. Je me gelais les os. Créature de la nuit, je raccommodais mon cœur brisé par une quête pathétique d'amour et une succession de bouteilles vides et d'aventures sans lendemain. Je me disais que tout était possible, avec n'importe qui, qu'il suffisait d'essayer. Khaled était venu boire un verre avec trois amis que nous connaissions vaguement, Maryam et moi. Mon désespoir et ma solitude ne m'avaient pas empêché d'aller les saluer.

Je ne savais pas que toi, toi que j'aime aujourd'hui, tu rentrais du gym à vélo devant ce bar-là, précisément à ce moment-là, à travers les rues de Damas battues par le froid et la tempête.

— Moi, je ne suis pas fait pour braver les tempêtes, remarque Assad. Je sais attendre le bon moment pour agir. C'est une qualité de chef, poursuit-il en déclinant le reste de sa carrière militaire. Une étape de plus vers un avenir politique. Accumuler toujours plus de pouvoir, multiplier les chances. J'ai fini par être repéré par Abdel Nasser.

Le président égyptien, qui entretenait alors une fragile union entre son pays et la Syrie, avait vite compris que ce jeune homme était une force avec laquelle il fallait compter. Après trois ans d'union, les Syriens se plaignaient qu'elle n'était favorable qu'aux Égyptiens. Nasser pensait que la seule façon de maîtriser un militaire jeune et puissant comme Assad était de le faire venir en Égypte.

— Il savait que j'étais le candidat idéal, explique Assad. Il m'a vu tel que j'étais. Il me craignait. Il savait que je pouvais faire de la Syrie un grand pays et repousser l'influence égyptienne. C'est à ce moment-là que j'ai rencontré Hosni Mubarak.

L'ange de la mort soupire. Le futur président égyptien et le futur président syrien avaient passé une soirée agréable à discuter sur les bords du Nil.

Je lutte contre les ombres de mon aventure avec Khaled. Mon âme était un animal blessé. Cela se voyait. Khaled s'en rendait compte. Je cachais ma peine sous des plaisanteries faciles et des questions philosophiques. Khaled m'avait demandé de passer la nuit avec lui, et j'avais accepté.

Il m'avait raconté le départ de sa mère, quelques mois plus tôt, au début de la révolution. Refusant de la suivre dans son exil, il vivait désormais seul dans la demeure familiale d'époque française, avec ses fenêtres en bois et ses hauts plafonds. Il laissait tout à l'abandon, excepté sa chambre d'enfant, une petite pièce avec deux lits à une place, qu'il partageait jadis avec son grand frère, devenu médecin dans un hôpital américain. Des figurines de bandes dessinées étaient disposées sur les étagères et dans les coins.

En admirant ses étagères, je lui ai raconté :

— Quand mon père a trouvé une pile de bandes dessinées sous mon lit, il a réagi comme si c'était des magazines pornos. Il se demandait surtout pourquoi je les cachais là.

Comment avais-je bien pu accumuler tout ça, les aventures de Batman, le costume trop serré de Flash Gordon ?

Je cachais ces albums achetés avec mon argent de poche à mes espionnes de sœurs, dont le seul but dans la vie était de détruire mes livres préférés et de dessiner des chats mauves sur les pages blanches à l'endos de la couverture.

Mon père n'y comprenait rien. Comment aurait-il pu ? Il avait été élevé dans une Syrie qui n'était qu'une grande prison, où les cultures étrangères étaient méprisées. Les gens, les livres, les films étrangers, rien n'y entrait, et pourtant, nous en avions grand besoin. Une Syrie qui souffrait économiquement. Petit, mon père achetait des chandelles avec son argent de poche, à cause des coupures d'électricité. Pour se divertir, il regardait les aventures de Ghawar al-Toushieh en noir et blanc à la télé. Les superhéros devaient lui sembler démoniques, et me voir dépenser pour les dessins d'un autre, insupportable.

— Personne ne pouvait prédire l'avenir, à l'époque, continue Assad, brisant le fil de mes pensées. Mubarak et moi savions que l'union ne durerait pas et qu'un changement radical de système aurait lieu dans les deux pays.

Ils ont prévu l'arrivée d'une nouvelle ère et compté l'un sur l'autre, et sur leurs proches, pour s'emparer du pouvoir dans leur pays respectif.

La Syrie est alors entrée dans l'âge des coups d'État. Le matin, au réveil, on ignorait qui était au pouvoir ce matin-là. Le président Lu'ay al-Atassi n'a duré que quatre mois, Ahmad al-Khatib également. Les gouvernements se succédaient rapidement, Assad s'immisçait dans le système et continuait de monter les échelons du pouvoir.

— Je ne me suis arrêté qu'une fois mon objectif atteint, dit-il.

Le sourire aux lèvres de son visage spectral, il vieillit en accéléré avant de poursuivre son récit :

— Un jour, après un dernier coup d'État, j'ai fini par parvenir au sommet. Et acquérir le pouvoir qui me permettait de faire de la Syrie le plus grand pays du monde.

Assad avait survécu à de nombreuses tentatives d'assassinat, certaines rendues publiques par le gouvernement, d'autres tenues secrètes pour éviter d'inquiéter le peuple. Comme il aimait écouter Fairouz le matin, toutes les stations syriennes diffusaient les tubes de la diva libanaise dès le lever du jour. En 1982, deux ans après ma naissance, il avait ordonné la mise à mort de milliers de gens à Hama pour mettre fin à leur révolte.

— Toute la ville se dressait contre moi, raconte-t-il. Contre mes efforts vertueux pour faire de la Syrie un pays fantastique. Ils ont essayé de stopper mon combat épique pour une nation sans égale. Je ne voulais que ce qu'il y avait de mieux pour la Syrie.

Le spectre de Khaled s'interpose dans le récit d'Assad :

— Ma mère avait une sœur, et cette sœur avait une fille, et cette fille avait un mari, et ce mari avait un frère qui travaillait à Hama. C'était un jeune médecin envoyé par le gouvernement. Il n'en est jamais revenu.

Assad ne prête aucune attention au spectre de Khaled.

— Je me méfiais de tout, poursuit-il. Ces forces diaboliques voulaient détruire le pays que je m'efforçais de construire. Je devais protéger la gloire de la Syrie, m'assurer qu'elle reste cette grande nation que j'avais érigée. J'ai donc empêché les gens d'utiliser la télécopie et l'internet.

Cette fois, c'est moi qui l'interromps pour mettre fin à toutes ces foutaises :

— Vous aviez peur pour votre précieux fauteuil de président.

Assad, piqué au vif, n'est pas d'accord :

— J'adorais mon rôle de président, j'aimais Fairouz à la folie, et la Syrie était ce qu'il y avait de plus précieux pour moi. J'étais le père de la nation. Je lui avais donné son nom, créé son drapeau. Grâce à moi, c'était devenu le plus beau pays du monde ! Personne ne m'enlèvera cette victoire.

— Les secrets de chacun se ressemblent, intervient de nouveau le spectre de Khaled. Ils concernent la même souffrance, que nous tentons tous de cacher.

Ce sont les paroles exactes que je lui avais dites des années plus tôt.

Khaled m'avait regardé fixer le petit Superman.

— Ce n'est pas mon héros préféré, lui avais-je avoué.

Superman est un extraterrestre venu des confins de l'univers pour s'emparer du monde, sans s'embarrasser de se faire élire. Il traîne toutes sortes de monstres, qui lui sont entièrement dévoués, tandis que des tas de gens meurent autour de lui, comme de simples dommages collatéraux.

— Tes yeux racontent une belle histoire, avait remarqué Khaled.

Je lui avais souri. Cette habitude de me torturer l'âme, que j'avais développée depuis la vingtaine, m'aidait parfois à trouver des amants, mais aussi à me débarrasser de ce que j'avais sur le cœur.

Dans cette petite pièce propre, entourée d'autres chambres pleines de poussière, Khaled et moi nous étions embrassés. Je l'avais attrapé par le bras, attiré vers moi et poussé contre un mur d'affiches enfantines. Nous nous sommes donné mille baisers, avides de nos lèvres, fondant dans les bras l'un de l'autre. Pour une raison que j'ignorais, il me faisait confiance. Nous étions entrés dans ses draps à l'effigie de Thor et Loki, les frères d'Asgard qui se battaient férocement.

Des années plus tôt, à mon adolescence, mon père avait brandi la dernière édition des aventures de Thor. Sur la couverture, le bel homme blond, en couleurs, était censé afficher un air agacé par les gestes de son frère Loki. Son nom était écrit en arabe. Mon père avait agité l'album devant mon visage.

— Ces livres te distrairont de tes études, avait-il crié en le secouant de plus en plus violemment.

Une feuille où Thor parle avec son père Odin s'était détachée.

Malgré ma peur de sa lourde main sur mon visage, j'avais trouvé le courage de rétorquer :

— J'aime mes livres ! Ils sont inoffensifs. Je prends vraiment plaisir à lire.

— C'est moi qui décide ce que tu fais. C'est moi, ton père.

Il avait donné un coup de pied dans la pile et l'avait éparpillée à travers toute la pièce.

— Je t'ai donné un nom, j'ai fait de toi un homme. Si je te dis que ces livres ne sont pas bons pour toi, obéis !

— Je comprends le point de vue de ton père, remarque Assad.

Je le regarde dans le blanc des yeux et lui refuse l'accès à mes démons intérieurs.

— Il s'inquiète, continue-t-il. Son fils n'est peut-être qu'un bon à rien. Il y a belle lurette que j'ai compris une chose: mes concitoyens ont besoin d'être guidés. Il leur faut la permission du gouvernement pour toute chose, et ils l'obtiennent en courant d'un bureau de fonctionnaire superflu à un autre. On a tous envie d'accomplir quelque chose, sinon le monde n'aurait aucun sens. On se retrouverait tous dans les marges. Quand ta vie est en jeu, tu ne regardes jamais pour voir qui tire les ficelles. Tu es trop occupé à survivre à ta chute.

Puisqu'il se range du côté de mon père, je décide de rappeler à Hafez ses enfants.

Il avait perdu sa première fille Bushra quand elle était toute petite. Rentré de campagne, il avait fait un nouvel enfant à sa femme et l'avait appelée Bushra, elle aussi. Adulte, cette Bushra avait épousé Assef Chaoukat, chef adjoint des forces armées syriennes et ancien dirigeant du renseignement militaire. Après avoir perdu son mari dans un bombardement à Damas à l'an deux de la guerre civile, elle s'était enfuie avec ses enfants et avait trouvé asile aux Émirats arabes unis.

— Tais-toi, m'ordonne Assad.

Je continue. Son aîné Bassel, le préféré, pressenti pour lui succéder sur le trône des Assad, était mort dans un accident de la route en 1994. Ma grand-mère Samira l'avait pleuré, à l'époque. Je faisais semblant de dormir, mais je l'entendais murmurer qu'il aurait été un président complètement dément. Mais c'était aussi un être humain. Sa mort l'avait attristée.

Assad frissonne. Le spectre de son enfant disparu apparaît un moment dans un coin. Il porte ses lunettes caractéristiques, sa barbe qui couvre complètement son visage.

— Il m'a manqué, j'ai pleuré pour lui, et je me suis reproché sa mort, fait Assad au bord des larmes.

Il se retient en me regardant avec des yeux las. Il prend le relais pour raconter l'histoire de ses enfants:

— Bashar, mon deuxième fils, n'a jamais voulu tout cela. Avant la mort de Bassel, il était ophtalmologue. Il avait une petite amie britannique et voulait juste qu'on le laisse tranquille.

Bashar al-Assad est pourtant devenu président de la Syrie après la mort de son père en 2000. Quand Hafez s'est présenté devant mon vieil ami l'ange de la mort, les gens ont cru que sa disparition allait provoquer la fin du monde. Le parlement a changé la loi pour permettre à son fils d'être élu président sans opposition, même s'il n'avait que 34 ans.

— Vous voulez boire quelque chose ? demande l'ange de la mort. Il faut se calmer, là, ou bien nous allons réveiller vous-savez-qui. C'est un moment précieux que nous passons ensemble.

Khaled se lève lentement de son sofa rouge en riant. Sa barbe est savamment taillée pour avoir l'air mal rasée, mais son sourire est aussi clair que le jour.

Je me rappelle son corps. Il était timide, gauche. Il voulait éteindre la lumière. J'avais souri en lui disant que chacun dans son coin partage les mêmes secrets, les mêmes démons. Je l'avais aidé à ôter sa chemise, touché sa poitrine aux muscles souples, mis la main dans son dos, caressé la petite courbe au bout de l'échine. J'avais tiré sur ses cheveux lisses. Nous avions pris notre temps et partagé des heures de bonheur intime. Le paradis.

Puis, le matin s'était levé.

Nous avions tout de suite compris que cela n'irait pas plus loin. Ce n'était qu'un jeu, nous avions fait semblant d'être épris l'un de l'autre. Nous avions rejoint les sommets et goûté le sang. Khaled se rhabillait en silence, en me tournant le dos, sans tenter d'engager la conversation. Moi non plus. Ce matin-là, après une tasse de café et quelques blagues, j'avais ouvert la porte et m'en étais allé.

— Les Syriens étaient des âmes perdues, mon ami, remarque le spectre de Khaled en sortant son visage de la pénombre. Nous avions tous bien trop peur pour baisser la garde. Peur des autres, peur de la douleur qu'ils pouvaient nous infliger.

Cette nuit-là, Khaled et moi avions été là l'un pour l'autre. Il nous fallait une aventure sans lendemain. Une petite lampée d'amour, de sécurité, de profondeur. Ensuite, nous sommes retournés vers ce qui nous était familier, pour échapper à la douleur.

Mon père avait joué un rôle, lui aussi. Sans doute avait-il vu ces bandes dessinées comme un signe que son fils de treize ans n'était pas un petit Syrien comme les autres. Elles étaient la preuve tangible du manque d'intérêt de son fils pour le foot, les voitures et les seins des femmes. Irrité par ces dessins de sorciers et de vilains, il s'était mis à m'expliquer en détail comment ces albums qu'il n'avait pourtant pas lus nuisaient à mon avenir et, pire encore, à ma capacité de me reproduire.

— Il fallait écouter ton père, reprend Assad d'un air narquois. Nul ne sait mieux qu'un père.

Lui-même était « père de la Syrie », si l'on en croyait les slogans et légendes des nombreuses photos à son effigie au centre-ville de Damas. Il s'occupait sans relâche et voyageait rarement, même à l'intérieur du pays.

— Je ne voulais pas m'éloigner, explique-t-il. J'aurais pu perdre le pouvoir, le pays en aurait pâti.

Il passait dix-huit heures par jour dans une petite villa en face du palais présidentiel où il avait installé son bureau. Dès l'aube, un flot continu de diplomates venus des quatre coins du monde l'imploraient de mettre fin aux hostilités avec Isarël. Assad voulait-il vraiment se mesurer à l'État juif? Personne ne le savait. Ce qui était sûr, c'est qu'on lui avait fait pas mal de faveurs et qu'il devait un certain soutien international à ses qualités de fin stratège.

— Je négociais avec eux comme un joueur de poker professionnel, raconte-t-il. Chaque fois, je remportais la partie. Grâce à moi, la Syrie était en position de force. J'ai su la maintenir au centre du débat.

— La Syrie a continué de compter, lui fait écho le spectre Khaled avec un petit sourire satisfait. Elle a retenu l'attention de tous les débats des élections présidentielles américaines pendant des années.

Un jour, seul dans ma petite maison de Damas qui sentait le moisi, j'avais reçu l'appel d'un ami.

— Surtout, n'essaie pas de contacter Khaled, m'avait-il prévenu. Il est parti « chez sa tante ».

Un code familier, terrifiant. Cela voulait dire que la direction du renseignement militaire venait de l'arrêter.

Khaled s'était promené avec un t-shirt blanc sur le dos, aux premiers jours de la révolte de 2011. Savait-il que les médias sociaux avaient appelé les militants de la démocratie et la liberté en Syrie à porter fièrement du blanc ? Il avait senti quelqu'un lui attraper l'épaule et le traîner vers une camionnette.

Quelques semaines plus tard, une vidéo des arrestations avait circulé dans les médias sociaux. J'avais tout de suite reconnu Khaled parmi les prisonniers. Il avait une profonde balafre à la joue, un œil au beurre noir, des menottes en plastique autour des poignets.

— Vous voulez être libres, hein ? criait un soldat en civil qui le frappait à la poitrine. En voilà, de la liberté.

Sa mère était rentrée à Damas et j'étais allé la voir. Je m'étais présenté :

— Je suis un ami de Khaled, on s'est rencontrés à l'université.

Je me disais que lui révéler la véritable nature de notre rencontre l'anéantirait.

Bizarrement calme, elle m'avait ouvert sans pleurer. À l'intérieur nous attendaient huit hommes gays, dont quelques-uns que je connaissais. Ils en faisaient un peu trop pour avoir l'air hétéro. Venus aider une mère éplorée, certains lui avaient même apporté des fleurs.

Je me rappelle mon père. Je m'étais caché sous les couvertures et l'entendais piquer une sainte colère. Sous mon oreiller, mon plus précieux trésor : un exemplaire unique d'un album du capitaine Marvel, magnifique magicien qui prononce le mot « Shazam » pour se transformer en superhéros aux pouvoirs de demi-dieux grecs. Je n'avais rien à répondre à mon père. J'aurais aimé pouvoir moi aussi me transformer en superhéros et sauter par la fenêtre pour échapper à une culpabilité que je ne comprenais pas. Pourquoi était-ce un problème de posséder tant de bandes dessinées ? Pourquoi mon père se vexait-il autant ? Il finirait par se rendre compte que ses attaques verbales et ses questions resteraient sans réponse.

Je me rappelle aussi la mère de Khaled : derrière son ordinateur, avec ses lunettes de lecture, son téléphone sonnant sans arrêt. Elle tâchait de faire bonne figure quand elle nous accueillait chez elle avec des confiseries, et parlait de son fils comme d'un *batal*. Un héros.

J'étais un peu jaloux de cet amour sur le visage d'une mère. Son fils avait décidé de manifester pacifiquement, elle l'acceptait et célébrait sa différence.

Le samedi matin, Khaled manquait toujours à l'appel. Sa mère errait dans la maison sans un mot, et en avait assez d'entendre des rumeurs qui se contredisaient : Khaled était bien traité ; non, il avait les yeux bandés et subissait des traitements cruels.

— Ce n'est pas aujourd'hui qu'il sera libéré puisque demain est une fête nationale, avait suggéré quelqu'un, et j'étais d'accord avec lui. Ils le relâcheront sûrement d'ici mercredi.

La mère de Khaled disait avoir trouvé un entremetteur qui lui ferait passer des vêtements et de la nourriture. Mais il tardait à se manifester.

Le téléphone avait sonné. C'était un membre de la famille. Les larmes avaient coulé sur le visage de la mère, pendant qu'elle continuait de parler calmement. Des larmes tellement immenses qu'elles allaient s'écraser sur ses cuisses.

Le mercredi, la mère de Khaled avait fait le va-et-vient dans la maison, juré et chanté des slogans anti-régimes. Elle se foutait pas mal qu'on l'entende. Il avait fallu trois hommes adultes pour la maîtriser et l'empêcher de hurler par la fenêtre.

— Fichez-moi la paix, criait-elle. Je veux qu'on m'arrête. Laissez-les me jeter en prison, pour que je puisse revoir mon fils.

Elle avait ensuite refusé toute visite. J'avais essayé de la voir une ou deux fois, en vain.

— Elle m'a dit que tu étais venu, remarque le spectre de Khaled. Elle avait laissé la figurine de Superman sur le pas de la porte pour toi.

Quelqu'un avait dû la voler, car moi, je ne l'avais jamais récupérée. Khaled, quant à lui, n'est jamais revenu de prison. Sa mère l'a attendu jusqu'à sa mort. Tous les matins, elle lui préparait son petit-déjeuner.

Le soleil est sur le point de se lever à Vancouver. Je regarde l'aube poindre derrière les rideaux.

— La nuit tire à sa fin, remarque l'ange de la mort à voix basse.

Lentement, les spectres du passé rentrent à la hâte dans les plis de sa cape noire. J'ai juste le temps d'apercevoir l'ombre du dernier sourire de Khaled.

LA MAISON AU BELVÉDÈRE

Notre maison est la plus belle merveille du monde. C'est une vieille amie avec laquelle j'ai fait plus d'une bêtise. Je l'entends parfois se plaindre de toi, de moi. Elle nous protège de la pluie. Nous étions jeunes quand nous l'avons achetée, et elle était jeune elle aussi, propre, rouge, élégante. Géniale, avec ses meubles branchés et ses murs ornés d'images. Aujourd'hui, elle est toujours propre, si l'on excepte le poil de chien, et sa beauté témoigne de celle de nos âmes, alors que nos visages ne réfléchissent plus rien. Les maisons ont une histoire à raconter, mais leur voix est rarement assez forte pour qu'on l'entende.

J'ai voyagé et déménagé au cours de ma vie autant qu'un nomade. Je restais un moment là où je me sentais le bienvenu et m'enfuyais à toutes jambes dès que quelque chose me menaçait. Ma vie s'articulait autour d'une série de fuites successives, j'étais un véritable artiste de la fugue. Chaque fois que j'emménageais quelque part, j'avais l'impression d'envahir un espace qui n'était pas à moi. Je marchais timidement dans les couloirs d'appartements loués ou partagés, et gardais mes affaires dans un coin.

Je suis né dans la maison de mon grand-père, à Damas. Mon père avait dix-neuf ans et ma mère, dix-sept. Mon cri avait retenti et la sage-femme était sortie de la chambre avec une petite chose toute rouge qui agitait vaguement les mains dans la layette. La sage-femme avait dit à mon père de réciter le *kabber*, cette prière pour les nouveau-nés.

Avec toute l'innocence d'un jeune homme inconscient de ce qui l'attendait, il avait pris mon petit corps dans ses bras et murmuré à mon oreille: «*Allahuakbar*, Allah est grand».

Au milieu des années 1980, on disait *Allahuakbar* quand un bébé naissait ou quand on était surpris. Devant la vieille télé en noir et blanc pleine de statique, mes oncles lançaient un *Allahuakbar!* tonitruant, et parfois un objet à leur portée, quand leur équipe favorite comptait un but. Le lendemain, en fumant l'*arjileh* et buvant du thé sous les néons blancs d'un café avec leurs amis, ils en remettaient:

— On se demandait s'ils allaient finir par marquer, *ya zalameh*? Et tout à coup, *Allahuakbar!* On a gagné!

Le sens des mots change avec le temps: trente ans plus tard, entendre *Allahuakbar* inspirait de la peur à des millions de gens. Des combattants à la peau basanée coupaient des cous avec des cimeterres et criaient *Allahuakbar* avec la même légèreté qu'autrefois mes oncles pendant un match de foot.

Souvenirs du ramadan chez mon grand-père:

J'avais peut-être quatre ou cinq ans. Je mettais le couvert, pour me rendre utile. Mon grand-père, qui se méfiait de l'annonce de l'*iftar* à la télé, attendait d'entendre la voix plus grave du muezzin de la mosquée des Omeyyades, qui jouait à la station de radio officielle. Son appel accusait toujours un retard de deux minutes.

On riait beaucoup autour de la table dressée pour l'*iftar*. On commençait toujours par prier ensemble, et mon grand-père récitait l'invocation:

— Ô, Allah, c'est pour toi que je jeûne, et c'est avec la nourriture que tu me donnes que je romps le jeûne. C'est sur toi que nous nous appuyons.

Nous répondions par un bruyant «Amen».

— Au nom d'Allah, le tout miséricordieux, le très miséricordieux. Ô, toi dont l'indulgence est sans limites, pardonne-moi, ajoutait-il, et nous répétions après lui.

Un jour, j'avais prononcé ces paroles trop vite. J'avais tellement faim que je ne pouvais plus attendre. Le regard assassin de mon grand-père avait retenu la main que je tendais vers le festin étalé devant moi.

Ma mère, jeune femme insouciante à l'époque, m'avait aidé à apprendre à jeûner.

— Tu es trop petit pour te priver de nourriture toute la journée. Tu monteras progressivement les marches du minaret, une à une, jusqu'à ce que tu puisses jeûner pendant toute la période prescrite.

Ce système permettait aux enfants de s'habituer petit à petit au jeûne. J'avais commencé par jeûner jusqu'à la prière du midi, puis jusqu'à celle de l'après-midi. La dernière semaine du mois, je jeûnais aussi longtemps que les adultes, jusqu'au coucher de soleil. J'étais fier de moi. Pendant mes premières demi-journées de jeûne, ma mère comptait sur moi pour goûter les mets qu'elle préparait. Je courais la rejoindre à la cuisine, où je la trouvais en compagnie des autres femmes. Elle me demandait, en me fourrant une cuillérée de soupe chaude dans la bouche :

— Alors, c'est assez salé ?

Moi, je détestais le sel, elle l'adorait. Je répondais qu'il y en avait assez, elle en rajoutait un peu.

Après la *dua*, mon grand-père nous donnait la permission de manger, et nous mastiquions bruyamment les délices que les femmes avaient mis des heures à préparer. Nous commencions par une épaisse soupe de lentilles, toujours meilleure avec un peu de jus de citron. Un jour, il y avait du *fattoush*, le lendemain du *tabbouleh*, et ainsi de suite, toute la créativité des femmes s'exprimait dans le plat principal : *mlokhieha*, mon préféré, *waraq enab*, au deuxième rang. Le mets favori de ma mère était la *maqloubieh*, mais moi, je n'aimais pas les aubergines autant qu'elle.

Mon oncle était le plaisantin de la famille. Un jour, il avait glissé un cafard en plastique dans la salade préparée par ma mère. Elle s'était esclaffée en tendant sa cuillère :

— Tiens, un cafard ! Je ne suis pas si bête, tu sais, frérot.

Elle avait continué de manger comme si de rien n'était, ce qui avait provoqué l'hilarité de tous.

Après l'*iftar*, les hommes de la maison partaient à la mosquée pour la prière de *taraweeh*. Je les accompagnais, même si j'aurais préféré passer la soirée avec les femmes, à boire du thé et à regarder la télé. Le seul avantage était la perspective des sucreries qu'ils m'achetaient en rentrant de la mosquée, me laissant choisir à ma guise. Je montrais du doigt une pâtisserie à base de fromage couvert de crème :

— *Nabilseeh* !

Un soir, il m'avait semblé rester debout très tard, mais je devais dormir bien avant minuit. À trois heures du matin, nous avions été réveillés par un gros boum dans la rue. *Tetta* Samira s'était écriée, en ouvrant la porte de notre petite chambre :

— *Al-mesaheer*, qui veut voir *al-mesaheer* ?

Le froid avait mordu mon petit visage quand j'avais ouvert la fenêtre donnant sur l'étroite ruelle. Un vieil homme était apparu au loin, avec le *shewal* traditionnel syrien, un manteau noir et un fez rouge. Devant chaque maison, il frappait cinq coups sur un petit tambour serré contre sa poitrine en criant pour inciter les gens à manger avant le lever du jour :

— Levez-vous, c'est l'heure du *suhour*, laissez le ramadan entrer chez vous !

Quand le *mesaheer* s'était rapproché, j'avais vu son fils marcher derrière lui, à moitié endormi, une petite lampe à la main. L'odeur des œufs frits avec une cuillérée de farine et les bruits de la vie derrière moi m'avaient ramené à l'intérieur.

Il faisait bon dans la vieille maison en bois de mon grand-père, avec sa fontaine d'eau argentée et son parfum de jasmin.

J'y suis né, et mon père avant moi, et le sien avant lui. Elle a été démolie par le gouvernement en 1989 pour élargir la rue al-Thawra.

Nous avons emménagé, mes grands-parents, mes cinq oncles, ma tante, mes parents et moi, dans un petit pavillon de campagne sur la seule colline que le gouvernement ne lui avait pas saisie. Mon grand-père y a vécu deux ans, malheureux, incommodé par le froid, la chaleur, les odeurs. Sa vieille maison lui manquait terriblement. Le malheur ne l'a plus quitté, jusqu'à sa mort.

Moi, j'aimais beaucoup le grand studio aménagé sur le toit pour mon père, ma mère et moi. Surtout le balcon, qui dominait tout Damas, la brise d'été sur le toit, malgré les gouttes froides qui tombaient des fentes du plafond l'hiver. Le papier peint, bleu. À l'heure du coucher, je faisais semblant de m'endormir dans « ma chambre », mon ancien berceau placé dans un coin et recouvert d'un vieux tapis. C'est dans cette maison que j'ai appris à lire en arabe.

Ma mère était trop jeune pour être mère. À cinq, six ans, j'étais sa petite poupée magnifique, qui parlait et se déplaçait toute seule. Elle brossait mes cheveux six fois par jour et avait choisi un mini-smoking avec un nœud papillon rouge pour le jour de l'Aïd. Elle chauffait mon lait, se préparait du thé, et, tirée à quatre épingles, s'asseyait avec moi pour le goûter. Elle m'emmenait chaque semaine acheter des jouets et passait plus de temps que moi à se décider, n'achetant à la fin que des jeux qui se jouaient à deux.

Un après-midi, elle m'avait montré sa robe de mariée. Elle craignait de toucher la rose de verre qui en ornait l'épaule, de peur de faire tomber les pétales luisants et étincelants.

La nuit, j'entendais mes parents échanger des mots tendres et se raconter des histoires. Ma mère avait l'habitude de noter les paroles des chansons de Fairouz sur une grande tablette de papier bleu. Au balcon, mon père avait construit pour elle une balançoire avec de vieilles cordes à linge et un oreiller abandonné. Le matin, ma mère s'y balançait pour écouter

Fairouz, boire son café, se réchauffer à la chaleur du soleil qui remplissait Damas de vie. L'après-midi, elle m'asseyait dans la balançoire et me poussait toujours plus haut. Mes pieds ne touchaient pas le sol. Je m'imaginais colombe grise ouvrant ses ailes entre les collines au-dessus de Damas à moitié endormie, calme, resplendissante. Dans mon esprit d'enfant, le monde était limité à ce que je voyais de la ville à partir de cette balançoire, par-dessus le parapet. J'apercevais le jasmin en fleur sur notre toit et la rivière Barada qui divisait la ville en deux. Je croyais même voir le bout du monde.

Ma mère avait eu la brillante idée de semer des graines de jasmin dans l'oreiller, et les pluies d'hiver les avaient fait pousser. Derrière sa fenêtre, elle buvait son café turc sur un air de Fairouz et regardait le jasmin pousser sur l'oreiller de coton retenu par la vieille corde à linge. C'était une balançoire de conte de fée, magnifiquement tressée de fleurs parfumées.

Quand le printemps revenait, ma mère reprenait sa place tous les matins sur sa balançoire. Plus elle se balançait, plus elle avait l'impression de s'envoler, telle une princesse aux longs cheveux, une belle amoureuse du soleil. La balançoire la menait toujours plus haut, et elle se sentait capable de tout. Elle entendait les voitures trois étages plus bas, les regardait d'un œil amusé. Au début, elle avait peur de tomber du balcon, mais cette crainte s'était vite envolée.

Je l'observais de l'intérieur, l'entendais rire et se raconter des histoires. Elle se parlait toute seule, dans des langues que je ne comprenais pas, reprenait le fil de ses conversations avec des amies imaginaires. Ses rêveries la conduisaient jusqu'à des destinations inconnues, intrigantes, au bout de son regard distrait.

Se trouvant trop à l'étroit, mon père avait décidé d'acheter une maison. Nous avons troqué le charmant balcon ensoleillé et la balançoire pour une grande maison sombre, accessible par d'innombrables escaliers. C'est la dernière demeure que j'ai partagée avec mes parents. Il ne s'y chantait plus de chansons d'amour. Le bonheur nous avait désertés.

Ma mère restait assise pendant des jours sans bouger. Mon père était presque toujours absent, prétextant ses obligations professionnelles. Les amis imaginaires de ma mère se transformaient en démons, ses drôles de conversations qui se finissaient jadis par des rires sur la balançoire se mutaient en dispute avec des goules invisibles et se terminaient en pleurs hystériques.

La maison se remplissait de la poussière de nos vies et la cuisine ne servait jamais à préparer les *iftar* du ramadan. Les visites de mon père se faisaient de plus en plus rares. Les querelles de ma mère avec ses démons s'intensifiaient. Au téléphone, un luxe que nous n'avions pas dans notre ancienne maison, elle se lançait dans des conversations intenses. Une nuit, j'avais soulevé l'autre combiné, dans la cuisine, pour voir avec qui elle parlait. Je l'entendais dire à voix basse qu'elle avait envie de s'enfuir :

— Je prends des vêtements avec moi et j'arrive. Ne sois pas en retard. Non, non. Je n'en peux plus de vivre ici. De vivre avec lui.

À l'autre bout du fil, je n'entendais que le bruit d'une ligne morte. Ma mère continuait sa conversation avec elle-même :

— J'ai peur. Je suis seule et j'ai peur.

Après un an ou deux dans cette maison, je suis allé vivre chez ma grand-mère, où je dormais sur un sofa du salon. J'avais un petit placard pour ranger mes draps et couvertures le matin. Ma grand-mère me faisait un sandwich d'huile et de *za'atar* pour l'école. Elle me réveillait pour la prière de l'aube et faisait du café. Nous lisions le Coran ensemble et regardions le soleil se lever derrière les collines de Damas. L'un de mes oncles avait coupé la corde à linge et démantelé la balançoire pour transformer notre ancien studio en garçonnière.

Quelques années plus tard, après m'être enfui de chez ma grand-mère avec un nez cassé et le flanc meurtri, j'ai dormi dans les jardins, les parcs, les rues. Je ramassais les pièces jetées dans mon chapeau. Je lançais aux passants un regard reconnaissant, silencieux, et ils ne me posaient jamais de questions. J'achetais à manger et mettais un peu d'argent de côté. Un jour, le marchand chez qui je me procurais mon unique repas de la journée m'a demandé de lui raconter mon histoire, mais je lui ai lancé un regard mauvais avant de m'éloigner. Deux semaines plus tard, il m'a offert du travail :

— Tu peux faire le ménage dans ma boutique, et y dormir.

Comme il ne me faisait pas encore entièrement confiance, il m'enfermait à clé toutes les nuits.

Le matin, je me réveillais à cinq heures, nettoyais les taches d'huile et les restes de nourriture sur le sol. Je me lavais les mains avant de couper des tomates et des concombres en attendant l'arrivée du patron, puis je l'aidais à préparer des sandwiches et d'autres mets, toute la journée. Mon sandwich aux œufs a acquis un certain renom. J'y ajoutais toujours une cuillérée de farine pour rendre l'omelette plus légère.

Au bout d'un an, j'ai dit à mon patron que je voulais voyager. Loin, pour ne plus jamais revenir.

C'est lui qui m'a conseillé l'Égypte :

— Trouve du travail dans un restaurant. La cuisine syrienne est très populaire, là-bas.

J'ai fini par ramasser assez d'argent pour partir, et pensé que me réfugier à l'étranger me permettrait de laisser le passé derrière moi.

Je partageais mon premier appartement au Caire avec huit gars de dix-neuf ans qui étudiaient à l'université Al-Azhar. Nous nous disputions souvent pour savoir à qui le tour de faire la vaisselle. J'ai déniché du boulot dans un petit journal. Un an plus tard, j'ai loué un appartement pour moi tout seul. Il était hanté par un spectre qui aimait briser de la vaisselle la nuit, ce qui expliquait la modicité du loyer.

C'est au Salon du livre du Caire que j'ai rencontré le père Noël. Il achetait un ouvrage sur le rôle de l'Islam dans le progrès du savoir humain, et moi un roman de Mohammed Al-Mansi Qandil. Comme je pensais qu'il était gay, je l'ai invité chez moi. Sur la route, ses nombreuses remarques sur le foot m'ont fait comprendre que je m'étais trompé. Je me suis contenté de lui offrir un café, avec l'intention de le renvoyer chez lui au plus vite. Six heures plus tard, nous mangions du *kushari*, buvions du thé noir et riions à gorge déployée.

Il a invité des amis, qui sont venus avec une *shisha* et un peu de hachich. C'était la première fois que je fumais. Je suis entré dans un monde nouveau, tout en couleurs. Défoncé, je regardais les murs de mon appartement s'effondrer un à un dans un bruit effrayant qui m'empêchait d'entendre les conversations autour de moi. Derrière la cloison m'est apparu un monde de bandes dessinées, avec des jouets joyeux et des sirènes volant dans un ciel rempli d'eau.

J'ai fait taire les autres d'un geste de la main pour leur raconter les histoires de ce monde nouveau. Ils m'écoutaient, l'air amusé, ajoutant des détails de leur cru. De concert, nous avions érigé un univers où il était possible de se réfugier.

Le lendemain matin, je me suis réveillé sur le sofa, blotti contre l'épaule de Fady, le père Noël endormi à même le sol.

Quelques semaines plus tard, je quittais l'hôpital, brisé, sans amis. J'emménageais avec un homme, Ayman, dans une grande maison à trois chambres, avec deux chiennes et un balcon. Je me sentais en sécurité. J'en avais besoin.

Ayman était un peu plus âgé que moi, et sa mère, qui portait les cheveux courts et parlait français, savait depuis toujours que son fils était gay, peut-être même avant qu'il s'en rende compte lui-même. Le jour où il lui avait confié son homosexualité, elle l'avait serré tendrement dans ses bras. Revenu de l'université en pleurs, il avait frappé à sa porte, s'était effondré à ses pieds et lui avait expliqué à quel point il se sentait rejeté. Elle l'avait rassuré par son amour inconditionnel.

Ayman et moi avons été amants pendant deux ans. Comme nous partagions la même peur du monde extérieur, nous passions des journées entières à errer dans l'appartement, comme des bannis. Sa mère nous recevait à Noël. Ayman gagnait confortablement sa vie dans la finance et pouvait travailler de chez lui. Au début, je me réjouissais de cette rupture avec le monde et du sentiment de sécurité que j'en tirais, mais avec le temps, cette situation me pesait. J'avais l'impression d'être un prisonnier amoureux de son geôlier qui ne voulait pas me laisser reprendre ma liberté. Il me disait :

— Tu dois rester avec moi. Tu es à moi.

Et moi je répondais :

— Je n'appartiens à personne.

Je me suis enfui avec ma valise.

Quelques semaines après, j'en avais fini avec l'Égypte. On était en 2009. Je sillonnais les rues du Caire, effrayé par l'ombre des gens qui me suivaient. Je me sentais seul, oublié.

Avant de rentrer en Syrie, j'ai passé six mois à Istanbul, d'abord dans une petite chambre de l'hôtel le moins cher en ville, la partageant avec des étrangers qui occupaient l'autre lit une nuit ou deux en ne m'adressant même pas la parole. Je buvais du whisky dans les petits bars miteux entre les vieux édifices et les gratte-ciel, empruntais des traversiers au hasard le matin, me laissais pousser la barbe, participais à des manifestations, répétais des mots turcs que je ne comprenais pas.

C'est là qu'un soir, à la sortie d'un bar gay avec quelques verres de trop dans le nez, je suis tombé sur Jawad, un jeune prostitué qui se faisait tabasser dans une ruelle. Je ne suis pas un guerrier, mais je savais désormais comment échapper à une bastonnade. D'un coup d'épaule, j'ai tiré le beau twink kurde du cercle que formaient ses assaillants avant de l'entraîner avec moi à toutes jambes vers le boulevard.

Nous avons dormi chez lui cette nuit-là. Il m'a expliqué pourquoi il avait des rideaux noirs aux fenêtres :

— Faut pas que les voisins voient ce que je fais pour gagner ma vie.

Il a ri, et pour me montrer sa gratitude, m'a offert de me laisser dormir dans son lit, sans me faire payer.

Je n'ai pas couché avec lui, pas ce soir-là en tout cas. Nous avons simplement partagé son lit. Au beau milieu de la nuit, il s'est tourné vers moi, a souri et posé sa tête sur mon épaule. J'ai caressé ses cheveux noirs. Je me sentais responsable de lui.

Jawad et moi discutions des heures chaque jour. Il avait ses habitudes dans la ruelle où nous nous étions rencontrés. Nous venions y boire du café ou du thé, fumer. La première fois qu'il m'a embrassé, c'était en public, dans la rue Istiklal, que j'avais appris à connaître : tourner à gauche après le premier Starbucks et c'est une boîte de nuit gay ; suivre de vieilles rues abandonnées bordées de drapeaux arc-en-ciel haut dressés et c'est la ruelle des homosexuels. Un baiser délicieux, sexy, gorgé de tendresse. J'entendais à peine des amis applaudir derrière nous, tant je m'étais perdu dans ce baiser. En fin d'après-midi, Jawad passait son bras sous le mien et nous partions à l'aventure. Des semaines plus tard, il m'a demandé d'emménager avec lui, mais j'ai refusé, car je voulais vivre seul. Il m'était insupportable d'avoir quelqu'un dans ma vie.

Rentré en Syrie en 2010, j'ai loué une petite maison qui s'est vite transformée en centrale des fêtes pour toutes les gouines de la ville qu'y invitait mon amie Maryam. En 2013, un an après mon départ du pays, de violents combats ont éclaté dans ce vieux quartier de Damas et un char d'assaut a transformé mon ancien chez-moi en un amas de décombres.

Un peu moins d'un an après que l'arrestation de Khaled m'a fait passer l'envie de porter des t-shirts blancs, je t'ai demandé d'immigrer avec moi. Tu hésitais, de crainte que ta famille ne subisse des représailles. Tu ne voulais pas non plus quitter ton travail stable et oisif dans un bureau commercialisant des objets qui n'intéressaient personne. Tu tremblais de peur chaque fois que tu entendais une explosion ou des tireurs isolés, en appréciant tout de même la relative sécurité du centre-ville de Damas. Tu me disais que tu m'aimais, mais que tu ne voulais pas partir.

Deux jours avant mon départ prévu pour Beyrouth, tu m'as donné rendez-vous au café Pages. La lumière des fenêtres faisait toujours cet effet angélique. Pourtant, il n'y avait presque personne et l'odeur des petits fours ne filtrait plus de la cuisine. Les buveurs de café et les joueurs de *tawlieh* se faisaient de plus en plus rares. Aussitôt assis, tu as déclaré :

— J'ai changé d'avis : je pars avec toi, finalement. Mais tu dois me promettre de ne jamais m'abandonner, d'être derrière moi à chaque pas.

Je te l'ai promis, ignorant que ce serait toi qui m'abandonnerais plus tard, pendant trois longues années.

À Beyrouth, nous avons emménagé dans une maison à hauts plafonds, construite à la fin du dix-neuvième siècle, qui ressentait le poids des ans, froide et excentrique comme un vieux marin, et nous jouait des tours. Soit on avait l'électricité, soit l'eau, soit l'internet, jamais les trois en même temps. Il fallait monter sur le toit pour remplir le réservoir avec un long tuyau branché au camion-citerne rempli d'eau de mer, dans la rue, à nos frais, car il n'y avait pas de services publics dans notre quartier. Nous n'étions pas sûrs d'avoir un avenir, dans ce pays.

J'ai remarqué ton regard brisé après une autre journée à la sécurité générale du district de Beyrouth où tu avais tenté de renouveler ton permis de séjour. Les réfugiés syriens étaient traités comme des animaux. Ce jour-là, le policier t'avait donné des coups dans le dos avec un câble. Là où tu as cette brûlure en forme d'oiseau. Ignorant qu'il fallait un permis spécial pour entrer, tu avais reçu coups et insultes, et le policier t'avait traité de terroriste. Tu avais répliqué, exigeant qu'on te traite comme un être humain.

Ce qu'on racontait sur la Syrie rendait nos vies infernales. À chaque nouveau massacre, nous avions l'impression de voir nos visages sur les photos. Les médias sociaux répandaient des nouvelles, le monde devait prendre conscience de cette guerre que tous préféreraient ignorer. Aux quatre coins de Beyrouth, des affiches imposaient un couvre-feu aux ressortissants syriens.

Un matin, sans t'en parler pour éviter les faux espoirs, j'ai cherché sur Facebook un ami qui avait immigré, pour lui écrire : « Oui, on veut immigrer au Canada. Comment on s'y prend ? »

Une nuit, tu t'es réveillé en prononçant mon nom. L'électricité était coupée, la chaleur suffocante, et nous, en sueur. Nous dormions, jambes entremêlées, et notre chienne avait posé la tête contre mon dos. Tu as crié :

— *Habibi*, lève-toi !

Réveillé en sursaut, j'ai envoyé fracasser en mille morceaux un verre posé sur la table de chevet. J'avais du mal à garder les paupières ouvertes.

— Qu'est-ce qu'il y a ?

— La chienne a pris toute la place. Pousse-la et fais-moi un peu d'espace, avant que je tombe du lit !

Il m'a fallu une minute pour comprendre. La chienne a grogné un peu, s'est déplacée à nos pieds avant de se rendormir.

— C'est mieux comme ça ?

Tu as posé ta tête sur ma poitrine, tes cheveux noirs ont frôlé mes lèvres. Tu as répondu :

— Oui. Mais je déteste Beyrouth.

Le bruit des voitures qui passaient sous nos fenêtres nous empêchait de dormir. Je t'ai répondu avec un soupir :

— Nous allons bientôt partir.

Je pouvais t'entendre penser. Tu m'as dit :

— Je t'aime.

— Moi aussi.

LE CONTE DE THECLA QUI PRIA DIEU TROIS FOIS

Hier, c'était mon anniversaire. *Joyeux anniversaire!* Tu es trop assommé par les médicaments pour te rappeler, mais peu importe. Plus jeune, je comptais les jours avant mon anniversaire, planifiais fêtes et escapades, invitais amis et connaissances, espérais un ou deux cadeaux. Sans doute à cause de mon sentiment d'abandon, enfant. Chez nous, on ne célébrait jamais les anniversaires. Ma mère, telle Méduse, était absorbée par sa transformation en créature malveillante qui changeait les gens en pierre. Mon père, tel Ali Baba, s'échappait dès qu'il pouvait de notre caverne, n'y venant encore qu'avec la convoitise de voler un dernier joyau, tâchant de retenir les paroles magiques.

Mon anniversaire me rappelait simplement que j'avais réussi à survivre une année de plus. Aujourd'hui, elle n'est qu'un présage de mort.

Tu n'as pas quitté le lit depuis un jour ou deux, et je m'inquiète pour toi. Le matin, je fuis la tristesse qui s'accumule dans notre chambre. Pour repousser le chagrin, je prends une longue douche, la plus chaude possible, pour nettoyer mon corps de la douleur qui l'accable. Je reviens vers toi, irrité, la peau rougie.

Quand j'écarte les rideaux, tu plisses les yeux et te mets à gémir. Je te tends la main :

— Allez, sors du lit.

— Tu es trop vieux pour supporter mon poids sans te rompre les os ou te tordre l'échine, protestes-tu.

J'insiste :

— Il faut te bouger. C'est un ordre.

Tu cèdes et repousses les draps de ton corps las, laissant une marque de sueur et des miettes dans le lit. Tu te lèves avec lenteur. Nous nous appuyons contre le mur, nos doigts se frôlent et j'arrive à te soutenir jusqu'au palier. Nous descendons ensemble, une marche à la fois, au même rythme, en faisant craquer celle qui doit être réparée.

Je t'aide à t'installer dans le petit salon, sur les coussins rouges, verts et bleus ornés de beaux mandalas ; tu serres ton coussin préféré. Je jette un regard assassin à l'ange de la mort, qui nous suit partout. Je prépare le petit-déjeuner et te l'apporte sur un plateau avec une théière bouillante. Tous les trois, assis sur les coussins, nous mangeons en silence.

— Savais-tu qu'hier, c'était son anniversaire ? te dit l'ange de la mort.

Il avale un morceau de *halawa* trempé de beurre.

Je proteste :

— Non. Hier, ce n'était pas mon…

Tu m'interromps d'une voix neutre :

— Ah, merde, j'avais oublié, c'était hier, vraiment ? Je suis désolé, mon chéri.

Je suis choqué que tu aies entendu l'ange de la mort.

C'est pour bientôt, alors. Pour très bientôt. L'instant où tu lâcheras prise, où ton âme basculera dans l'au-delà, où tu me laisseras seul pour me frayer un chemin dans une vie sans toi dont je n'ai pas du tout envie. L'ange de la mort a toujours été mon ami, depuis que j'ai frôlé la mort, il m'a donné une seconde chance, celle de te rencontrer. C'est à ton tour de te familiariser avec lui et de lui raconter des histoires, serrant ses phalanges froides. Les larmes aux yeux, je marmonne quelque chose à propos de mon anniversaire et je vous laisse seuls tous les deux.

Dans mon coin, une tasse de café à la main, je fais semblant de boire en tendant l'oreille à votre première conversation. Tu lui parles sans timidité ni retenue, et lui t'écoute attentivement. L'écho de vos rires me serre le cœur. Je n'y tiens plus et reviens vers l'espace que ta conversation avec la mort a rendu sacré, béni :

— De quoi parlez-vous ?

— D'exil. De notre histoire d'exil.

Ton humeur s'est adoucie depuis ce matin. Tu te montres accueillant envers l'ange de la mort, le laisses se caler dans nos coussins rouges et verts, tel un vieil ami. Tu t'ouvres à lui comme tu ne t'es jamais ouvert à moi et lui racontes des choses que tu ne m'as jamais racontées. J'arrête de me laisser distraire par mes fantasmes et me concentre sur ce que tu racontes.

Vois-tu ce que je vois ? Comprends-tu ma situation ? L'ange de la mort et moi tirons de toutes nos forces sur ton âme dans des directions opposées, tu es comme le foulard bleu délavé au milieu d'un tir à la corde. Je plante les pieds dans notre réalité et laisse ma tête naviguer les vagues de mes illusions. La mort, plus forte que moi, gagnera sûrement la partie. Essoufflé, je perds du terrain.

— Nous réfléchissions à la possibilité d'immigrer au Canada depuis des semaines, lui racontes-tu, et la mort t'écoute attentivement. Comme des réfugiés.

Au Liban, on nous appelait plutôt « personnes déplacées ». La dernière fois que le Liban avait accueilli des réfugiés, c'étaient les Palestiniens fuyant Israël en 1948. Les Libanais avaient d'abord cru qu'ils ne faisaient que passer et rentreraient vite chez eux, avec leur huile d'olive et leurs citrons. Cinquante ans plus tard, la situation s'était envenimée et les Palestiniens du Liban se voyaient encore comme des réfugiés.

Leurs enfants, élevés dans l'espoir du droit au retour, s'imaginaient la Palestine. Plusieurs n'y croyaient plus et voulaient la citoyenneté libanaise. En vain, car leur statut restait inadéquat et leur droit au travail souvent nié.

Une ou deux générations de Palestiniens apatrides avaient hérité de la clé de maisons depuis longtemps détruites sur la terre de leurs aïeux, souvenir ultime de leur appartenance à un ailleurs qu'ils ne connaîtraient jamais.

Nous étions donc des Syriens déplacés temporairement, qu'on remettrait un jour comme un porte-clés perdu qu'on rend à son propriétaire légitime cherchant sur la table à café, sous l'évier de la cuisine, dans les poches de vestons ou de pantalons. Or, nous avions perdu confiance en notre patrie et aux dieux qui y régnaient.

— Cela me rappelle l'histoire de Thecla.

Tu es suspendu à ses lèvres, et moi, je retiens mes larmes pendant que l'ange de la mort raconte :

— Cette autre sainte vierge donna son âme à Dieu lorsqu'elle entendit les récits de Saint-Paul sur la vie du Christ tout-puissant. Elle abandonna son fiancé et sa mère à Konya, dans la Turquie actuelle, et fuit le royaume infidèle où elle était née et avait grandi. Elle fut capturée au cœur de la nuit et condamnée à être brûlée comme une sorcière.

Elle invoqua le nom de son nouveau Dieu pendant que le feu se répandait autour d'elle. Ses liens lui lacéraient la peau et lui écrasaient les os.

Du haut des cieux, Dieu entendit sa complainte.

Une tempête sans précédent déferla alors sur la ville, éteignit les flammes du brasier et emporta le poteau hors de la ville.

Thecla savait qu'elle devait s'enfuir sans se retourner. Après s'être débarrassée de ses liens, elle versa une larme pour sa mère et se mit à courir de toutes ses forces.

Tu me rappelles que notre tempête à nous, ce fut Jake.

Je me tais au souvenir de cet homme, puisque l'ange de la mort n'est plus de mon côté pour m'expliquer mes fantasmes. Il me semble apercevoir le fantôme de Jake qui nous écoute, tapi dans un coin du salon.

Originaire de Vancouver, Jake m'avait envoyé au hasard une demande d'amitié sur Facebook, des années avant notre immigration. Il avait essayé de flirter avec moi, avant de comprendre que mon cœur était déjà pris.

— Vancouver est une ville magnifique, ouverte, remplie d'amour, nous expliquait-il au moyen de vidéos YouTube filmées à vol d'oiseau. Inscrivez-vous au programme de parrainage pour les réfugiés. Un groupe de Canadiens vous aidera à immigrer et s'occupera de vous pendant un an. Vous pourrez sortir du placard, vivre ouvertement et célébrer votre amour.

Jake était issu d'une famille juive syrienne qui avait émigré aux États-Unis avant de s'installer au Canada.

Dans les années 1940, son grand-père vendait et réparait des jeux de backgammon dans le vieux souk d'Alep, entre la citadelle et la nouvelle ville. Chaque fois qu'un client entrait, une petite cloche tintait à côté de la porte en bois.

Un jour que les clients se faisaient rares, il réparait un magnifique jeu de backgammon de soixante-dix ans aux bords ébréchés. Des binocles sur les yeux, une petite pince à la main pour placer le bois coloré et la nacre sur le tableau, « sa table d'opération », comme il disait. Il se faisait du thé sur le petit réchaud qui puait la gazoline et dont il se servait pour donner une patine au bois. Il changeait le poste de radio, à la recherche de ses chansons préférées d'Asmahan.

À l'époque, les Palestiniens fuyaient leurs terres avec pour seul bagage la clé de leur maison. Les Syriens n'étaient pas contents, mais comme la France venait tout juste de quitter le pays après des années d'impérialisme et de colonialisme, la Syrie n'était pas prête à subir de nouvelles secousses politiques. Les Syriens entendaient le grondement de la guerre, et leur haine de tous ceux qui étaient différents d'eux s'amplifiait.

Le vieux marchand juif portait ce jour-là le chandail rouge que sa femme lui avait tricoté l'hiver d'avant. Il attendit un client annoncé, mais comme la clochette restait muette, il décida de fermer boutique plus tôt que d'habitude. Il sentit des regards sur lui dans la rue, sans bien comprendre ce qui se passait. Il était devenu le côté négatif de l'aimant, celui qui repousse tout le monde.

Ce soir-là, il traversa la nuit froide d'Alep pour rentrer chez lui, sans entendre les pas derrière lui, ni remarquer de visages familiers. Il fut attaqué pour ce qu'il était, comme cela m'arrivera à moi, des années plus tard. Il fut immobilisé, le souffle coupé, observant son esprit flotter au-dessus de son corps, pendant que ses deux assaillants cherchaient son or de Juif.

— Où caches-tu ton trésor, hein, espèce de porc ? lui crièrent-ils après n'avoir trouvé qu'une lire ou deux dans sa poche. T'as sûrement une cachette !

Ils baissèrent son pantalon et fouillèrent ses sous-vêtements. Le vieux se sentit profané et regretta d'avoir pris son raccourci habituel à travers une ruelle abandonnée du centre-ville.

Ses assaillants s'enfuirent bredouilles. L'un d'eux se ravisa pour aller tirer le vieux par les cheveux et lui écraser le visage sur le sol inégal.

— Ça, c'est pour la Palestine, déclara cet homme, même s'il ne savait peut-être pas reconnaître ce pays sur une carte.

Thecla s'enfuit à toutes jambes vers la Méditerranée, dans l'espoir de trouver un bateau pour l'emmener loin de ce pays où on la rejetait pour ce qu'elle était. Après s'être égarée, elle erra longuement et s'abrita sous les arbres la nuit. Seul son Dieu lui vint en aide, écarta les loups de sa route, planta des figuiers pour la nourrir. Elle le remerciait chaque fois pour ces offrandes.

Elle entendait les chevaux de ses poursuivants se rapprocher dangereusement. Dans un espace ouvert, elle se mit à genou, là même où mille neuf cent cinquante ans plus tard le grand-père de Jake tomberait lui aussi sous les coups de ses assaillants, et elle pria pour qu'on l'épargne.

Son Dieu protecteur et bienfaisant la secourut une fois de plus en ordonnant au blé de pousser à toute vitesse autour d'elle, les épis brûlants de rejoindre le ciel, tant et si bien que les chevaliers perdirent la trace de la jeune fille, cachée par les fourrés.

Jake nous a aidés à remplir les formulaires et à payer les frais, avec un groupe de Canadiens, en collaboration avec un organisme local pour faciliter notre venue à Vancouver.

Tu interromps mon récit pour faire une petite remarque à l'ange de la mort :

— Ils échangeaient sur Skype tous les jours. Je pensais qu'ils étaient amoureux.

Je n'ai pourtant jamais aimé Jake. Je pensais à lui comme au père que je n'avais pas eu et respectais son monde puisqu'il tentait de comprendre le mien. « Ça vient de chez Tiffany ! » m'avait-il dit un jour en promenant son iPad un peu partout dans son bureau, pour me montrer ses glorieux trésors et sa collection de photos.

Il me racontait cette histoire pendant que je me prélassais au soleil de début octobre sur notre balcon, à Beyrouth. Au milieu des années 1980, Jake avait vécu à New York avec son amoureux de l'époque. Ils avaient ouvert une sorte de liste de mariage chez Tiffany quand ils avaient emménagé ensemble et invité leurs amis à une série de concerts pour pendre la crémaillère. Larry Kramer, qu'ils connaissaient bien, avait entendu les employés de Tiffany faire des remarques désobligeantes dans leur dos, et Jake avait exigé des excuses et une formation du personnel à la diversité.

Je pensais à New York, une ville qui me faisait rêver et que j'avais découverte grâce à des comédies comme *Mad About You* et *Friends*. Mon jeune cerveau croyait que les gens vivaient comme ça, qu'ils plaisantaient, heureux, avec beaucoup d'enfants. Dans de beaux immeubles, avec des amis rigolos, de couples mariés qui possédaient des chiens.

Jake avait passé du bon temps à New York dans sa jeunesse. Une fois, il avait vu Chris Reeves tout nu dans le gym où il s'exerçait, le Powerhouse, sur Broadway dans le Upper West Side. Au milieu des années 1980, on se retrouvait nécessairement tout nu à un moment donné.

Avant d'immigrer au Canada, nous avons passé toute une année à Beyrouth, figés dans le temps, à retenir notre souffle. La nuit, notre chienne blanche posait la tête sur nos jambes et nous gardions les rideaux tirés pour cacher nos baisers interdits. Nous n'avions rien d'autre à faire qu'attendre.

Tu nous interromps, la mort et moi, pour dire que toutes ces histoires te fatiguent. Et tu retournes te coucher sans mon aide. Je frissonne et te regarde quitter notre boudoir lumineux.

Le lendemain, le surlendemain, tu t'endors dès que tu poses la tête sur l'oreiller, sans avoir le temps d'exiger une nouvelle histoire. Inquiet, je ne ferme pas l'œil de la nuit et te serre contre moi. Je te retiendrai. Notre histoire ne finira pas ainsi, pas si tôt, je ne le permettrai pas, il y a encore long à raconter sur nous, sur moi. Juste une autre nuit. Tu marmonnes des paroles inintelligibles et l'ange de la mort te répond quelque chose qui te fait sourire. Moi, je vous déclare à tous deux :

— Je ne cesserai jamais de lui raconter des histoires et serai son esclave jusqu'à la fin des temps.

C'est ainsi que j'implore l'ange de la mort de te laisser tranquille, mais il rejette mes prières, malgré son sourire amical, et me réponds :

— Parfois, il se rend compte que je suis là, je n'y peux rien.

Je fixe ses orbites vides. Je continuerai à raconter notre arrivée au Canada de toute façon.

Nous avons quitté Beyrouth en avion un matin à la première heure.

Comme l'aéroport international Hariri était loin de notre appartement, il avait fallu traverser deux postes de contrôle, où personne ne nous avait retenus.

— Vous partez pour de bon ? nous avait demandé l'un des soldats. Très bien. Nous ne voulons plus de Syriens chez nous.

Il nous a fait signe de passer.

Des amis nous attendaient à l'aéroport, avec des fleurs et des drapeaux du Canada. Ils nous avaient embrassés et promis que nous allions nous revoir bientôt. Ces au revoir à n'en plus finir nous avaient mouillé les yeux. Derrière la paroi de verre, impossible d'entendre leurs dernières paroles, seuls leurs yeux mélancoliques et leurs beaux sourires nous parlaient encore. Quelques-uns ont recroisé notre route depuis, la plupart sont disparus de nos vies et de notre mémoire.

Pendant que nous attendions l'avion avec les sept grosses valises que nous avons traînées toute notre vie, je t'ai dit :

— Nous quittons tout ce qui nous est familier.

Aussi nerveux que moi, car c'était ton premier voyage en avion, tu avais passé ton bras autour de mes épaules :

— Tout ira bien, tu verras.

Tu n'avais pas l'air très convaincu. Chanceux comme nous l'étions… Tu imaginais l'avion s'écrasant dans l'océan Atlantique. Je craignais quant à moi qu'un agent de police nous empêche de monter à bord. Nous traversions le désert depuis tant d'années qu'une goutte de pluie aurait pu déchirer nos peaux desséchées. Le sentiment d'une sécurité toute proche, et de l'appartenance qui viendrait, tout cela nous remplissait d'anxiété. Nous tremblions en approchant de la porte d'embarquement.

Jake nous avait appelés pour nous rassurer pendant que nous prenions place dans nos sièges :

— Ça va aller. J'ai tout prévu, ne vous en faites pas.

Puis le capitaine avait demandé aux passagers d'éteindre leur téléphone.

Thecla avait entendu parler de Damas comme d'un endroit sûr. Cette jeune cité d'alors quatre cents ans était un havre de cultures et de religions. Le lieu où Saint-Paul s'était miraculeusement converti. Où se rassemblaient des cirques ambulants et des marchands venus d'Extrême-Orient, partis de Mumbai, parcourant la Route de la Soie, Isfahan, Bagdad, Palmyre et enfin Damas. Pendant que leurs chevaux se reposaient, ils vendaient des éléphants et des épices indiennes, achetaient des épées et de l'or aux Assyriens, fondateurs et rois de la ville.

Thecla rejoignit une falaise près de Ma'loula, une petite bourgade non loin de Damas. Elle voyait venir les chevaliers qui la pourchassaient encore avec de grands étendards noirs. S'ils la rattrapaient, ils lui lieraient les poignets et la traîneraient derrière leurs chevaux sur la route rocailleuse. Elle pria Dieu, sa seule lumière dans la nuit.

À deux mains, Dieu perça une brèche dans la montagne, lui ménageant une issue où elle s'engouffra. Les chevaliers tombèrent à genou devant ce miracle et décidèrent de la laisser tranquille.

— Tout est prêt pour toi, lui dit Dieu, et Thecla s'engagea dans un tunnel que chrétiens fidèles et touristes allaient continuer d'emprunter pendant des milliers d'années. Tout irait bien.

Le grand-père de Jake s'était réveillé à l'hôpital deux jours plus tard dans un monde qui avait changé du tout au tout. Le bruit à l'extérieur était assourdissant. Sa jeune épouse et son fils de seize ans, Adnan, étaient réunis autour de son lit. Dans cette relative sécurité, depuis l'hôpital, ils avaient été témoins des manifestations anti-juives de 1947 à Alep.

Comme le vieil homme avait de multiples fractures à la jambe et devait rester au lit, c'était son fils qui était allé lui chercher des vêtements.

— Ce pays est devenu fou, avait remarqué Adnan à son retour, la mine sombre. Tout le monde est furieux à cause du vote de l'ONU en faveur de la partition de la Palestine.

Leur rue, renommée *Al-Yahood*, la rue des Juifs, avait été mise à feu et à sang quand de jeunes garçons avaient trouvé de vieux albums d'enfants en hébreu et décidé d'en faire un brasier. Les flammes s'étaient vite propagées. Ils avaient été nombreux à venir des rues voisines pour l'éteindre, mais cela n'avait pas suffi.

— Il faut partir, avait déclaré le grand-père de Jake.

Il avait exigé que sa femme et son fils fassent leurs valises pour quitter le pays dès sa sortie de l'hôpital. Comme ils ne voulaient pas immigrer en Israël, ils avaient emporté le peu qu'il leur restait à Beyrouth et loué une petite cabine sur un navire en partance pour Londres. Trois ans plus tard, ils faisaient le trajet jusqu'à New York. Adnan s'était rappelé sa chère Alep toute sa vie. Plus tard, parti étudier la finance à Toronto, il était tombé amoureux d'une Canadienne et avait planté ses racines là-bas, au grand déplaisir de son père.

— Rentre à New York ! lui disait-il. Pourquoi vivre si loin de ta famille ?

Adnan avait déjà des habitudes de nomade et ne se sentait nulle part chez lui, sauf avec les gens qu'il aimait. Et celle qu'il aimait vivait à Toronto, un point c'est tout.

Enfant, Jake mettait son pull préféré pour les dîners chics et les visiteurs. L'un d'eux, son oncle Altman (pas vraiment son oncle, juste un camarade d'université de son père), tenait un café sur la rue Church. Altman était gay, Jake et Adnan le savaient, et ce dernier, ayant vécu à Londres et à New York, soutenait son ami et refusait les vues rigides du patriarche de la famille.

Jake allait un jour sur deux au café d'Altman, qui lui donnait des livres et du thé. C'est ainsi qu'il avait découvert les grands ouvrages du marxisme, sans tout comprendre. Il préférait les lectures plus faciles et se passionnait pour les romans de James Bond. Son père et son oncle essayaient de le convaincre de s'ouvrir à d'autres littératures, mais Jake ne voulait rien savoir.

Pendant l'Opération Soap à Toronto, Altman avait été arrêté dans un bain public où il allait rarement. Les policiers avaient rassemblé les clients dans la nuit froide de février, avec des serviettes autour des hanches pour tout vêtement. Les parents de Jake avaient distribué des tracts annonçant une grande manifestation sur la rue Church, puis tenu tête aux policiers qui menaçaient la foule avec des matraques de métal et des boucliers de verre. Adnan criait « *Out of sheets, out on the streets !* » en exigeant la libération de son ami. La mère de Jake était montée sur une voiture devant les trois mille manifestants qui avaient pris d'assaut la rue. Quand Adnan s'était approché du cordon policier, il avait reçu des coups de coude dans l'estomac et sa femme s'était mise à hurler.

Ils avaient eu de la chance de ne pas se faire arrêter. De retour chez eux, ils avaient retrouvé Jake endormi. Ils avaient fait l'amour dans la salle de bains pendant toute une heure.

Dieu mit sa chère Thecla à l'abri dans une grotte et lui ordonna de prier pour lui jusqu'à la fin des temps.

Thecla lui obéit avec joie pendant toute une année. Elle pria son Dieu tous les jours et chanta sa gloire. Elle embrassait les pierres qu'elle imaginait Dieu toucher, versait de l'eau sur sa croix, la nettoyait avec ses vêtements en lambeaux.

Au bout d'un an, elle commença à se révolter.

— Jusqu'à quand devrais-je prier pour toi, mon Dieu? Jusqu'à quand te remercier de m'avoir sauvée?

Elle savait que son destin était scellé. Regrettait-elle sa décision de traverser le monde pour sa foi? Se lassait-elle de louer Dieu sans cesse? Peut-être. Elle voulait sortir de sa servitude à son égard.

— Je t'ai sauvé la vie, lui répondit Dieu. Tu devras m'adorer pour l'éternité.

Et il lui rappela l'épisode du blé et de la montagne.

Dieu ne lui avait ouvert cette montagne que parce qu'Il le pouvait, songea peut-être Thecla. Elle, au contraire, n'avait pas eu le choix. Dieu n'avait fait pousser le blé que pour montrer Sa gloire, et non pour lui sauver la vie. Des blés qui resteraient à jamais verts, pendant que son âme à elle se flétrissait dans cette caverne.

— La légende raconte qu'elle a vécu là comme une vieille sorcière, seule et toujours vierge, jusqu'à sa mort. La brèche dans la montagne ne s'est jamais refermée, Damas est demeurée glorieuse et Alep n'a cessé de verdir, jusqu'à ce que la guerre consume ces deux villes.

— Ce sont *mes* réfugiés, disait Jake à ses amis, le regard brillant. Je leur ai sauvé la vie. Allez, dis-leur! me demandait-il en me donnant un coup de coude dans les côtes. Raconte un peu comment je t'ai sauvé la vie.

Au début, j'obéissais de bon gré et faisais en détail l'apologie de Jake pour son travail acharné et sa générosité. Après six mois, j'avais l'impression de me donner en spectacle. Jake n'arrivait pas à renoncer au sentiment d'importance que lui avait donné notre cause.

Il nous accompagnait partout, décidait de nos amis et de nos ennemis, insistait pour que nous ne fassions confiance qu'à lui. Tu interromps mon récit pour me rappeler que j'avais l'impression d'être son singe savant. Jake nous appelait un milliard de fois par jour. Quand il voulait nous rendre visite et que je m'esquivais, il se plaignait :

— N'oubliez pas que je vous ai sauvé la vie.

Je soupirais après la liberté qui devait nous attendre à Vancouver.

Six mois plus tard, je m'étais fâché avec lui :

— On dirait que tu nous as aidés seulement pour montrer comme tu es bon. Nous n'étions qu'une cause à soutenir, pour toi ? Tu voulais deux oiseaux dans une cage pour chanter tes louanges.

Jake avait le complexe du sauveur. Sa vie avait été facile et il se sentait coupable devant son père et son grand-père. À quinze ans, il avait révélé son homosexualité à ses parents un jour qu'ils étaient assis à la table de la cuisine. Jake avait préparé tout un discours :

— J'ai quelque chose à vous dire.

Quand ses parents avaient levé les yeux de leur assiette, il s'était lancé, les larmes aux yeux :

— Je suis gay.

— C'est bien aimable à toi de nous l'apprendre, avait répondu son père. Et maintenant, passe-moi le sel, je te prie.

Cette histoire m'avait rendu profondément jaloux.

Sortir du placard avait été si simple pour Jake ! Son père l'avait compris, aimé, soutenu, épaulé. Sa famille avait bien dénoué toutes les impasses. Contrairement à moi, Jake avait eu la liberté d'explorer ce qu'il était. Moi, on m'avait donné des limites à ne pas franchir, comme de lourdes menottes aux poignets qui m'entraîneraient au fond de l'océan. J'avais grandi sans amour, sans protection, avec pour seules compagnes la douleur et la solitude.

Je me souviens quand, entouré de centaine d'enfants dans la cour de mon école, je m'étais senti seul au monde pour la première fois. Jake n'avait jamais eu à faire face à un tel abandon. S'il comprenait les difficultés des autres, ce n'était que très indirectement.

Lorsque nous nous apprêtons à nous coucher, tu me fais une remarque :

— Ce sont ces difficultés qui ont fait de toi l'homme que tu es aujourd'hui. Cela t'a formé. L'enfance protégée de Jake lui a enlevé toute initiative, il ne sait pas ce que c'est que l'amour. Et il t'a fait du mal.

— Oui, sans doute.

Le silence s'installe dans notre chambre et au plafond se dessine une image de la beauté : les rues d'Alep, vues de près ou de loin, belles et sombres, avec une petite boutique de backgammon dans un coin, sa clochette tinte, sa lanterne allumée dans la nuit.

LE CONTE DU DISEUR DE VÉRITÉ

J'ai des souvenirs impénétrables, que j'évoque seul dans l'obscurité, quand mon âme nue veut s'écarteler. Quand les morceaux de mon être exigent d'être recollés. Je plonge dans ma mémoire comme dans la mer, dans les abysses du chagrin. Des vagues silencieuses me lèchent, tels des monstres, détruisant toutes les métaphores, tous les amis imaginaires.

Mes souvenirs foisonnent: celui, tel un citron pressé, amer, putride, de la pesante solitude à mon réveil dans un hôpital égyptien, entouré de blanc. Il m'avait fallu quelque temps pour comprendre où j'étais, ma respiration laborieuse, mon poumon meurtri, un seul œil ouvert. Je suis resté là sans rien dire, à attendre que quelqu'un se rende compte de mon existence, vole à mon secours, m'explique une à une les blessures sur mon corps. Une jambe levée devant moi, plâtrée jusqu'au genou, je me demandais si je remarcherais un jour. Si j'arriverais à soulever ma paupière gauche, lourde comme la porte d'une prison. Si je pourrais faire de nouveau confiance à un ami, après les violents coups de pied qui m'avaient écrasé le nez.

Une vague de souvenirs après l'autre.

Autre souvenir difficile: va-et-vient douloureux dans la chambre de ma grand-mère, me retenant pour ne pas me pisser dessus. Mon corps contracté, l'envie de libérer le flot, et la porte close, la peur. Des heures à ignorer la douleur au fond de mon ventre, à penser à des déserts secs et à un soleil brûlant. Quand ma grand-mère avait fini par ouvrir la porte vers minuit, je m'étais précipité aux toilettes. Long jet d'urine teinté de sang. Je ne l'avais dit à personne.

Ma première nuit sans toi, à Vancouver: dans mon nouveau lit à une place, trop petit pour un couple, je cherchais une position confortable pour m'endormir. J'ai senti ton regard dans mon dos, mais ce n'était que le souvenir de ta présence. Tel un amputé avec son membre fantôme. Les yeux grands ouverts sur la nuit, je me demandais qui profiterait désormais de la chaleur de ton corps, de tes caresses, de tes baisers. Les draps froids me forçaient à me recroqueviller. Aucun antidouleur n'arrivait à calmer ma souffrance. Je me suis endormi au beau milieu du lit, les bras en croix.

Aujourd'hui, pour qu'à ton tour tu puisses trouver le sommeil, je te raconte des souvenirs, des histoires, des morceaux de mon âme. Je transforme les souvenirs indicibles en fables méconnaissables qui t'amuseront peut-être. Parfois, au détour d'une phrase, tu reconnais le cœur battant de l'animal sous son cuir épais, la vérité derrière la légende, et tu la réinsères dans la trame narrative, telle une photo réchappée d'un incendie. Mais la vérité s'en moque, car triomphante, elle m'avalera de l'intérieur comme Limos, incarnation grecque de la famine ayant injecté à Érysichthon un virus de la faim si puissant qu'il a fini par se dévorer lui-même. Mes histoires me consumeront-elles de l'intérieur, elles aussi?

Je suis peut-être fou. Ma mère l'était. Et sa mère avant elle. Je n'étais pas assez grand pour comprendre, mais je m'en souviens parfaitement. Elle avait épuisé toute son énergie pour survivre aux trente premières années de sa vie. Ensuite, elle s'était repliée sur elle-même.

Le monde joue avec moi, ou est-ce que j'imagine des choses? J'ai peut-être perdu la raison à l'âge de trente ans comme ma mère et, attaché à un lit d'hôpital psychiatrique, la bave aux lèvres, je rêve de nous, de notre vie, de notre bonheur. Après tout, je suis assez fou pour raconter des histoires à l'ange de la mort et aux spectres qu'il sort de sa manche. Tu n'es peut-être qu'un amant imaginaire.

Je sors du lit et contourne notre ami à moitié endormi dans son fauteuil à bascule préféré, le crâne posé sur le manche de sa faux, sa cape lui servant de couverture. Je me sens seul. Je pleure à l'idée que même avec toute l'imagination du monde, je ne pourrai pas t'empêcher de mourir, mon amour.

Quand ça ne va pas, je m'installe dans mon bureau, sans toucher à mon hachich. Ce n'est pas un jour pour les fantasmes et l'évasion. Je cède aujourd'hui aux souvenirs. Aux blessures béantes, aux craintes fébriles, au monde chaotique et fuyant dans mon esprit.

Je me souviens de cette magnifique photo de ma mère à vingt-deux ans, une fleur rouge dans ses beaux cheveux bruns. En 1994, la télévision nationale syrienne diffusait *Kassandra*, une télénovela vénézuélienne doublée en arabe. Les femmes en raffolaient et toutes gardaient dans leur armoire une fleur rouge, des boucles d'oreille de gitane et une longue jupe multicolore. Ma mère sourit timidement sur la photo, les yeux tournés vers la mer, évitant de fixer l'objectif. Elle porte des boucles d'oreille de gitane.

Quand j'étais petit, cette photo était posée sous la vitre recouvrant sa petite coiffeuse en bois, et s'y était collée, à cause des tâches d'eau et de café. Quand elle avait brûlé toutes nos photos sur le balcon, ma mère l'avait retirée avec une lame acérée et un linge humide.

Il lui a fallu trois ans pour devenir ce qu'elle n'avait jamais eu l'intention d'être. Est-ce que moi aussi, je suis fou ? Est-ce qu'une bombe est prête à exploser, déclenchant une série de troubles mentaux et d'angoisses sociales ? Peut-être a-t-elle explosé depuis longtemps déjà.

Épuisé, j'ai les veines déchirées par l'arbre de vie qui a grandi sans amour à l'intérieur de moi. Depuis longtemps, je ne fais plus attention à moi, et l'arbre s'est déformé au point de devenir méconnaissable. Il me reste pourtant des histoires à te raconter, certaines familières, d'autres cachés derrière les mondes que j'invente. Je songe à notre vie ensemble, et comprends mieux ce que je suis devenu.

L'ange de la mort se berce à côté du lit où nous continuons de lutter contre lui. Je suspends un moment mon combat pour aller payer les factures qui s'accumulent dans la cuisine. Je te raconte des histoires, suis des yeux les fantômes qui errent comme des âmes en peine dans notre maison et tendent une lanterne dans l'espoir de nous réveiller. Mon esprit est une usine qui mélange réalité et récit épique, ma langue au bout de la chaîne de production. Je n'arrive pas à différencier la réalité du rêve, à dénouer les fils de l'histoire.

Calé dans mon fauteuil, les pieds sur mon bureau, je ferme les yeux et j'imagine deux versions de moi-même : l'une hurlante, agonisante, démente ; et l'autre sereine, souriante, saine. L'une et l'autre jouent aux échecs avec mon corps et prennent tour à tour le contrôle de mon esprit. Des infirmiers sans visage retiennent le fou pendant qu'il dit la vérité, et celui qui a toute sa tête sirote un café brûlant, le visage impassible.

Des bataillons de mots se relayent en moi, s'impriment sur ma peau. Un milliard de voix chantent des histoires et un million de flûtes les accompagnent. Mon cœur glisse sur la lettre *mîm*, semblable à une montagne russe, et saute de mon corps avec le parachute formé par la lettre *kaf*. Je me réveille. Tu es juste là, dans l'escalier. Tu me demandes :

— Que fais-tu dans ton bureau ? Viens te recoucher.

Autre souvenir : j'accompagne ma mère au marché couvert al-Hamidiyah dans le vieux Damas. Un marché historique construit du temps de la route de la soie, qui ressemble à un tunnel menant du cœur de la vieille ville à l'épiderme de la nouvelle cité. Il fait cinq cents mètres d'est en ouest et se termine par l'arcade romaine qui domine la mosquée des Omeyyades. Des côtes en métal ondulé lui servent de toit. Les ruines de l'ancienne forteresse romaine sont l'arrière-plan d'une nouvelle image éclatante de couleurs. Perdu dans mes pensées au milieu des piétons, j'entendais à peine les échanges bruyants et joyeux à propos de jeux d'échecs, de bijoux, de *gallabieh*.

Enfant, j'arrivais à imaginer l'antique marché évoluer à travers le temps, malgré ma connaissance approximative de l'histoire. À l'époque où s'y vendaient des estocs et des esclaves, jusqu'au présent, où on y trouve des t-shirts de superhéros et des sacs Armani de contrefaction. L'endroit n'avait rien perdu de sa beauté, centre immortel de civilisation après cinq mille ans de tourmente dans la région.

Main dans la main, nous nous frayions un chemin parmi la foule, ma mère pointant son gros ventre comme une arme et moi sautant dans les flaques de lumière. De petites alvéoles dans le toit d'acier et de cuivre permettaient que le vent n'emporte pas la structure, et le jour s'y infiltrait pour couvrir le sol humide d'une voie lactée. J'imaginais que c'étaient les trous de balle de nos valeureux soldats pendant leur lutte de libération contre le mandat français.

Je puisais mes informations sur l'histoire de la Syrie dans la populaire série télé *Ayam Shamiya,* pleine de stéréotypes, même pour un public syrien. Les époques se mélangeaient jusqu'à l'ère Assad.

Perdue dans ses pensées elle aussi, ma mère ne disait rien. Elle avait déjà compris que quelque chose clochait chez elle, tout sentiment de bonheur l'avait quittée et elle entamait le dernier chapitre de sa vie réelle avant de sombrer dans une existence illusoire. J'étais trop jeune pour comprendre, mais j'avais remarqué qu'elle passait des heures entières au téléphone, avec personne à l'autre bout du fil. Elle faisait comme si de rien n'était, et concentrait son attention sur mon père.

En Syrie, on croit qu'il faut répondre sans attendre aux envies des femmes enceintes, un fruit, par exemple, faute de quoi l'enfant naîtra avec ce fruit à la place des yeux. Mon père écoutait ma mère raconter ces balivernes et s'efforçait de sauver son mariage, du moins au début. Pendant un temps, il se présentait les bras pleins de cadeaux lors des anniversaires : un t-shirt de Superman pour moi, un jour. À onze ans, la vie me semblait encore belle et pleine de promesses.

C'est vers cette époque que ma mère a commencé à se débattre avec ses démons.

Ce jour-là, au marché, nous allions acheter des épices pour les *waraq enab* qu'elle voulait préparer pour dîner.

La ville était propre et fraîche après la pluie. Les bureaux gouvernementaux, percés de mille fenêtres qui reflétaient le soleil, formaient une masse claire dans le vieux Damas.

J'ai demandé à ma mère pourquoi elle portait un gros sac, déjà plein, traînant sur les pavés. Elle ne m'avait pas répondu, et j'avais supposé qu'on en avait besoin pour les courses. Devant le *bakdash*, je lui ai demandé une glace et elle a refusé.

Nous sommes restés dehors jusqu'à ce que se vide la rue et que s'allument les lumières rouges de la nuit.

Ma mère a marmonné, en m'écrasant les jointures :

— Mon amie ne viendra pas. Elle ne viendra jamais.

Sans doute l'amie imaginaire avec laquelle elle parlait au téléphone. Dans le vieux marché, les rires avaient disparu et le silence s'était installé. Ma mère avait scruté la rue avant de nous traîner derrière elle, son gros sac et moi, pour rentrer à la maison.

Ce soir-là, nous n'avions pas mangé de *waraq enab*. Mon père nous attendait. Ma mère avait vidé son sac et préparé un repas sommaire. Elle m'avait dit, des mèches de cheveux devant les yeux :

— Apprends à faire cuire des œufs. Ajoute toujours une cuillérée de farine pour rendre l'omelette légère.

Ce fut là son dernier conseil de mère. Il fallait que son enfant sache comment calmer sa faim tout seul. Cette nuit-là, elle accoucha d'une petite fille pas encore arrivée à terme, mort-née. Elle hurla sa douleur en se noyant dans les eaux sombres de ses fantasmes, pour ne jamais en revenir.

Les premières lueurs de l'aube s'invitent dans mon bureau et mes yeux s'ajustent à la lumière. Mon nez est froid. Je vais tâcher de dormir une heure ou deux. La lumière des réverbères étincelle dans la nuit de Vancouver. Je me sens mieux. Mon cerveau se calme. Le miroir me renvoie mon image, les choix que j'ai faits. Je soupire en remontant l'escalier bruyant.

Quand j'entre dans notre chambre, tu me demandes :

— *Hakawati*, raconte-moi une histoire.

Je souris et te réponds d'une voix lasse :

— Celle d'Adam, peut-être ? Un bel Adonis pas très brillant que j'ai fréquenté autrefois.

Tu ris en me serrant un peu maladroitement. Je me déride à mon tour et tout d'un coup, nous échangeons un baiser, comme quand nous étions jeunes.

— Je sais lire tes émotions, *hakawati.* À quoi pensais-tu ?

J'évite ton regard, car tu reconnais trop facilement la vérité sous les fantasmes. Pour toi, les souvenirs sont clairs. Pour moi, ce sont des bocaux de verre dont je n'arrive pas à ouvrir le couvercle. Tu me les arraches des mains et verses leur contenu pour que nous puissions y goûter tous les deux.

— Je ne veux pas entendre parler de ce gars-là. Je veux que tu me dises ce à quoi tu penses.

Je pense que je te raconterai une histoire, deux histoires, un million d'histoires. Tout ce que je te demande, c'est de rester avec moi encore une nuit. Une de plus. J'ai besoin de toi pour guérir mon âme.

Ils la traitent de folle, ce qu'elle prend pour un compliment. À travers les fentes de sa vieille demeure aux murs en déclive, elle les entend parler dans son dos. D'où vient-elle ? A-t-elle un sombre passé ? Son père l'aurait abandonnée, bébé, sur le seuil d'une vieille église. Les nonnes l'auraient accueillie au milieu des pleurs. L'histoire raconte aussi qu'elle se serait enfuie à l'âge de dix-sept ans, séduite par la drogue et les liaisons amoureuses avec des hommes plus âgés qui se nourrissaient de son amour pour un père absent. Puis, elle aurait perdu la raison après avoir subi un viol collectif lors d'une fête privée.

Une autre histoire veut qu'elle ait fait carrière comme prostituée de luxe pour hommes politiques et hommes d'affaires, jusqu'à ce qu'elle rejette les avances d'un ministre, ou même du président lui-même, selon une autre version. Retenue captive dans le sous-sol de la résidence d'été de l'amoureux éconduit, elle serait devenue folle.

Elle rit en entendant ces balivernes racontées par des femmes seules, abandonnées par leur mari toute la journée, et même la nuit. Assise sur un balcon branlant qui domine une vieille rue sordide, elle éloigne les poules et boit son café.

Parfois, les voix du passé repassent dans sa tête. Des murmures, sans plus, une ligne téléphonique graveleuse qui laisse des messages codés à propos de rendez-vous et d'avenirs partagés. Elle n'y prête plus attention.

Entre elle et son bonheur se dresse l'ombre d'un pont au-dessus de sa vieille maison à un étage, une ombre qui empêche le soleil d'entrer. Comme une fleur qui perce la neige, elle a besoin de lumière pour la guider à travers les dédales de son esprit. Il est comme une gare bruyante et agitée où se perdent ses pensées sinueuses, sans jamais dérailler, une carte géographique de reliefs surnaturels. Elle laisse son âme suivre ces chemins et ressent une certaine paix que seul perturbe le bruit étouffé des voitures traversant le pont qui surplombe sa demeure et l'ombre noire qui lui dérobe son cher soleil.

Elle sait bien qu'il n'y a pas de problème sans solution.

Il la traite de putain et la pousse violemment contre la table à café en verre, qui se brise sous son poids. Il la chevauche pour l'empêcher de se relever, clouée dans les éclats de verre qui lui lacèrent le dos. Il lui attrape les poignets et écarte ses jambes avec son genou, arrache sa petite culotte de soie portant encore la tache de sang provoquée par un autre assaut, le matin même.

Comprenant qu'elle ne peut pas lui échapper, elle laisse son âme vagabonder vers un souvenir heureux. Mais l'image de cet homme apparaît dans tous ses souvenirs heureux: leur mariage, leur lune de miel sur une plage de Malaisie. Sentant son pénis poignarder comme une lame de couteau les endroits les plus sensibles de son corps, elle retient son souffle pour ne pas sentir son haleine qui empeste l'alcool. Elle tente d'imaginer les coups se transformer en caresses, comme il lui en prodiguait au début de leur mariage.

En sentant le corps de son mari se relâcher, elle retourne à la réalité. Les seins comprimés contre le cœur («des seins payés par moi», dit-il toujours), elle tente de se défaire de ce poids, d'abord lentement, puis avec plus de force. Elle parvient à se dégager, et lui s'endort à même les éclats de verre. Il est anesthésié, lui aussi.

Devant le miroir de la salle de bain, le tableau abstrait de la souffrance tracé par les sillons de sang le long de son dos et de ses bras lui rappelle soudainement qu'il n'y a rien de mal à ressentir de la douleur. Pour la première fois depuis des années, elle comprend qu'il est temps de s'enfuir.

Une idée surprenante, pourtant pas si nouvelle, se précise dans son esprit: elle va construire une grande tour de bois et de clous. Là-haut, seule, elle trouvera la paix, s'éloignera des commères, accueillera le soleil sur son visage tous les matins. Elle aura besoin d'une échelle et de beaucoup de bois, mais sa quête pour atteindre le ciel et créer sa tour de Babel lui donne assez d'énergie pour déplacer des montagnes.

Elle commence par étaler une couche de mortier, puis dresse quatre hautes colonnes auxquelles elle grimpe au moyen de cordes et de ceintures. Un plancher en bois pour le nouvel étage, du mortier pour consolider. Il suffit de répéter le cycle mortier, colonnes, étage, et son projet se réalisera tout seul. Elle sent déjà le soleil sur son visage, donnant assez de force à ses bras nus pour construire un nouvel étage.

Les enfants de la rue lui donnent un coup de main, car, allez savoir pourquoi, sa quête pour atteindre le ciel les inspire. Ils lui indiquent où trouver du bois abandonné et lui apportent de la boue dans de petits paniers volés à la cuisine de leur mère. Les commères poursuivent leurs commérages, leurs lèvres bougeant de plus en plus vite, leurs yeux la suivant sans répit, mais son projet est trop avancé pour qu'elle puisse les entendre.

Elle refuse son destin. Telle une baleine abandonnée par ses congénères, impuissante, échouée, habitée par la souffrance, souillée par le sperme haineux de son agresseur. Chaque nouveau battement de son cœur lui semble le dernier, son corps lui fait mal, sa peau est si sèche qu'une seule goutte d'eau la ferait revivre. Personne pour la sortir de là et la renvoyer vers la haute mer. Elle s'imagine une meute de loups rôdant dans le sable, juste à côté, attendant que son cœur ralentisse avant de l'achever.

La lumière s'éteint doucement autour d'elle et seule sa vie intérieure l'éclaire encore. Elle sent ses os déformés, ses traits sont méconnaissables. Elle regarde la table de verre en mille morceaux. Habituée à ses assauts quand il rentre comme un ouragan pour détruire son vase préféré ou faire voler la télé en éclats, elle nettoie les dégâts le lendemain, achète une nouvelle télé, rassure les voisins qui se demandent ce qui se passe. Elle cherche une issue pour son âme, mais tous ses souvenirs heureux ont brûlé, toutes les caresses autrefois tendres de son mari sont devenues des coups douloureux.

Elle ne peut supporter les murs qui se referment sur elle et lui brisent les os. Défiant les lois de la nature, elle marche sans se faire mal sur le verre brisé, enjambe son assaillant, court vers la porte, saute dans l'ascenseur, laisse tout ouvert derrière elle, presse le bouton et descend.

Dans sa voiture, il lui semble que la route est sombre, horrible. La torche qui brûle son âme ouvre la voie, et elle se sent comme une enfant dans un parc d'attractions. La voiture rugit, bondit dans la rue, traverse le pont.

Elle se demande où aller. Retourner dans sa famille ? Faire le tour de la ville et rentrer avant qu'il se réveille ? Hésitante, elle espère un miracle.

À côté du pont, elle aperçoit une femme qui flotte dans les airs comme un ange, en haut d'une tour bringuebalante en bois. Elle comprend qu'elle est témoin de son propre avenir.

Elle a l'impression de pouvoir s'envoler jusqu'à la plus haute tour du château, telle Raiponce, mais avec les cheveux courts et crépus, amoureuse du soleil. Là-haut, elle serait capable de tout. Derrière elle, les voitures vrombissent et lui rappellent une vision, un conte, une prémonition. Elle sourit lorsque la tour lui apparaît à vue d'oiseau pour la toute première fois.

De l'autre côté du pont, une femme perdue dans ses pensées conduit sa voiture. Elle comprend qu'elle est témoin de son passé. Le temps sursaute, se retourne, trace un cercle ; le temps s'effondre à ses pieds plantés dans la boue fraîche de la tour, comme un chat qui ronronne.

Après avoir fini mon histoire, je me blottis contre ton corps et pleure comme un enfant. Tu me caresses les cheveux et me murmures à l'oreille :

— Allons, allons, tout ira bien.

Impossible de retenir mes larmes. Une rivière de souffrance, retenue en moi depuis si longtemps, sort de son lit avec un sentiment inéluctable, douloureux.

Je me sens pourtant soulagé, la pression des larmes provoquait un mal de tête incessant.

Pour la première fois depuis des mois, je m'endors et c'est toi qui restes éveillé.

LE CONTE DES EXILÉS

Nous avons vécu heureux pendant un moment. Des amis, anciens et nouveaux, nous rendaient visite. Tu devenais de moins en moins maladroit et de plus en plus dynamique. Je reprenais confiance en la vie.

Les gens nous demandaient où nous étions passés. Tu leur répondais :

— En dormance, comme tous les Arabes !

Et ils éclataient de rire.

L'été s'achève, avec ses matins de tendresse. L'automne s'installera bientôt et le vent froid te fouettera le corps. Tu tousseras un peu, sans perdre ta bonne humeur. Tu t'endors souvent sans me laisser finir mon histoire, en souriant, les paupières lourdes, les yeux fermés.

L'ange de la mort, assis à côté de nos chiennes, nous salue de la main sans renverser son verre. Il a une suggestion pour Halloween, sa saison préférée :

— Pourquoi ne pas organiser une soirée à thème ? On l'intitulerait : « Survivre ! »

Il racontera les histoires qui l'effraient le plus : celles de ceux qui ont su déjouer ses plans. Nous acceptons ce petit jeu stupide.

Sur le balcon, nous buvons ensemble, toi de l'eau et moi du whisky. Tu t'assieds dans ton fauteuil préféré, avec le coussin rouge, une chienne à tes pieds. Ta peau a un éclat nouveau, on dirait, tes yeux sont pleins de tendresse. Je te fais remarquer à quel point cette ville est belle.

Avant, nous nous disputions souvent l'après-midi, toi, moi et l'ange de la mort. Aujourd'hui, réunis autour de la table de la cuisine, nous papotons gentiment en planifiant une soirée d'Halloween. Tu écoutes Assala, la diva syrienne. Je partage un joint avec l'ange de la mort, des volutes pourpres passant entre ses mâchoires. Il remarque que tu vas mieux, depuis quelque temps.

Je ne réponds pas, hésitant à exprimer ma peur à haute voix devant lui. Il se met à parler de rois et de fous, toujours les mêmes rengaines. Tu t'impatientes et le rabroues :

— Ton verbiage m'ennuie, à la fin, tais-toi !

— Du verbiage, mes histoires ?

Il nous regarde d'un air furieux.

— Ne t'énerve donc pas ! Je plaisantais.

Nous continuons de nous disputer plus tard, une fois couchés. Tu protestes :

— Je n'ai pas dit que ses histoires sont mauvaises, juste que j'en ai assez de l'entendre !

J'ai le visage blême et les yeux brillants dans la nuit. J'entends les chiennes geindre, inquiètes :

— Il faut le flatter dans le sens du poil.

Tu parles dans ta barbe, mais je comprends parfaitement ce que tu dis :

— Et voilà que ça recommence. Tu ne peux pas vivre sans faire de drame, on dirait. Tu me laisses dormir, maintenant ?

Je rêve que tu es mon spectre et moi ton ombre. Nous flottons ensemble sur la surface de rivières aux eaux propres, chantantes, jusqu'à une chute. Tu fredonnes des paroles que j'ai écrites pour toi. Nous faisons l'amour dans la joie, nous vivons heureux pour l'éternité. Dans le monde que j'invente au fond de l'océan, il y a un arbre de vie qui nous sert de refuge.

Le lendemain, tu t'excuses : tu n'avais pas l'intention de blesser l'ange de la mort.

J'approuve de la tête. Nous vivons nos dernières heures ensemble. Notre histoire s'achève. Je ne t'oublierai jamais. J'accepte la fatalité.

Je confie à l'ange de la mort, sans que tu nous entendes :

— Il est en train de se faire une raison. La fin est proche.

Il prend une autre taffe de mon joint et me réponds :

— Toi aussi tu dois te résigner. Il s'amuse bien, tu sais, il n'a aucune envie qu'on lui rappelle qu'il va bientôt mourir.

Oui, c'est vrai, je dois être fort. Et profiter moi aussi de ces derniers moments, ce seront mes souvenirs les plus nets.

Sur la table trône une lanterne découpée dans une citrouille. Je remarque que personne ne nous rend plus jamais visite, et vous êtes d'accord. La bonne humeur règne. Nous nous acceptons les uns les autres, même si nous ressemblons à une troupe de personnages déjantés. Le feu de foyer réchauffe la maison.

L'ange de la mort demande :

— Alors, qui veut commencer ?

Je me porte volontaire :

— Il était une fois un homme qui s'appelait George. Comme des milliers de gens, il essayait de se rendre en Europe à partir de la Turquie.

Personne ne l'avait jamais rencontré, mais tout le monde avait entendu parler de lui. En Syrie, il était une légende vivante. Cela s'est passé il y a une trentaine d'années.

George travaillait dans la bibliothèque d'une petite école. C'était un chrétien aux yeux verts et au sourire amical. Un peu simple d'esprit, il était très apprécié des enfants et adorait son métier. La guerre avait donné à son visage autrefois gentiment espiègle un air monstrueux, à cause d'une grosse balafre sur la joue. Sa nouvelle apparence jurait avec sa personnalité, inchangée.

Comme il n'avait plus de famille, il quitta son village des environs de Homs pour la Turquie. Dans un camp de réfugiés à la frontière, un médecin compatissant examina sa blessure dans une tente battue par la pluie. Il lui dit :

— Désolé… Nos maigres ressources sont pour des lésions plus importantes et plus récentes.

Il lui conseilla d'essayer de gagner l'Europe par la Grèce. Il y trouverait peut-être une solution, pour sa balafre.

George, qui écoutait toujours les conseils judicieux, tenta donc de rejoindre le continent européen. Par la Grèce. Il n'en démordait pas.

Coiffé d'un chapeau jaune qu'il affectionnait particulièrement, il tentait sa chance, parfois sur une embarcation illégale, parfois en proposant un pot-de-vin à des gardes-frontières.

On le repérait facilement, à cause de son chapeau et de sa vilaine blessure au beau milieu du visage. Sa maladresse l'avait rendu célèbre, surtout parmi les officiers turcs. Ils l'avaient refoulé mille et une fois !

Une nuit, il réussit à traverser la mer Égée à bord d'un rafiot. Il franchit les cinq cents derniers mètres à la nage, tel un champion, nageant de toutes ses forces !

Hélas, il fut arrêté à un poste de contrôle. Les gardes-frontières vérifièrent les faux papiers qu'un ami lui avait fournis à un coût prohibitif et faillirent croire à son histoire de touriste italien égaré. Jusqu'à ce qu'ils trouvent son passeport syrien dissimulé dans la semelle d'une de ses chaussures.

Il fut aussitôt déporté vers la Turquie. Les officiers se raillaient de cet homme enfant faible et effrayé, et le menaçaient de le battre s'il osait protester.

George s'est-il découragé après cet échec ? Je l'ignore.

Tu poses la tête sur mon épaule et me dis :

— *Hakawati*, même tes histoires de survie n'ont pas une chute heureuse.

Je ne suis pas d'accord. À mon avis, George a réussi, il a bel et bien foulé le sol grec, même pour une brève période. Ce fut une véritable joie pour lui. Immigrer était un puzzle à résoudre, un projet qui donnait un sens à sa vie. Après chaque tentative, il ajustait le tir. Le voyage lui-même importait autant que la destination, illusoire.

À ton tour de raconter une histoire de survie, les yeux fixés sur l'horloge d'argent :

— Il était une fois un homme qui a connu un homme.

Cet homme, syrien, avait fait le tour du monde à la recherche d'un endroit où se poser. Dans la jeune vingtaine, ses « amis » égyptiens l'avaient tabassé parce qu'il était gay.

Je rougis à ce souvenir, mais tu n'y prêtes aucune attention.

Des années plus tard, il se promena un jour sur une plage publique, à Beyrouth, en compagnie de son amant. Ou plutôt une grève caillouteuse où les vagues étaient traîtresses. Les deux hommes étaient passés à travers une brèche dans le portail, derrière l'Université américaine de Beyrouth. L'été, quand les vagues étaient moins grosses et le soleil plus chaud, seuls les étudiants avaient le droit de s'y baigner.

Par ce beau matin d'avril, un maillot de bain sous le jeans, ils se lancèrent le défi de nager dans les eaux encore froides. Ils portaient des lunettes de natation, à cause des nombreux déchets toxiques qui flottaient sur la mer.

L'ange de la mort sourit.

Les deux hommes se laissèrent dériver assez loin, au-delà du ressac. Le soleil dans les yeux, ils se sentaient détendus, heureux. Chaque nouvelle vague les emportait un peu plus loin vers le large. Il leur fallut un bon bout de temps avant de se rendre compte qu'ils étaient allés trop loin.

Celui qui avait fait le tour du monde n'avait presque plus de force quand enfin, ils rejoignirent les rochers. Frappé par une grosse vague, il se heurta à un étoc et s'évanouit.

Paniqué, son amant le perdit de vue. Il remit ses lunettes et plongea. L'homme qui avait fait le tour du monde était en train de couler lentement. L'amant se précipita à son aide, l'attrapa par la cheville et le ramena en surface.

Il le traîna jusqu'à la plage souillée et l'y étendit sur le dos. Il était déjà mort.

Dans son fauteuil à bascule, l'ange de la mort est suspendu à tes lèvres.

Son amant tenta de le ranimer, comme il l'avait vu faire dans des séries télévisées où l'on omet de mentionner qu'il faut briser le sternum. Ses petites pressions trop molles ne suffisaient pas pour le rappeler à la vie.

Mais les côtes de l'homme, dont une avait été brisée lors d'une agression homophobe, étaient fragiles, et elles se rompirent facilement. L'amant entendit un faible craquement, suivi par une grande inspiration.

Et l'homme qui avait fait le tour du monde survécut.

Je devine celui que j'étais autrefois, caché sous la cape de l'ange de la mort. Celui-ci se plaint : nos histoires ne sont pas assez sinistres à son goût.

Il lance un bocal rempli d'histoires sur le sol ; de ses mille morceaux s'échappe un peu de magie. Le monde s'estompe autour de nous. Le divan du salon se met à flotter sur une mer houleuse. Il pleut. Mes vêtements sont détrempés. Je hurle. Mon cœur s'emballe. Tu te retiens à l'accotoir pour ne pas tomber à l'eau.

L'ange de la mort pointe son doigt vers un gros chaudron qui flotte tout près, et à y regarder de plus près, nous distinguons une forme à l'intérieur. Il raconte :

Il était une fois Shaza, une petite Syrienne de cinq mois dont la famille avait embarqué sur un petit bateau parti illégalement d'Alexandrie dans l'espoir de rejoindre l'Italie pendant la nuit.

— J'en ai repêché des centaines, coulés au fond des flots, remarque l'ange de la mort.

La guerre les forçait à partir, mais aucun pays n'en voulait. Il y en avait des millions et seuls quelques centaines s'en sont sortis.

Une vague gigantesque nous coupe le souffle. Le sel nous brûle les yeux.

Shaza dormait paisiblement dans son grand chaudron, protégée des vagues par le couvercle, vissé juste assez pour empêcher l'eau de s'infiltrer tout en permettant à l'air d'entrer. Il flottait sur l'eau, avec son large fond, comme un sous-marin de fortune qui bercerait l'enfant.

La mère avait eu cette idée, sachant qu'ils risquaient de se noyer. Le père s'était demandé si elle était folle. Furieuse, elle l'avait envoyé se faire foutre. La dernière fois qu'il l'avait vue si en colère, c'était le jour où le bébé était né.

— Quoi, tu n'es pas content d'avoir une fille? lui avait-elle reproché alors. C'est pourtant toi qui en es responsable. Ils l'ont dit à la télé: ce sont les gènes du père qui déterminent le sexe du bébé. Accepte ce don de Dieu avec amour. Et choisis-lui un beau nom.

Ils l'avaient appelée Shaza, ce qui signifie «doux parfum qui flotte longtemps dans l'air».

La pluie se calma, puis s'arrêta complètement. L'orage laissa le chaudron tranquille. Le soleil faisait miroiter la mer.

Notre divan continue de flotter, des poissons miniatures nagent autour de nous.

Un petit bateau battant pavillon italien apparut au loin. Il s'immobilisa à côté du chaudron. Les gardes-côte entendirent les pleurs d'un bébé.

Elle était déshydratée et son pouls, faible, continue l'ange de la mort en frôlant de ses phalanges le front de la petite fille. Mais elle avait survécu à la traversée. Une Italienne la porta délicatement dans ses bras avec un pli d'inquiétude sur le front.

Le visage de la garde-côte s'illumina sous le doux soleil du matin. Le bébé arrêta de pleurer. Elle avait réussi la traversée.

De retour dans notre salon, les vêtements secs, un peu réchauffés, nous nous sentons comme quand nous revenons au lit après avoir traversé les corridors froids la nuit, pour nous rendre aux toilettes.

Le matin s'est levé. Il est lourd de nuages et peut-être de pluie. D'un pas d'ivrogne, nous ramassons nos verres et mettons un peu d'ordre dans le salon. Nous regardons un bout d'épisode de *Family Guy* en nous brossant les dents. La bouche pleine de mousse, nous éclatons de rire et il en tombe un peu sur mon t-shirt de Batman.

Au lit, nous nous blottissons l'un contre l'autre, les yeux dans les yeux, le sourire aux lèvres, et nous nous endormons.

Je rêve que nous vivons heureux pour toujours à Damas, dans une petite maison construite de nos mains, sans prétention, avec amour et dévouement. Tous les matins, nous nous réveillons en même temps, écoutons la musique de Mary Lambert ou de Julia Boutros, buvons notre café turc dans le *ard dyar*, profitons de l'après-midi pour aller et venir à l'intérieur, ou dans les charmants villages que nous inventons autour de notre maison. Nos amis et tous ceux que nous aimons nous rejoignent dans ce cycle éternel de création et de destruction. La beauté appelle la beauté, et nous nous sentons comme des dieux.

Je rêve que nous rentrons de nos après-midi d'hommes-dieux. Nous admirons des œuvres d'art inachevées, et c'est ainsi qu'elles sont plus belles, me dis-tu, car elles parlent différemment à chacun. Nous donnons à l'art autant qu'il nous donne et remplaçons les œuvres des vrais artistes par des morceaux de nous-mêmes. Les créateurs laissent aux lecteurs, spectateurs et admirateurs le soin de finir leurs œuvres et de leur donner leur véritable valeur. Sans ce contact entre les esprits, l'art n'aurait aucun sens.

Je rêve d'amis que nous invitons et avec lesquels nous rions, racontons des histoires futiles du passé, du présent et du futur. Nous nous embrassons, les larmes aux yeux.

Parfois, rarement, quand je dors profondément et que mes journées ne sont pas trop éreintantes, je rêve à toi et à moi au terme d'une longue et heureuse journée passée à visiter des univers et à en créer d'autres. Étendus dans notre lit, les chiennes blotties à nos pieds, éternellement jeunes, nous faisons l'amour. Ensuite vient le sommeil, accompagné de rêves à propos de mondes encore meilleurs.

LES DEUX ROIS

La beauté de la langue arabe, c'est qu'elle a gardé de solides racines dans les balbutiements de l'intelligence humaine.

Quand le Coran a été écrit il y a quatorze siècles, il a préservé l'arabe parlé à l'époque. Un peu comme le latin, il est la source des différents dialectes de la région. La propagation de l'islam a contribué à sa diffusion. La religion et la langue ont rayonné dans le golfe persique et laissé leur marque sur de lointaines langues et religions asiatiques, avant de prendre racine dans tout le Moyen-Orient. L'arabe a perdu de sa richesse à mesure que des dialectes locaux s'éloignaient de leur origine. Son vieil ami, le Coran, a gardé un profond ancrage dans les esprits et les cœurs des musulmans du monde entier.

Le Coran nous apprend que l'arabe est né quand est tombée la tour de Babel, érigée pour défier Dieu et atteindre le ciel. Moi, c'est l'ange de la mort que je défie. Sinbad, grâce aux yeux des belles sirènes, aux montagnes escaladées et aux baleines affrontées, connaissait Dieu sans l'avoir cherché. Il aurait éprouvé de la pitié pour ce peuple rencontré lors de l'un de ses sept voyages, qui considérait plutôt Dieu comme un inconnu à atteindre là-haut. Dieu les avait punis en leur enlevant la faculté de communiquer. Et la tour s'était effondrée parce que les hommes n'arrivaient plus à se parler, ni de leurs sentiments ni des prochaines étapes de la construction.

L'alphabet arabe est composé de vingt-huit lettres qu'il faut agencer pour former des mots. Chacune représente une émotion, comme si la langue tentait de traduire les sentiments par des paroles. Je me demande si l'arabe traduit les sentiments du peuple de Babel. Ces gens ne pouvaient communiquer, décrire la beauté ou atteindre Dieu, mais souffraient d'une même souffrance, vivaient un même bonheur, partageaient une même déception.

L'ange de la mort s'amuse à deviner le fond de ma pensée. Il ironise :

— Tu es bien philosophe, aujourd'hui, *hakawati* !

Cela fait fuser ton rire, qui résonne dans la cuisine. J'ai préparé un délicieux petit-déjeuner syrien : *makdoos*, *halawa*, omelette mousseuse. Je continue mon petit laïus :

— Ces lettres sont les premières inventées pour décrire un urgent besoin de communiquer des sentiments.

Les lettres *al-'ain*, *al-mîm* et *al-dall* se rattachent l'une à l'autre et forment l'une des racines du vénérable arbre de la langue arabe. Elles sonnent puissamment, solidement.

Cette racine se décline en une multitude de mots, comme autant de bourgeons : *'umdah*, homme de pouvoir, *'amoud*, colonne qui supporte le toit de la maison, *'ameed*, chef de l'armée, *'omdan*, haute tour. Ces mots remontent à l'aube des civilisations et des communautés humaines et font tous appel au concept de force. Leur sonorité se rapporte à des significations nées des origines du langage humain.

Tu te moques de moi :

— *Hakawati*, tu racontes n'importe quoi !

Une quinte de toux t'interrompt, puis tu poursuis tes railleries en imitant mon ton un peu docte :

— *Al-mîm* se languit d'un baiser, *al-ha'a* est un souffle d'air donné gracieusement, *al-baa* entrouvre les lèvres…

Tu luttes pour finir ta phrase.

— … pour embrasser.

Tu tombes de ta chaise au ralenti et je te retiens juste à temps pour t'empêcher de t'écraser sur le sol. L'une des chiennes se met à hurler.

J'appuie doucement ta tête sur le plancher froid ; tu as les yeux secs, mes larmes arrosent ton visage. Je me précipite dehors, avec l'impression de rêver, comme si j'étais dans un tunnel sans fin, sans porte. Les ambulanciers mettent quelques minutes à arriver. Ils t'emmènent et je les suis, après avoir passé une veste et marmonné des paroles inintelligibles, tels des coups de tambour préparant la grande finale dramatique d'une chanson ordinaire.

Khaa est la lettre de la peur, *khouf*. De la perte, *khasara*. De la destruction, *kharab*. De la merde, *khara*. L'onomatopée de la douleur et de la souffrance : *akh !*

Je saute à l'arrière de l'ambulance. L'ange de la mort retrousse les bords de sa cape et essaie de monter avec nous. Je lui crie, les larmes aux yeux :

— Ah non, pas cette fois ! Fous-lui la paix ! Il est à moi, je n'en ai pas encore fini avec lui. Je ne l'abandonne jamais.

Ahuri, l'ange de la mort s'écrase à plat ventre dans la cour.

Les ambulanciers me regardent d'un air inquiet. Je continue de parler sans faire attention à eux :

— Je sais que tu me le prendras un jour, mais son heure n'est pas encore venue. Laisse-nous tranquilles !

Agrippé aux portières de l'ambulance, je me sens rebelle, invincible, mais les limites de mon pouvoir me reviennent vite en tête.

— Je t'en supplie…

L'ange de la mort se relève et me répond en époussetant ses vêtements :

— D'accord, c'est bon. Son heure n'est pas encore venue. Calme-toi.

Al-ha'a est la lettre de l'amour : *houb*. De la liberté et du soulagement, *houriyah*, du confort et de la douceur, *rahaa*. De la tristesse, aussi, *hozn*.

À l'hôpital, dans les couloirs aux lumières crues, on tente de nous séparer de nouveau. J'obéis au médecin, en le maudissant dans ma barbe. Ma main est incapable de lâcher la tienne, jusqu'à ce que mes doigts glissent et que ma poigne se dénoue. Comme le *taa* que tu voulais ajouter avant de t'évanouir, un *yin* et un *yang* arabes dont nous serions l'écho. Deux points indissociables du cycle de la vie.

Ma, ha'a, baa, taa : mah'aba, amour sans fin, qui nous relie, sans le *taa* final.

Je t'aperçois un bref instant quand quelqu'un ouvre la porte de ta chambre. Entouré d'infirmiers et de médecins, ton visage marqué d'émotions inconnues, tu te débats avec l'idée de la mort. Tes yeux sont inquiets et tu es incapable de prononcer une seule parole pour me rassurer, ou pour te rassurer toi-même. Je te connais, mon amour. Je te comprends. Tu as été bon pour le monde, et le monde a été mauvais pour toi. Assis dans une inconfortable chaise de plastique, j'appuie la tête contre le mur.

Je remarque que l'ange de la mort est venu nous rejoindre. Je lui demande s'il savait que tu prenais des photos, autrefois.

— Hein ?

Il s'est laissé distraire par les portes de la salle des urgences qui s'ouvrent et se referment comme les ailes d'une chauve-souris.

Je répète :

— Il prenait des photos de manifestants, en Syrie. C'est ce qui lui a valu cette cicatrice.

Les derniers jours de notre vie à deux s'achèvent. Je le comprends et l'accepte. La réalité se délite petit à petit autour de nous. Des lieux lointains, innommables, jamais visités, commencent à disparaître. À la télé, nous les avons vus mourir, s'éroder, vagues éternelles sur une planète sans rivage, tsunamis de ténèbres frappant le monde et déferlant vers nous à toute vitesse.

Le cercle des adieux brûle et se referme chaque jour davantage. Tu es dans ton lit et moi dans le couloir. Dehors, la rue est calme, comme d'habitude, Vancouver en harmonie avec elle-même. Notre petit paradis s'accroche à la vie, sur fond de fin du monde. Des éclats de réalité s'agglutinent, tels des tessons de verre, et forment d'affreux oiseaux noirs qui rôdent dans la nuit. Le monde tourne autour d'une orbite de destruction et la vie suit son cours. Hors du cercle, le néant.

Je suis surpris d'entendre l'ange de la mort avouer qu'il a peur, lui aussi. Il arrive à voir la fin du monde de mon point de vue.

Je le rassure :

— Ne crains rien. Nous avons encore du temps. Il reste des histoires à raconter.

La vague qui approche vient de l'inconnu, plus loin que l'océan. À la lisière de notre univers, il y a des coins sombres, et au-delà progresse un désert de menus grains de sable noir.

Et toi, tu dors à poings fermés, inconscient du danger, le tatouage en forme d'oiseau visible dans ton dos. Je t'imagine éperdu, solitaire, mais jamais tout à fait seul.

Chez la tatoueuse de la rue Seymour, tu avais dit, en te mordant les lèvres de douleur :

— Un oiseau migrateur. Pour me rappeler notre patrie.

L'artiste asséchait le sang autour du tatouage avant de continuer. Pour détourner ton attention de la douleur, elle t'avait demandé d'où venait ta cicatrice. Tu lui avais expliqué :

— J'étais jeune, je venais de rentrer du service militaire, et je n'en faisais qu'à ma tête. J'avais acheté un vieil appareil et photographiais tout ce qui m'entourait.

Petit à petit, c'était devenu ton passe-temps. Pendant la révolution, juste avant notre rencontre, tu étais fasciné par les visages de manifestants. Le vendredi dès l'aube, sourd aux conseils de tes parents, tu sortais avec ton appareil photo dans les banlieues de Damas et ne rentrais qu'à la nuit tombée. Tu en ramenais des balafres au visage ou des ecchymoses qui grandissaient sur tes flancs, des blessures tantôt mineures, tantôt majeures.

— Ce n'est rien, disais-tu. J'ai tellement de plaisir à développer ces photos.

Avec ton appareil rempli de clichés pris durant la journée, tu montais jusqu'au petit studio de photographie que tu avais aménagé sur le toit. La nuit, tu tirais le rideau noir et travaillais jusqu'au samedi matin, à l'aube.

Les visages de manifestants émergeaient, la bouche toujours la première à se dessiner, grande, avec des lèvres souples criant des slogans anti-régime, les dents sous la lumière rouge lançant des mots sanglants animés par la colère.

Pour éviter que la police identifie les manifestants sur tes photos, tu y passais une petite brosse et rendais les visages flous. Le plus difficile, c'était d'effacer les yeux, pleins d'espoirs et de rêves, d'attentes et d'aspirations.

— Quand j'avais fini, précises-tu une larme à l'œil, on aurait dit une mer de bouches hurlantes exigeant le respect de leurs droits.

La tatoueuse, une Malaisienne avec un tatouage tribal sur la poitrine et le côté du cou, t'écoutait sans lever les yeux de ta peau. Parlant assez fort pour couvrir le bruit du burin, elle t'a répondu par une histoire que lui avait racontée sa mère :

— Chaque âme ressemble à un animal. La terre nourricière a donné naissance à deux fils. Elle adorait ses enfants. Elle n'avait même pas coupé le cordon ombilical qui la reliait à eux. Un jour, ses fils se sont rebellés. Ils voulaient voir le monde et savoir ce qui se trouvait au-delà de l'orée du bois.

Le jour où les policiers avaient défoncé la porte de ton studio, tu étais à moitié endormi et n'avais pas osé bouger pendant qu'ils inspectaient la petite pièce et exposaient les photos incriminantes à la lumière destructrice. Assis sur ton petit lit, tu te grattais la tête en cherchant à comprendre ce qui se passait. Tu n'avais offert aucune résistance. Ils s'étaient emparés de toi et t'avaient traîné dans l'escalier. Ta mère pleurait.

Sorti de prison deux mois plus tard, tu avais perdu toute soif d'aventure et acquis une nouvelle cicatrice en forme de V dans le dos.

Quand tu avais trop mal, tu frappais à la porte de tes parents, les trouvais lui, endormi, elle, somnolente dans son fauteuil, les yeux tournés vers la fenêtre en bois, les mains posées sur les cuisses.

Tu l'appelais doucement et elle sortait de sa torpeur pour te suivre hors de la chambre et te frotter le dos avec une pommade.

Ta mère suspend ses pleurs, la tatoueuse son ouvrage, l'ange de la mort son écoute, le monde son érosion. Un médecin entre dans ta chambre d'hôpital, et je t'aperçois par la porte ouverte, les yeux fixés sur moi.

Sîn est une drôle de lettre. C'est la première du vocabulaire de l'illusion : *sarab*, mirage, *sîr*, secret, *sokout*, silence, *soum*, poison. C'est aussi une lettre qui désigne des notions nobles : *sorour*, joie, *salam*, paix, *sahab*, nuages.

Le pays que tu as tant aimé toute ta vie, depuis le jour où tu t'es perdu dans un cimetière, a disparu aujourd'hui. Ses frontières autrefois nettes, telles celles du monde, se sont effritées comme des oiseaux prenant leur envol. C'est désormais un trou noir qui aspire tous les soleils. Le cercle de la destruction a débordé les limites de Damas, des limites géographiques confuses, dépassées.

Miraculeusement rescapé des donjons des *mukhabarat*, ou services secrets, tu ne te sentais plus le même. Comme si on t'avait volé quelque chose entre les coups de fouet et les décharges électriques. La porte s'était refermée entre le fond de ton âme et ton enveloppe extérieure. Tu es rentré en toi-même et as poussé les meubles contre la porte, retenue par des planches. Tu comptais rester barricadé toute une éternité. La Syrie était un champ de bataille et ton corps un champ de ruines. Ils avaient fait taire tes histoires et piétiné ta fierté. Tu ne croyais plus à rien, et surtout pas aux grands-pères morts qui reviennent à la vie, ni au jasmin qui fleurit dans la rue.

Pour survivre, tu as laissé tes histoires se pendre avec une corde à linge. Moi, pour résister, j'ai fait le contraire et laissé tous ces récits me brûler, et mon corps continuera ce swing insensé, peu importe les haut-le-cœur.

Le médecin me dit qu'il ne te reste plus que quelques semaines à vivre.

Dans l'histoire de la tatoueuse, les deux garçons coupaient avec un silex le cordon qui les reliait à leur mère. Celle-ci, très en colère, se sentit trahie. Partout où ils allaient, elle faisait passer une rivière pour leur barrer la route. Comme nous, ils étaient obsédés par le désir de quitter leur mère patrie. Comme nous, ils s'égaraient.

Ils finirent par traverser la rivière. Le premier ne fut pas assez fort et fut changé en crocodile. L'autre réussit, mais sur la rive opposée, il fut transformé en tigre.

La tatoueuse faisait un parallèle avec nous deux :

— Votre rivière à vous, elle vous a changé en oiseaux et vous vous êtes envolés. Regardez dans le miroir, à présent.

J'ai vu dans tes yeux les couleurs de la liberté et les ailes du vent.

Le médecin t'a donné des sédatifs. Assis sur ton lit d'hôpital, j'attends que tu te réveilles. Je sens le poids de ma solitude. Ton visage a l'air paisible. Tes cheveux glissent sur ton front. Je te souris. Tu rouvres enfin les yeux. Tu me demandes (ou peut-être est-ce moi qui rêve) :

— Raconte-moi une histoire. J'en veux plein d'autres.

— D'accord, et j'en ai une belle à te raconter.

Il me semble que je suis seul à percevoir, entre les royaumes de la réalité et de la démence, à quel point le monde est en train de se déliter. Les frontières s'effritent, les rues s'effondrent. Les gens font comme si de rien n'était, inconscients de la catastrophe imminente.

Je scrute ton visage et me rends compte qu'il y a deux versions de toi. L'une est remplie de lumière, d'amour, de vie, brillante d'espoir, de tendresse, de talent, mais elle m'échappe tant tu te barricades en toi-même. L'autre est captive de ta douleur et agonise sous la cape de l'ange de la mort. L'une invisible, pleine d'amour ; l'autre visible, pleine de souffrance.

Je te souris, et les deux versions de toi me rendent mon sourire, avant de fusionner et de redevenir une seule et même personne.

— Je t'aime, te dis-je.

Je t'embrasse sur le front.

— Je t'aime moi aussi, réponds ta voix en écho. Deux fois.

L'OFFRE GÉNÉREUSE D'UN HOMME SOLITAIRE

La rue chante sa sérénade, bruits étouffés de voitures, échos d'un silence plein d'excuses. Les nuages gris de l'hiver, à Vancouver, empêchent la lumière de passer, le jour comme la nuit. Du balcon de notre chambre, je regarde tomber le crépuscule et murmure :

— J'ai compris depuis longtemps pourquoi les ours polaires hibernent.

Aujourd'hui, le plus court de l'année, j'ai toujours le blues. Je me sens suffoquer, seul, devenir fou, étranger. Je confie mes doutes à l'ange de la mort, installé dans un fauteuil à bascule :

— Je suis conteur, alors il me faut un public. Qui écoutera mes histoires quand il ne sera plus là ?

J'imagine ce qu'aurait été la vie de Schéhérazade sans son orageux époux qui l'obligeait à raconter des histoires sous peine de décapitation. Une vie ordinaire, auprès d'un mari plus aimant, attentionné, avec une bonne douzaine d'enfants. Puis elle serait morte, beauté oubliée, nostalgique de son passé. Shahryar et elle avaient besoin l'un de l'autre : elle, pour ses histoires ; lui, pour rapiécer son cœur brisé au fil des contes de fées.

Mon public, c'est toi. Ton visage est une carte géographique aux destinations prometteuses qui guide mes pas. J'étais perdu avant de te rencontrer. Tel un pirate blessé à mort pendant sa quête d'un impossible trésor, je t'observe, de l'eau de mer plein les yeux.

Oui, j'étais perdu avant de te rencontrer. J'avais loué une petite maison à Damas où se rassemblaient toutes les gouines de la ville, après que Maryam m'a présenté à la communauté lesbienne.

Plus tard, à Vancouver, j'ai revu une Syrienne qui nous avait fréquentés à l'époque. Elle m'a appris la destruction de la maison par un blindé, qui aurait ensuite monté triomphalement sur les décombres pour admirer son travail.

— C'était ton petit orphelinat à toi, me chuchote l'ange de la mort. Un asile pour les jouets dysfonctionnels.

Cette maison était magnifique. Ses hautes fenêtres ne montraient que le ciel. Dès qu'on y entrait, on avait l'impression de se transporter dans un univers à mille lieues de ce qui se passait dehors. Petit bouclier pour se protéger de la guerre.

Les regards, pendant nos dernières années à Damas, changeaient d'expression. Au début, le bulletin de nouvelles parlait de la guerre comme d'une chose distante, irréelle, qui ne parviendrait jamais jusqu'à nous. Elle s'est rapprochée petit à petit, se reflétant dans les yeux des passants étourdis par le bruit des balles et des obus qui provenait des banlieues de Damas. Puis, elle a fait l'objet de toutes les conversations, même les plus banales. Les visites à l'épicerie se faisaient en fonction des combats, nous évitions les lieux propices aux attentats à la voiture piégée, comme les marchés, les demeures de politiciens ou de militaires connus, et les mosquées.

Le vendredi, les marchands de fruits et de légumes installaient leurs étals à la sortie de la prière. On achetait les moins chers pour manger le soir avec de la vodka et de la bière de mauvaise qualité. Je faisais la grasse matinée et ne me rendais à la mosquée que pour les fruits, souvent avec Maryam pour négocier les prix.

Un jour, nous étions en train d'acheter des bananes et des petits fruits quand une voiture a explosé juste à côté. Projetés dans les airs, Maryam et moi nous sommes ensuite tâtés pour voir si nous n'étions pas blessés. Le marchand hurlait de douleur, un éclat de métal planté dans le bras.

— Foutons le camp d'ici au plus vite, a dit Maryam, avant de se raviser.

Elle s'est précipitée au chevet du marchand, qui avait déjà été balafré à la joue et blessé à l'autre bras lors d'explosions plus anciennes.

— Achetez quand même mes bananes, a-t-il gémi devant son étal éclaboussé de sang. Je vous les fais à très bon prix.

Devant notre stupéfaction de l'entendre continuer son boniment, il a ajouté, d'une voix de plus en plus faible à mesure que l'éclat s'enfonçait dans sa chair :

— Que voulez-vous, il faut bien que je nourrisse mes enfants. Donnez-moi ce que vous pouvez.

Nous avons vidé nos poches, les vêtements couverts de son sang, les narines remplies d'une odeur de fumée.

Mon avenir dans mon pays m'apparaissait aussi éparpillé que ces fruits soufflés par l'explosion. Syrie, objet fragile, ballerine de verre brisée en mille morceaux coupants. Du verre brillant, tels les diamants de la guerre. Le mal était fait, la ballerine ne tournerait plus sur elle-même, une jambe éternellement pointée en l'air. La tête détachée du corps à tout jamais, les bras séparés de son corps magnifique, désormais impuissants.

Impossible de lui redonner son vernis original. Le réparateur le plus talentueux sait que recoller des parties donne parfois un résultat monstrueux.

En attendant des nouvelles de l'hôpital, j'explique à l'ange de la mort que les Syriens sont apatrides.

Leur pays et sa région, réduits en cendres, l'histoire moderne tissée de souffrances partagées. La fierté, autrefois nationale, n'est plus aujourd'hui qu'individuelle.

Je suis scotché au téléphone. L'ange de la mort me suggère une promenade. Je jette un œil sur le ciel nuageux et me sens suffoquer. Je refuse :

— Impossible de quitter la maison. L'hôpital pourrait appeler ou le ramener d'une minute à l'autre.

Enfant, j'avais peur du noir plus que tout au monde. Aujourd'hui, c'est la perspective d'appels manqués qui me remplit d'effroi.

Depuis que je t'aime, je vis dans la terreur. Une peur profonde : t'appeler à l'hôpital et n'obtenir aucune réponse, jusqu'à ce que la voix cordiale d'une infirmière me demande de venir récupérer ton corps. Me réveiller la nuit et trouver ta place vide. Jadis, tu rêvais ; ces derniers temps, tu écoutais mes histoires. La nuit devient impossible. La cacophonie de mes insomnies me donne des sueurs froides.

— Prends un somnifère, me chuchote l'ange de la mort.

Je lui réponds avec un petit sourire en coin.

Avant de te rencontrer, à Damas, je survivais, au milieu du gouffre sans fond qui menaçait la ville. À commencer par les éclats de ma ballerine, son corps démembré, décapité, sa jambe tendue. Mes souvenirs de Damas, d'Alep, de Latakia et de Homs se dispersaient, tel du sable dans le vent, remplacés par des vidéos de destruction, des spectres aux yeux grands ouverts qui nous observaient, la nuit.

Ma petite maison était un refuge. Sombre, les murs couverts de nos gribouillis d'ivrognes qui ressemblaient à des dessins d'enfants. Les filles revenaient tous les soirs boire de la vodka et fumer de l'herbe. Nous avons commencé à nous défaire de notre humanité, à mesure que les flammes de la guerre gagnaient en puissance. D'abord timides, les filles échangeaient politesses et potins, puis resserrant les liens, se mettaient à rire, s'embrassaient, buvaient, se défonçaient. Nous jouions à des jeux de bar.

— Buvons un coup chaque fois qu'on entend une explosion, avait suggéré Maryam. Et on s'embrasse au bruit des balles.

Tout le monde avait applaudi à l'idée et en appréciait l'ironie. Nous étions une demi-douzaine de lesbiennes et trois hommes gay à nous rouler des pelles, à nous caresser, à boire, à jouer avec nos corps, en diapason avec le rythme de la guerre.

Remplaçant la chaîne d'information en continu, les câbles de ma vieille PlayStation nous permettaient de jouer à Mortal Kombat, par terre, sur de vieux matelas sales. Ce jeu nous a immunisés contre cette foutue guerre et permis de survivre à toutes les violences. Nous riions des gros seins des guerrières à l'écran.

Nos combats étaient virtuels, car la mort était toujours suivie d'une résurrection pour la prochaine partie. Quand dehors, les affrontements entre forces du régime et rebelles se rapprochaient, nous mettions la télé en sourdine, préférant le bruit de véritables combats.

Quelqu'un s'écriait, en choisissant le personnage de Jax, lourdement armé :

— Je suis un soldat du régime !

— Et moi une rebelle sans défense, répliquait une amie qui s'identifiait à la princesse Mélina.

Se battre à l'écran permettait d'ignorer les balles et les cris, dehors. Le monde disparaissait et la vie tournait tout à coup autour d'une sexualité débridée, de vidéos comiques de Margaret Cho et de Bassem Feghali sur YouTube, de rasades de vodka et de parties de Mortal Kombat. En public, on se montrait civilisé, mais dans notre enfer personnel, on riait, tels des démons. On se voyait comme des dommages collatéraux. Ainsi fuyait-on la guerre. On se faisait une raison.

— Tu avais l'impression d'être arrivé à la fin, remarque l'ange de la mort d'un air entendu.

À l'époque, j'appréciais beaucoup la compagnie de ces lesbiennes décontractées et de leurs amis. Le vendredi matin, je m'arrachais à mon amant du moment, traversais la maison jonchée de filles rebelles endormies à côté de mon colocataire britannique, qui avait le même prénom que moi. Jusqu'à dix, douze dormeurs ?

C'était le début du week-end. Je ramassais les bouteilles de vodka et vidais les cendriers. Un amant, qui sortit de ma vie la semaine d'après et dont j'oublie le nom, proposa un beau vendredi qu'on sorte déjeuner dans le vieux Damas. La tradition du déjeuner syrien du vendredi est restée.

Les photos de toi sur le mur m'obsèdent. Le médecin a insisté pour que j'aille me reposer à la maison, mais attendre l'appel de l'hôpital m'angoisse. Ton visage semble sortir des cadres pour rejouer le souvenir imprimé sur la photo. Je te cherche partout dans la maison. Je t'entends dans tous les coins réciter des paroles d'abandon et de peur, parfois de ta voix enrouée de jeune homme, plus souvent de ta voix douce et claire de vieillard. L'ange de la mort me rattrape et me couvre de sa cape noire.

— Parle-moi de ces déjeuners en ville, me demande-t-il.

— Il y avait du *foul*, de la *tis'eh*, des œufs frits, du *makdous*, du *labneh* et du pain arabe.

Je m'installe en position fœtale entre les os froids de ses bras. Les visages changeaient constamment, mais le menu restait le même. On déjeunait à une table installée dehors, dans une ruelle étroite interdite aux voitures. Al-Qamariah. Avant la guerre, de petites échoppes y vendaient des gadgets idiots, de faux tatouages, des films et séries télé piratés, de la *shawarma* arabe et les plus délicieux des croissants. Aux matins froids des hivers damascènes, tu regardais le ciel bleu à travers un lit de feuillages et de fleurs de jasmin. Ils s'enroulaient autour des fils électriques et des câbles illégaux d'internet reliant entre eux les minuscules immeubles. Des gens esseulés s'y rassemblaient, singeant leur bonheur perdu. Les boutiques n'avaient plus grand-chose en stock. Même nos visages avaient blêmi, comme si le soleil ne brillait plus.

Ma maison était chaleureuse, remplie d'amour. Je me revois en miroir dans le regard de l'ange de la mort, mon reflet est resté à Damas, dans l'œil de la tempête. Cet ancien moi, je le laisse guider ma mémoire :

Il est dix heures, un soir de pluie. Maryam tente d'allumer un feu de foyer pour nous réchauffer. Cinq personnes se promènent dans la maison, dont Fahed, qui vient de Raqqa, blotti contre son amoureux, pas assez bien pour lui, à mon avis. Qui suis-je pour juger ? J'ai moi-même fréquenté les pires losers de Damas. On ne lance pas de pierres quand on vit dans une maison de verre.

(Cette maison sera brisée en mille morceaux. Un mur s'effondrera, les meubles couverts de poussière et de débris. J'ignore si le foyer aura tenu bon. Fahed rompra avec son amoureux. Il rentrera dans sa ville natale, quelques semaines avant que l'État islamique en fasse sa capitale. Pas certain qu'il soit toujours en vie. Les lignes téléphoniques seront coupées ce jour-là, et personne ne pourra quitter la ville.)

Je me blottis contre ma copine Bella sous une couverture rouge avec un dessin de tigre. Nous discutons de ce que nous sommes prêts à faire pour être aimés. Bella a un sourire incroyablement radieux. Elle est innocente et douce. Elle me serre dans ses bras pour me protéger de la brise glacée qui entre par une fenêtre ébréchée quelque part dans la maison. Au milieu de nos propos sur l'amour et l'espoir, elle me dit qu'elle m'aime comme un frère. Personne ne m'a jamais aimé comme un frère. Maryam, cette vilaine fille, essaie de détendre l'atmosphère avec des blagues salaces, elle dit que je suis plutôt sa sœur. Je ris le plus fort possible. J'allume une chandelle quand l'électricité coupe, c'est la troisième fois aujourd'hui. Il fait froid, il fait sombre. Bella remonte la couverture et propose une partie de cartes.

(C'était la dernière fois que je voyais Bella sans ses horribles cicatrices. Une balle traversera sa jambe gauche et se plantera dans sa cuisse droite. L'autre balle fera éclater son genou. Après des mois de chirurgie, de physiothérapie et de douleur, elle réussira à me rendre visite pour mon anniversaire. Son sourire toujours radieux, elle aura perdu quelque chose de minuscule, d'irremplaçable, de presque invisible. À tout jamais.)

Sama arrive en retard, comme d'habitude, avec de l'alcool bon marché. Nous l'acclamons, Bella, Fahed et moi, et versons à boire. Je demande si quelqu'un a faim, et soudain, tout le monde se rappelle que oui. On va cuisiner, manger des fruits, peut-être avec un peu de thé. Non, on va plutôt aller chercher des shawarma. Sama et moi nous portons volontaires. Évitant les postes de contrôle, avec leurs soldats lourdement armés qui se déplacent paresseusement, nous passons notre commande, rions quand les petits chatons de la rue viennent se frotter contre nous. Un bel Adonis passe derrière nous et nous nous donnons des coups de coude.

— Allez, va lui parler, me dit Sama, et il me pousse dans sa direction. C'est toi le plus brave.

Je regarde en silence le type qui ne nous a pas encore vus. Je n'ose pas l'aborder. Nous remontons la colline avec les shawarma. Sama me dit qu'il a quelqu'un. Sama a toujours quelqu'un. Parfois je sens que son cœur est si las de chercher qu'il se contente de ce qu'il trouve. Parfois je le lui fais remarquer, d'autres fois je me tais. La mère de Sama viendra d'Alep dans un jour ou deux. Nous sommes accueillis par nos amis affamés.

(Sama sera plus tard bloqué dans Tadamon pendant plus d'une semaine sous les bombes, sans pouvoir quitter son bureau. Un matin, il ira au travail, puis le temps s'arrêtera. Le soir, les affrontements commenceront dans la rue et il sera pris au piège. Il éteindra la lumière, dans l'espoir de partir après une heure ou deux, mais les combats ne cesseront pas. Une semaine plus tard, il n'y aura plus d'eau potable, plus d'eau du tout, et parfois pas d'électricité non plus. Sama m'écrira sur Facebook pendant l'un de ces rares moments et me racontera qu'il est en train de manger son dernier morceau de pain. Après, je n'entendrai plus jamais parler de lui. Son compte Facebook deviendra inactif. Petit à petit, les yeux inquisiteurs du groupe qui traînait chez moi se sont éteints devant des réponses que nous n'osons entendre.)

J'explique à l'ange de la mort qu'à Damas, personne n'était plus seul que les queers. Caché sous sa cape, Sama me sourit. Nous fouillions la ville pour trouver nos semblables. Ils étaient nombreux. Le groupe qui fréquentait ma petite maison s'accroissait. Les yeux fermés, je continue de raconter :

— Nous organisions un tournoi de cartes hebdomadaire. Ma carte chanceuse était le valet de cœur. J'ai dû gagner aux cartes un million de fois grâce à lui.

Un vendredi soir, j'avais changé d'avis à propos de ma vie.

À l'époque, je me sentais comme un marin qui se noie, attiré par le chant des sirènes. Je n'avais pas encore fait ta connaissance, et pendant que tu prenais des photos de manifestants hurlants, je m'enfermais dans un monde de peur.

— Nous sommes les Syriens les moins dangereux, m'a un jour dit Maryam alors qu'elle nous ramenait à la maison après une fête d'Halloween.

Elle était costumée en zombie, et moi, en valet de cœur. Nous avions dû prendre la route de l'aéroport pour nous retrouver dans le hall d'un hôtel. Avec leur sens de l'humour typiquement syrien, les gens étaient venus nombreux, habillés en combattants du régime ou en rebelles, avec du faux sang et de faux membres arrachés. Nous ne voulions pas faire la fête au centre-ville, car nous savions qu'il y aurait sûrement une ou deux explosions, et cela se passa en effet. D'autres femmes et d'autres hommes costumés en zombies et en fantômes ont été tués.

Dans la voiture, Maryam nous expliquait comme une experte en tactique militaire comment naviguer le dédale impossible de Damas :

— Nous restons assez près des postes de contrôle pour que l'armée nous protège, mais assez loin pour ne pas être pris entre deux feux. Les pays aiment les citoyens coopératifs et insouciants comme nous, ivrognes, défoncés, fêtards.

C'est ce soir-là que j'ai décidé de partir.

L'ange de la mort me caresse les cheveux.

Je lui explique que les gens ont deux voix dans leur tête. La première est impulsive, animale, toujours prête à suggérer la fête pour faire oublier la réalité. La seconde est sensée, logique, elle nous incite à confronter nos souffrances, nos peurs.

L'ange de la mort sourit.

Le jour où j'ai décidé de quitter la Syrie, je suis sorti de ma torpeur et nous ai vus tels que nous étions : victimes de la guerre, morts-vivants célébrant l'apocalypse et errant sans but. Pas tout à fait morts, peut-être, mais l'âme étouffée par un corps carburant à l'alcool et à la drogue. J'ai contourné une nouvelle fois les corps avachis dans mon salon. Le soleil est entré par la porte de métal, que j'ai refermée derrière moi sans faire de bruit.

Dans la rue, j'ai remarqué une mare de sang, vestige des combats de la veille, et me suis senti sali, enlaidi, indigne d'être vivant. J'ai utilisé mon téléphone pour photographier la flaque et la publier sur les réseaux sociaux.

Ce même jour, tu effaçais les visages inconnus de tous ces manifestants sur tes photos, dont le mien, car je me trouvais parmi eux.

Dès que le téléphone sonne et résonne partout dans notre maison de Vancouver, les fantômes se taisent, retournent sagement dans leurs cadres et suspendent leur théâtre shakespearien. J'ouvre les yeux dès la deuxième sonnerie. Je me lève et tends la main vers le combiné. L'ange de la mort, qui me suit comme un petit chien, me regarde dans les yeux. Je soulève le téléphone et arrive à peine à articuler un allô étouffé.

LE CONTE DE LA PRINCESSE FUGITIVE

Mon amie Esme me demande de garder les yeux grands ouverts. Je résiste :

— Je n'ai pas confiance en toi.

— Assieds-toi, mon vieux.

Elle me pousse dans ma chaise et écarte mes paupières.

— Je compte jusqu'à trois.

Elle ment et presse la petite fiole de liquide nettoyant à « deux ». Les yeux me brûlent.

— Ne fais pas l'enfant ! dit-elle.

Dans le quartier de mon enfance, les gens appelaient son père « Docteur », même s'il n'avait aucune formation médicale. Il savait prédire les résultats des matchs de foot locaux, régionaux et internationaux, et connaissait par cœur le nom de tous les joueurs, avec une prononciation approximative. Parfois, Docteur réveillait mon père à quatre heures du matin pour regarder avec lui un match de foot par connexion satellite piratée. Quand leur équipe préférée perdait un tournoi au Brésil, ils criaient quelque chose à la télé qu'il valait mieux ne pas répéter.

À la naissance de sa fille, Docteur avait décidé de l'appeler Esmeralda, un nom qu'il s'imaginait à consonance brésilienne, son pays préféré à la Coupe du Monde. Le drapeau brésilien encombrait le balcon de la résidence familiale. Il fallait trouver à la petite un surnom agréable à l'oreille arabe, et ils choisirent « Zozo ». Moi, je l'appelais Esme.

En visite à Vancouver, Esme ouvre d'une main experte mon tiroir secret et en quelques secondes, cette vieille sorcière élégamment vêtue roule deux joints.

— Allons nous promener, propose-t-elle.

Nous aboutissons à Stanley Park. Les lumières de la ville font scintiller la réflexion de Vancouver dans l'océan froid. Esme sort un joint en souriant. Elle fume « sur ordonnance », comme elle dit.

Je lui prends le joint des doigts.

— Moi aussi, alors.

Nous rions. À Vancouver à l'occasion d'un mariage, elle a appris que tu étais à l'hôpital.

— Je pense que tu devrais le ramener à la maison, dit-elle. Il veut rentrer, non ?

C'est sûrement toi, mon amour, qui lui as téléphoné.

Docteur possédait une salle de bal conçue pour les noces traditionnelles. Immense, avec de hauts plafonds éclairés par des chandeliers d'un grand chic. Sous les projecteurs, une scène avec deux fauteuils où les mariés prennent des photos pratiquement obligatoires avec des parents affamés et envahissants, en faisant semblant de discuter comme des tourtereaux. Au milieu, une grande piste de danse pour les jeunes filles.

Lorsqu'elles parviennent à un certain âge, leurs mères les incitent à s'habiller beaucoup trop chic, me disait Esme.

Je pouvais voir dans ses yeux ces filles au visage couvert de maquillage, dans l'espoir de trouver un mari et d'impressionner des vieilles peut-être séniles.

D'autres femmes, cherchant une épouse à leurs fils, les observaient d'un œil du faucon.

Au petit matin, quand tu te réveilles à l'hôpital, tu dois te sentir bien seul, mon amour, sans personne pour te raconter une histoire et t'aider à te rendormir. Loin de toi, je me sens prisonnier. Le magma de mes histoires bouillonne dans ma tête. Menotté par les décisions des médecins qui m'ont donné ordre de te laisser te reposer, j'ai protesté, tu ne pouvais pas dormir sans mes histoires. Ils m'ont demandé s'il y avait des preuves scientifiques.

— Que vas-tu faire ? me demande Esme.

Nous admirons un instant Vancouver qui se reflète sur l'océan, puis je la regarde, elle, ma seule amie d'enfance. Elle comprend que je me sens diminué, avec mes démons intérieurs qui me hantent plus que tout souvenir. La seule façon d'échapper à moi-même, c'est d'aller vers toi, mon amour.

Et tu es inaccessible, sous les couvertures d'un lit d'hôpital qui m'empêchent de passer le long solstice d'hiver à tes côtés, de me réchauffer à ton étreinte.

— Je ferai ce que je peux.

Esme change de sujet et me rappelle Damas. Je laisse la conversation dériver.

Mon père et celui d'Esme étaient les meilleurs amis du monde. À trois ans, nous avions la permission de regarder des dessins animés à la télé, puis, à treize ans, *Mad About You* et *Friends*. Esme nous a dégoté *The Mask*, de Jim Carrey. J'apprenais à calculer les fuseaux horaires pour savoir quand *Buffy the Vampire Slayer* jouerait sur les chaînes égyptiennes ou émiraties.

Esme et moi trouvions des sujets de discussion dans un monde où personne n'abordait aucun thème en profondeur. Nous faisions le plein de séries télé, que nous commentions ensuite. À l'adolescence, elle adorait *Bewitched* et moi, *Angel*. Dans la vingtaine, je lui avais fait connaître *Hannibal*, et elle, *True Blood*. Nous passions des journées entières à théoriser sur l'univers cinématique de Marvel. Je lui disais que je voulais ressembler à Clark Gregg.

La dernière fois que nous nous sommes vus, à Damas, je l'avais emmenée voir *The Avengers* et manger des sushis dans le centre commercial où se trouvait le seul cinéma de la ville. Nous nous débattions avec nos baguettes en parlant de toi, que je venais de rencontrer à l'époque. Je lui racontais que tu m'avais apporté un bouquet de fleurs au bureau. Elle me décrivait à voix basse ses projets d'immigration.

— Le monde se referme sur nous, *hakawati*.

J'avais du mal à l'entendre au-dessus du brouhaha des adolescents. Je voyais se surimposer aux traits harmonieux d'Esme le même air que tous les immigrés syriens, présents ou futurs. Enfants d'une nation à l'agonie, notre mère marchait résolument vers la mort et nous condamnait à la destruction, mais nous ne l'abandonnions qu'à contrecœur.

Je t'imagine seul, mon amour, dans une chambre d'hôpital froide et terne. Les larmes me montent aux yeux quand je dis à mon amie d'enfance :

— Il doit se sentir abandonné. Et moi je suis perdu sans lui, Esme.

Elle me passe le joint et me prend le bras. J'appuie ma tête contre son épaule. Le soleil est bas, froid et loin sur l'horizon, il nous rappelle l'heure.

Quand nous étions petits, on nous confiait la responsabilité de la caméra, à Esme et à moi, pendant les sorties en famille dans les environs de Damas. Nous partions le vendredi soir vers la vallée de la Barada ou à Bloudan et nous nous disputions pour savoir qui prenait les meilleures vidéos. Docteur avait d'abord hésité à laisser son précieux et tout nouveau jouet entre les mains de deux adolescents, mais après plusieurs rondes de négociations, il avait fini par se séparer de sa chère caméra. Il nous observait de loin et discutait avec mon père devant la table de backgammon.

— Ouais, répondait mon père. Quand ils seront plus vieux.

Esme m'a raconté des choses que j'ignorais. Par exemple, que mon père avait rencontré le sien lors de ses noces dans les années 1980. Esme avait retrouvé la vidéo du mariage de mes parents parmi les nombreuses cassettes qui couvraient tout un mur de leur salon. Parfois, tard la nuit, Docteur se masturbait dans le noir en regardant ses séquences préférées de jeunes filles qui dansaient.

Sur la vidéo de mes parents, une image rescapée : ma mère, marchant lentement dans sa robe de mariée, devant mon père en complet noir trop grand pour lui, l'air confus, dans un grand fauteuil. Ma grand-mère dans un coin, souriant aux nouveaux mariés, scrutant la salle en quête de fiancées pour ses autres fils. Mon grand-père, grincheux comme à son habitude, triturant sa moustache, son tic nerveux. La musique laisse à désirer, mais on reconnaît la chanson de mariage traditionnelle où Walid Toufic demande à une belle fille de s'abandonner dans les bras des danseurs.

Je dis à Esme que je n'ai pratiquement jamais été invité à un mariage. Le ciel rempli de nuages se mire dans les immeubles de verre de Vancouver.

— Moi, au contraire, j'en ai vu des millions, répond-elle.

Après mon départ de Syrie pour l'Égypte, Esme se sentait seule. Elle continuait d'aider son père à animer les mariages. Le vieil homme ne se désolait pas de sa descendance strictement féminine, car en Syrie, les hommes et les femmes célèbrent séparément les noces traditionnelles. Esme et sa sœur lui étaient donc utiles pour animer la salle pendant que les jeunes filles dansaient et que les vieilles cherchaient de futures brus. Elles étaient ses yeux et ses oreilles. Il les rejoignait au milieu de la soirée, quand les hommes avaient enfin le droit d'entrer, après avoir longuement dansé et chanté devant les portes closes.

— Mes filles peuvent travailler jusqu'à ce qu'elles se marient, disait-il. Après, un autre se chargera d'elles.

Dans une salle remplie de femmes tirées à quatre épingles, Esme avait terminé son travail et se reposait un peu en fond de salle, soupirant d'aise après une longue soirée. Elle regardait les convives se couvrir de longs manteaux et de voiles, pour se cacher du regard des hommes qui s'apprêtaient à entrer. C'est à ce moment qu'une grosse femme, la tante d'une amie de la mariée, s'approcha d'elle avec des yeux fatigués. Sitôt installée près d'elle, elle s'endormit, la tête sur l'épaule d'Esme.

— Du vrai théâtre de boulevard ! avait plaisanté Esme en me racontant la scène, la première fois.

Maudissant sa sœur d'avoir échangé son quart de travail la veille, elle avait tenté de repousser la lourde tête de la dormeuse. Docteur, sa chère caméra à la main, avait fait entrer les hommes. Voyant la drôle de situation dans laquelle sa fille était prise, il décida de filmer.

Esme, élevée dans le respect des personnes âgées, n'osait pas la réveiller, mais après une demi-heure, elle s'était mise à pleurer à cause de la colère qui montait en elle et de la douleur dans son épaule. Sa peau était en feu, son cœur battait la chamade et faisait bouillir son sang. Elle avait finalement repoussé la tête de la vieille maquillée à l'excès, et était rentrée chez elle. Après avoir regardé pour une dernière fois sa chambre, son lit à une place, son matelas bleu, ses fenêtres en bois, ses étagères de CD, certaines brisées, d'autres intactes, elle est partie sans se retourner.

Il est l'heure d'aller te rendre visite à l'hôpital, mon amour, et Esme m'accompagne.

— Tu sais, lui dis-je pendant que nous nous dirigeons vers l'ascenseur, j'ai l'impression que la fin du monde arrive. Je vois des oiseaux de mauvais augure partout.

— Le monde ne finit jamais de finir. Je sais que tu as mal, *hakawati*.

Ses yeux sont brillants de larmes.

Quand tu nous aperçois, tu souris de toutes tes dents et murmures :

— Je ne peux pas dormir sans toi.

— J'ai essayé de l'expliquer aux médecins, mais ils ne veulent rien savoir.

Nous échangeons des mots d'amour rien qu'à nous. Je caresse ta nuque et j'ai l'impression que mon âme se recharge, que le blues des longues nuits d'hiver s'efface, qu'une vague de chaleur me ranime. Esme te serre très fort dans ses bras.

Ce n'est pas nous qui perdons la notion du temps, c'est le temps qui perd la notion de nous. Nous rajeunissons en accéléré, comme un cas médical étonnant, et revenons à un souvenir longtemps oublié : le moment où tu as fait la connaissance d'Esme.

C'était au Liban, sur la rive magique d'un petit lac, notre dernier week-end dans le monde arabe avant d'immigrer au Canada. Nous avons retiré nos vêtements sans réfléchir et dansé dans l'eau glacée jaillissant d'une petite source, sur un air que je faisais jouer sur mon portable. Nous rejoignons ce lieu magique, Esme, toi et moi. Nous en ramenons nos visages de jeunesse. Pendant que nous nous reposons sur le sable chaud, tu me demandes de raconter une histoire.

Couché sur le dos, je regarde le soleil qui brille entre deux montagnes. Ses rayons impriment sur mon visage des histoires de bonheur et de tristesse. Tu m'attires vers toi pour m'embrasser.

Esme me réclame elle aussi une histoire.

Je réponds d'une voix étouffée en pleurant, ma tête sur ton épaule :

— Impossible. J'ai trop peur de perdre mon amoureux.

Je t'étreins, ma vie mêlée à la tienne, des bouts de mon être mourant avec toi. J'ai horreur de te voir étendu là, dans ce lit trop étroit pour deux. Le monde nous abandonne. Tu me rends mon étreinte, m'embrasses sur le front et me réclames une histoire à nouveau.

Je demande plutôt à Esme de nous en raconter une :

— Dis-nous quelque chose de gentil et de neuf en portugais.

Elle a appris cette langue pour rendre hommage à son père.

— D'accord, commence-t-elle, son beau visage marqué de l'expression de tous les exilés. Il y a un mot que seuls les Brésiliens connaissent : *saudade*, rappelant la joie, le bien-être qu'inspire un souvenir.

— Ça veut dire « nostalgie », c'est ça ?

J'essaie de penser à un équivalent en arabe.

— Non ! La nostalgie n'est pas toujours positive. *Saudade* est un véritable sentiment de bonheur né de souvenirs heureux.

Mon esprit vagabonde un moment, puis je me couche à tes côtés dans le petit lit d'hôpital.

Avant ma naissance, ma mère en robe de mariée dans la vidéo, une promesse de bonheur sur le visage, ses longs cheveux bruns délicatement ornés de perles blanches, elle sourit à la caméra et à mon père. Ils échangent de petits morceaux de gâteau au chocolat.

Elle tourne sur elle-même comme un oiseau, sa robe flotte telle une rivière d'étincelles, belle et infinie.

À quinze ans, je vole la vidéo dans la collection de Docteur. Dans la penderie où je range chaque matin mes draps, chez ma grand-mère, je la cache dans un tiroir, avec ce qui reste de ma bibliothèque et une affiche de Kate Winslett courant dans un Titanic en plein naufrage.

— Dieu me pardonnera de désobéir à ses ordres ce matin, me dit entre deux quintes de toux ma grand-mère, incapable de se lever. Retourne te coucher toi aussi.

Mes yeux d'adolescent s'ajustent à l'obscurité, sur le balcon d'où je regarde Damas se réveiller. Les premiers rayons du soleil filtrent derrière les montagnes. La brise froide me frappe en pleine poitrine. En quête d'un peu de chaleur, je rentre pour regarder la vidéo, enveloppé dans une couverture à motif de tigre. Le son coupé, je vois ma mère tourbillonner à l'écran, et cette image efface sa colère sourde. Pendant quelques secondes, je me sens aimé.

À cinq ans, je nous revois : mon père fabrique avec des cordes à linge une balançoire sur le balcon, ma mère me porte sur ses épaules jusqu'à la cuisine. Elle prépare du café turc et m'explique, pendant que des bulles se forment dans la petite casserole :

— Il faut laisser le café sur le feu très longtemps, jusqu'à ce qu'il soit bien infusé, avant de le verser dans les verres.

C'est le jour où je bois ma première tasse de café, à moitié remplie de lait.

— Allons voir ce que fait ton père.

Avec chacun une tasse de café à la main, nous regardons mon père tirer la corde à linge pour s'assurer qu'elle est bien stable.

— C'est prêt, ma chérie.

Il attire ma mère vers lui et la fait asseoir sur ses genoux.

— J'ai fabriqué cette balançoire pour tes beaux yeux.

Elle lui répond :

— Moi, je construirai pour toi une tour.

Je les regarde avec de grands yeux, et je bois mon premier café à petites gorgées.

J'ai presque trente ans. Nous sommes dans notre lit, toi, réveillé par mon agitation constante dans mon sommeil ; moi, fiévreux.

Tu sautes du lit, t'habilles à la hâte, appelles quelqu'un. Ma fièvre est si forte qu'elle me trouble la vue. Je vois rouge, je suis en transe.

Quand je me réveille, on m'apprend que j'ai passé huit heures dans le coma, alors que j'ai l'impression de n'avoir dormi que quelques minutes. Tu as l'air épuisé, inquiet. Je tente de me redresser, mais tu me forces à rester couché. Tu m'apportes une bouteille d'eau quand je pointe le doigt vers ma gorge sans arrêter de tousser. Tes yeux se remplissent de larmes, ta voix se brise, comme si tu vivais ma souffrance, tu m'embrasses sur le front et m'ordonnes de me rendormir.

Le lendemain matin, je me réveille blotti contre ta poitrine. Je voudrais que le temps s'arrête, tant je me sens heureux. Je me rendors avec un sourire aux lèvres.

Aujourd'hui, dans cet hôpital de Vancouver, Esme et moi te regardons dormir. Elle me dit qu'il se fait tard, mais pour moi, ce sera toujours trop tôt. Il faut bien te laisser seul un instant pour aller remplir les papiers qui te permettront d'obtenir ton congé. Dans la salle d'attente, Esme pose la tête sur mon épaule et je l'observe en silence. Puis, d'un coup, je retire mon épaule et elle glisse et perd l'équilibre. Voulant l'empêcher de tomber complètement, je la retiens, mais trop tard, nous nous retrouvons tous les deux par terre, heureusement indemnes, avec le fou rire. Le personnel médical et les autres patients rient eux aussi, et le rire est contagieux.

LA SORCIÈRE ET LA TEMPÊTE DE SABLE

On laisse rarement le passé derrière soi. Même quand on l'oublie un peu, il en reste toujours quelque chose. Après avoir vu un raton laveur dans les buissons, un hiver, notre chienne grogne chaque fois qu'elle passe devant, même si l'animal n'y est plus.

Tu lis au lit à côté de moi. Je te demande si ça va. Tu hoches la tête en souriant. Tes yeux vitreux annoncent ton départ imminent. Je frissonne.

Les calmants te soulagent, mais ne peuvent rien contre le trou béant qui te ronge de l'intérieur et creuse ton visage. Ils ne peuvent rien contre l'effritement d'un monde où l'on suit son destin, et s'égare pourtant. J'ai peur.

Je te réponds que je suis content, mais mon ton est plus brusque que je ne l'aurais voulu. On dirait que tu n'as pas besoin de moi.

Tu n'as rien fait pour mériter mon impatience. Elle est le fruit de la peur et de la déception que j'avais cru laisser derrière moi, sans jamais réussir tout à fait. Ton sourire d'automate ne m'irrite même plus, ni ton habitude de prendre toute la place dans notre lit, ni ton manque de respect pour mon espace vital.

Je n'ai pas envie de ces soliloques qui font si mal. Prétextant la fatigue, je me tourne vers le mur et éteins la lumière. Tu attends un moment, puis glisses la main sous la couverture et m'attires vers toi. Je grogne un peu, comme la chienne; je suis troublé même si je n'ose pas me l'avouer. Nous gaspillons la nuit à débattre de ma mauvaise humeur.

L'ange de la mort s'invite dans notre dispute à propos de gestes d'amours jamais posés. Tels des enfants, nous refusons d'accepter nos différences et la futilité de nos désaccords. Il pose ses phalanges glacées sur mes épaules et déroule devant mes yeux ma vie avec toi. Nos disputes se matérialisent dans un gigantesque livre pop-up. Je tourne les pages et revois toutes nos querelles, l'une après l'autre. À mesure que je recule dans le temps, nos silhouettes en papier rajeunissent et s'estompent. Elles nous rapprochent, comme en une étreinte, et nous nous battons avec la passion des amoureux.

Mon double en papier jaillit d'une vieille page, devant une version de toi qui pleure. Grande souffrance morale. Plus loin dans le livre, nous apparaissons, heureux, tels des enfants inconscients de la rareté de cette émotion. Une autre page montre nos deux silhouettes, la mienne affrontant en duel des démons de ma création.

Les termes que tu avais utilisés: « Des démons de ta création ». Tes paroles apparaissent dans une bulle de bande dessinée à côté de ta tête. Je détourne les yeux, change de page, cache ma peine.

La plupart de nos disputes reposaient sur des erreurs de bonne foi. Nous claquions la porte d'un air théâtral et finissions toujours par nous réconcilier après avoir successivement refusé, puis accepté, de négocier. En rétrospective, nos disputes nous semblaient d'une inanité inouïe. Nous déclarions forfait, laissions le nerf de la guerre se détendre. Et ce cycle recommençait sans cesse, pour des sujets toujours plus insignifiants.

Je continue de feuilleter le livre et tombe sur une querelle dont je me souviens parfaitement. Je m'en explique à l'ange de la mort:

— C'était pour une raison idiote. Je déversais toutes mes angoisses sur lui, à l'époque.

Tu n'as pas oublié, toi non plus. Drôle de dispute, pour une broutille. À l'époque, j'avais besoin qu'on me témoigne de l'amour, et qu'on me foute la paix en même temps. Un peu contradictoire. Je t'attirais d'une main et te repoussais de l'autre. Je réagissais à tout ce que tu faisais. Nous nous battions, nous aimions, nous battions encore. Un vrai cauchemar. Tu n'en pouvais plus.

Je ferme les yeux et nous revois au lit, tard dans la nuit silencieuse de Vancouver. « Des démons de ta création. » Nous étions à deux doigts de la rupture. Ensuite, nous nous sommes séparés pendant trois longues années. Après notre réconciliation, nous avions évité d'en reparler.

Pendant cette période de célibat, j'ai confronté les démons de mon enfance, et d'abord le spectre de ma mère, qui hantait ma maison. Sur ses genoux, dans la balançoire en corde à linge, je découvrais les immeubles ensoleillés de Damas et le ciel sans fin. Le soleil chauffait nos visages. Elle me poussait sur la balançoire en souriant.

À six ans, elle m'avait emmené au Crac des Chevaliers. En pénétrant dans le tunnel de la forteresse où l'écho résonnait, je lui avais pris la main en lui disant :

— N'aie pas peur, maman, je suis là pour te protéger.

Et pourtant, c'était moi qui étais terrifié et serrais ses doigts de toutes mes forces. Elle m'avait répondu qu'elle me protégerait, elle aussi.

Un peu de lumière filtrait par un ajour percé dans les parois.

Aujourd'hui, je me sens tout petit, dans notre lit. Tu me prends dans tes bras et tes murmures me titillent les oreilles. Je te raconte comment ma mère a accusé ma grand-mère de sorcellerie. Elle a fait nos valises pour nous emmener à un rendez-vous imaginaire avec le chanteur Ragheb Alama, une nuit.

Je frissonne en te racontant cet épisode :

— Je me sens prisonnier de ses démons à elle. Peut-être que je perds la tête, que j'imagine tout cela et qu'en fait, je suis en train de regarder la télé toute la journée dans mon salon poussiéreux de Damas.

Tu me fais taire d'un baiser qui envoie de chaudes mélodies le long de ma colonne vertébrale, et me demandes :

— As-tu l'impression que c'est ça, ta réalité ?

— Non, c'est une réalité alternative.

Un peu hésitant, l'ange de la mort sort de sous sa cape le fantôme de ma mère, qui me demande en souriant :

— Raconte-moi une histoire, *hakawati*, mon fils.

À côté d'elle, un arbre se met à pousser. D'abord tout petit, il ne demande qu'un peu d'attention, puis devient plus grand, immense. À l'une de ses branches est attachée une balançoire en corde à linge, prête à l'accueillir. Elle se met à se balancer, et moi à raconter.

I

Il la regarde d'un œil curieux. Elle sort de son petit sac une poignée de billets bleus, rouges et jaunes, et les pose en tas sur la table devant lui, avant de rajuster ses épaisses lunettes sur son nez.

Il met la main dessus, de peur que la brise marine ne les emporte. L'image de la vieille femme se reflète sur la vitre fissurée de son bureau en points blancs sur les éclats de verre. Il lui dit d'une voix forte :

— C'est bon pour une heure, peut-être un peu plus. Il faut rentrer au port avant que le temps soit écoulé.

Elle hoche la tête, ramasse un petit sac de plastique posé sur le sol à côté d'elle, rentre distraitement ses mèches blanches dans son voile.

Il la regarde anxieusement s'éloigner en direction du navire. Il consulte sa montre et se demande comment elle l'a convaincu de lui louer ce bateau. Elle devra payer plus cher si elle le ramène en retard.

Un vent froid se lève. Il fixe l'horizon qui s'assombrit et les lumières du bateau qui brillent dans le soleil couchant, sans remarquer, au loin, un petit nuage noir et ambitieux, promesse d'une tempête imminente.

II

Elle a recommencé à entendre des voix. Le téléphone sonne. Elle se sent obligée de répondre. Les voix lui suggèrent tantôt de gaies escapades, tantôt de lourds sacrifices. Elles lui disent d'extraire les démons des yeux de son enfant, alors un jour, elle entre dans sa chambre avec un couteau.

— Ne me touche pas ! s'écrie son fils. Ne t'approche pas de moi !

Il n'est plus un enfant. Grand, les cheveux longs, une barbe de quelques jours, il lui dit qu'elle est folle. Elle n'y comprend rien : pourquoi refuse-t-il qu'elle empêche les démons de le plonger dans le pays des cauchemars ? Il n'y a là rien de mal, elle ne fait que le protéger. Elle fait son devoir et ne veut qu'une seule chose : son bonheur, auprès d'une femme qui saura le retenir, garder les mauvais rêves loin de son foyer et purifier son âme.

Pendant les quatre années suivantes, elle repense souvent à cette nuit-là, sans savoir dans quelle catégorie la placer. Elle avait trouvé une clé brisée dans la serrure après le départ de son fils, et frappé, frappé, sans que personne ne vienne lui ouvrir. Des larmes silencieuses et des cris de douleur avaient rameuté les voisins. Son fils ne lui avait même pas dit au revoir.

Malgré ce rejet, elle continue de s'intéresser à ses études. Elle le rejoint à l'université avec un grand sourire factice, son petit sac serré sur la poitrine, rajustant constamment ses lunettes épaisses sur son nez. Il demande à ses amis de la raccompagner chez elle sans dire un mot.

Lors de ces nombreuses visites importunes, elle essaie de lui parler, mais il accélère le pas. Tout ce qu'elle veut, c'est qu'il ralentisse un peu, pour qu'elle puisse reprendre son souffle et replacer ses grosses lunettes sur son nez.

Elle découvre son adresse en le suivant de loin. Lorsqu'il sort, elle passe des heures à bavarder avec sa logeuse. Les deux vieilles deviennent amies et la logeuse la laisse entrer dans l'appartement de son fils.

Puisqu'elle a du temps devant elle avant qu'il rentre de l'université, elle fait le ménage, pose des fleurs près du lit et un baiser sur chaque page de ses livres. Pour éloigner le Monstre des Ombres, elle laisse une chandelle brûler sur le bureau.

Ce n'est qu'à sa prochaine visite, deux semaines plus tard, qu'elle apprend, pour l'incendie.

Une nuit d'octobre, il finit par lui parler de ses projets d'immigration au Canada. Viendra-t-il la voir, le soir, et dîner avec elle ? Il lui explique que c'est un autre pays, au-delà des mers, et que lui rendre visite tous les jours ne sera pas possible. Blessée, elle détourne les yeux et se tait.

À l'université, il venait la voir parfois, songe-t-elle, et pourtant, ce n'était pas tout près ! Pourquoi ne ferait-il pas de même quand il serait au Canada ?

Le jour de son départ, elle se lève de bonne heure, lui prépare un gros sac avec de la nourriture et se rend directement au port. C'est là qu'il la serre dans ses bras une dernière fois, lui embrasse au moins trois fois les épaules et une fois le front, et lui recommande de prendre soin d'elle-même. Elle lui fourre le sac dans les mains.

Il sourit poliment et s'excuse de ne pas pouvoir accepter, car les règlements l'interdisent. Elle insiste, et il finit par prendre le sac pour lui faire plaisir.

De loin, elle le voit passer le portail du port et jeter le sac près d'une poubelle, puis tâter ses poches à la recherche de son passeport. Il ne se retourne pas une seule fois avant de disparaître dans le bâtiment portuaire.

Il doit avoir oublié le sac, songe-t-elle, et elle se précipite vers la poubelle. Elle ramasse le sac et court le plus vite qu'elle peut vers le portail, où elle consacre de longues minutes à supplier un garde de la laisser entrer.

Après avoir échoué, elle reste là, sur le sable, le sac à la main, les yeux fixés sur le navire qui s'éloigne. C'est alors qu'elle décide de faire quelque chose.

III

Le lendemain de la tempête, la petite Alice joue dans le sable froid et humide. Parmi les objets rejetés par les vagues déchaînées, elle trouve une paire de lunettes épaisses comme en portent les vieilles, avec une lentille brisée.

Elle rit et court les montrer à son père, qui sourit, lui ôte les lunettes du visage et les lance à la mer. Elles brillent quelques instants avant de disparaître dans les vagues.

Ma mère est demeurée au pays des années après que nous ayons abandonné Damas pour Vancouver. Ses racines étaient plongées au cœur de sa terre natale. Elle passait son temps à regarder la télé ou allait se promener en attendant que les choses se calment. La nuit, elle laissait ses cheveux retomber sur ses épaules, des météorites d'argent y étaient apparus sans lui demander la permission. Elle rêvait d'ériger une tour pour surmonter la guerre qui faisait rage autour d'elle. Sa chevelure poussait. De moins en moins de gens se souvenaient d'elle. Un jour, elle ferma toutes les fenêtres et les portes de sa maison, et on ne la revit plus jamais. La dernière fois, c'était quand elle avait jeté la télé par la fenêtre, avant de clore les volets pour de bon.

Ce jour-là, une tempête de sable comme on n'en avait jamais vu se leva sur la Syrie et couvrit tout sur son passage. La première nuit, les morts furent nombreux, des combattants de tous bords restés dehors pour se tuer les uns les autres. Citoyens et fonctionnaires furent incapables de trouver une explication à l'étrange phénomène. Plusieurs croyaient que c'était la juste rétribution d'Allah pour tout ce sang versé dans les villes de Syrie. La deuxième nuit, la tempête de sable s'intensifia et emporta avec elle les terroristes de l'État islamique, qui explosaient en l'air comme autant de feux d'artifice. Elle balaya aussi les blindés du régime et empêcha l'aviation de poursuivre ses bombardements. Les gens supplièrent l'immortel président de trouver une solution, mais il n'y pouvait rien. Il conseilla à tout le monde de rester calme et de lui faire confiance : toutes ses décisions étaient si judicieuses. La troisième nuit, les Syriens fuyèrent en grand nombre leur pays transformé en désert de sable, que seuls les fermiers, tous morts à la guerre, auraient pu reverdir. Les hommes du président l'implorèrent de partir, mais il refusa. Comme ma mère, il ferma toutes les fenêtres et les portes de son palace, remplit le frigo et se barricada à l'intérieur. La quatrième nuit, le palace fut recouvert de sable.

À la fin de mon histoire, tu me dis :

— *Hakawati*, c'est l'amour qui rend le monde réel. Je n'ai aucun moyen de te réconforter face à ta réalité.

Dans ton monde, la tempête de sable ne s'est jamais levée, la guerre n'a jamais cessé et les palaces n'ont jamais été ensevelis.

Tu m'assures que le monde est bien réel, que je ne suis pas en train de perdre la tête. L'ange de la mort a le fou rire.

Une tempête de sable mettrait fin à toutes nos disputes. Je me déchire en moi-même, et nous nous déchirons, tous les deux. Nous nous embrassons, je te serre contre mon cœur et te dis que je t'aime.

Sur notre balcon, une fleur de jasmin s'ouvre et chante un air de printemps. Au cœur de Damas, les jeunes pousses percent le sable et les bourgeons éclosent au printemps et couvrent la ville de fleurs blanches. Les branches de jasmin forment tantôt un grillage emprisonnant certains bâtiments, tantôt un joli treillis ouvrant les portes d'autres édifices qui émergent du sable. Dans le lit de la Barada, une rivière renaît, plus forte que jamais.

Un baiser referme la brèche dans notre univers, les oiseaux reviennent, se rassemblent en masses sombres. Les gens, inconscients de leurs blessures internes, reprennent leur course folle. L'ange de la mort, d'un geste de la main, nous laisse passer nos derniers moments ensemble.

— Il est presque temps, murmure-t-il, et il quitte la pièce.

Nous revoilà seuls dans notre chambre, à Vancouver, dans notre lit, les yeux dans les yeux.

Nous nous embrassons. Je cache mes larmes. Nous nous embrassons encore.

LE CONTE DE CELUI QUI ÉCOUTE

Tu me demandes de te raconter une dernière histoire.

Je te réponds, les larmes aux yeux :

— D'accord, mais tu dois la croire jusqu'au bout, celle-là.

Tu précises, c'est un conte de fées que tu veux.

— En fait, j'ai déjà commencé à te raconter cette histoire. Mais ce commencement, c'est tout ce qu'il y a.

— Je veux savoir comment elle finit, *hakawati*.

— Personne ne sait comment finissent les histoires. On n'en écrit que le début.

Une petite sirène cache ses seins sous de petits coquillages ; le marin n'a jamais vu de telles merveilles. Rusé, il imite les sourires des enfants tristes pour la persuader de lui laisser goûter ces fleurs inaccessibles. La sirène lui refuse son amour et rejette son adoration. Elle s'enfuit sous l'eau en agitant sa queue de sirène et replonge dans le pays de son grand-père le roi, Seigneur des Sept Mers. Elle sauve pourtant le marin.

La sirène accepte son destin de créature de la mer. Elle refuse d'échanger sa voix contre des jambes qui lui permettraient de marcher à son aise sur terre. Les amoureux s'endorment chacun dans son monde. La sorcière de la mer continue de hanter leurs songes à tout jamais.

Tu m'ordonnes, tel un sultan :

— Assez ! C'est l'histoire de Beyrouth.

La capitale libanaise est une ville indisponible où se brisent les rêves et se rompent les promesses. On ne s'y dit qu'« au revoir ». Belle sirène, gardée par des seigneurs de la guerre, elle nous salue de la main, à côté du phare abandonné, parmi les étudiants qui se font bronzer et la guerre qui fait rage dans les banlieues. Ils se rassemblent pour regarder la petite sirène se perdre dans la foule.

Tu me demandes de reprendre depuis le début, et je proteste :

— Quelle différence cela pourrait-il faire ?

À Beyrouth, nous étions mal à l'aise, avant de tomber follement amoureux de cette ville, malgré tous ses défauts. Nous prenions le téléphérique pour visiter le temple de Harissa, au sommet des montagnes, à Jounieh, et nous photographier à côté de la statue de la vierge Marie. Nous lui demandions de nous protéger comme elle avait protégé cette ville. Là-haut, nous sentions la brise légère sur nos visages. Je me retenais de te prendre la main, de peur de m'attirer des regards obliques.

Marie n'a jamais réussi à protéger les gens qui lui importaient. La guerre a laissé sa marque sur la ville, les immeubles toujours debout malgré les nombreux trous de balle, les visages de gens qui ne peuvent plus accepter d'autres étrangers venus partager leur supplice. Un jour que tu rentrais du travail, tu m'avais surpris en pleine crise de larmes. Te précipitant vers moi, tu m'avais demandé en me caressant les cheveux ce qui n'allait pas :

— Quelqu'un est mort ?

Je n'arrivais pas à oublier le visage d'un Syrien au bulletin de nouvelles. À Bourj Hammoud, il avait été attaqué par quatre hommes l'accusant d'avoir violé leur sœur. Je ne savais pas si c'était vrai.

Ils l'avaient lapidé. Dans les médias sociaux circulait une photo épouvantable de son visage. La plupart des commentaires remerciaient ses agresseurs d'avoir vengé l'honneur de leur sœur. À mon avis, c'est parce qu'il n'était qu'un réfugié. Son meurtre passerait inaperçu, sa mort ne serait mentionnée nulle part. Le pire, c'est que cet homme me ressemblait.

Sur son visage tuméfié se superposait le mien : nez large, yeux et cheveux bruns, barbe soigneusement taillée, grain de beauté sur la joue. Tu m'as serré dans tes bras et as insisté pour que je sorte de la maison.

Ce soir-là, nous sommes allés en boîte avec Maryam et Esme. Maryam avait changé depuis la dernière fois, elle avait les cheveux longs, le regard fuyant. Elle venait nous voir à Beyrouth, puis disparaissait pendant des mois, avant d'émigrer en Afrique du Sud. Esme a vécu un an ou deux à Beyrouth, près d'Achrafieh, avant de s'installer au Brésil.

Esme avait convaincu le videur du club le plus chic de Beyrouth, le B 018, de nous laisser entrer. Au cœur de Karantina, une porte anonyme au milieu d'une aire de stationnement s'ouvrait sur un escalier menant à un tunnel. Aucune chance de le remarquer sans être dans le secret. Un stationnement vaste et désert, mais un club plein de vie et de gens magnifiques qui dansaient au rythme des meilleurs DJ du monde et buvaient des cocktails au coût prohibitif.

— Savez-vous pourquoi on appelle cette zone Karantina ? avait demandé Maryam pendant que nous fumions une cigarette, dehors.

Ce mot signifiait familièrement : « contenant ».

— Quand les réfugiés palestiniens sont arrivés, le gouvernement les a restreints à cette zone, avait-elle expliqué, les yeux fixés sur le quartier vide. Pendant l'invasion israélienne du Liban, tous les Palestiniens ont été massacrés. Le gouvernement a mis ces terrains en vente, et le nouveau propriétaire en a fait la boîte la plus chic en ville.

Avec ses murs noirs et ses sièges en forme de tombeaux, le club avait été conçu comme un charnier. L'escalier qui menait sous terre marquait les esprits et faisait penser aux visages tuméfiés des victimes. La musique brisait les chaînes qui nous reliaient à une humanité peu éprise de liberté. Une facétie que la nouvelle génération, ignorante du passé, ne comprenait pas.

Moi, j'avais l'impression de voir des fantômes d'anciens réfugiés au cœur éteint, au visage inerte, au corps démembré, danser avec nous au milieu d'une foule select vêtue de vêtements griffés, buvant et riant au rythme de la musique.

Beyrouth est une ville qui n'aime personne. Tu n'es pas d'accord :

— Elle en a pourtant accueilli, des réfugiés, avant nous. Elle a fini par se durcir, à force de se faire briser le cœur, et aujourd'hui, elle résiste à l'amour. J'aurais aimé que tu y vives avec moi dans le monde des vivants, loin de tes démons.

Tu soulèves doucement mon bras et poses ton visage sur ma poitrine. Ton pouls est faible, ton souffle court, tes yeux esquissent leur ultime danse. Je te supplie de rester avec moi, je te raconterai d'autres histoires, je te garderai parmi les vivants.

Une petite sirène cache ses seins sous de petits coquillages ; le marin n'a jamais vu de telles merveilles. Il n'y fait même pas attention, certain d'avoir devant lui une illusion qui lui suggère des pensées honteuses. Il abandonne toute quête d'amour. La sirène n'est que le rêve d'un homme qui marche sur la plage, le long d'une mer aimée, sans savoir pourquoi il l'aime tant. Il laisse derrière lui son existence de marin ; il monte dans sa voiture et rentre chez lui.

Chemin faisant, sa vie se déroule devant lui sur la vitre argentée de son pare-brise, ennuyante, solitaire, dépourvue d'amour. Il se sent brisé à l'intérieur et ignore comment rejoindre la sécurité du rivage. La pluie tombe sur la vitre, tant et si bien qu'il finit par remarquer la réflexion de la belle sirène, qui l'a suivi dans sa voiture et se cache sur la banquette arrière.

Dans le rétroviseur, il regarde cette image magnifique et a peine à en croire ses yeux. La clarté des réverbères brille sur cette créature de lumière. Elle tente de communiquer avec le marin au moyen de gestes et de signes, puisqu'elle a donné sa voix à la sorcière des mers. Le marin siffle un chant d'amour et de désir. Il ne sait pas que ses paroles sont aussi celles d'amoureux tristes et de rêves brisés. Il chante des airs qui parlent de la pluie, de la vie qui attend la sirène sur terre.

À travers la fenêtre, la petite sirène aperçoit la boue, la vase et la poussière, et se sent le cœur brisé. À la vue des sillons laissés par la pluie sur la vitre, telles des traces de larmes, elle songe à son monde qui lui manque. Elle ne veut pas rester là à attendre un amoureux sur un rocher le long du rivage, avec des chants pour réchauffer un monde froid, plein de boue. Elle veut retourner à la mer pour qu'une vague après l'autre emporte ses vieux coquillages.

La sirène en portera donc de nouveaux pour cacher ses fleurs de mer au marin qui n'a jamais rêvé d'une pareille merveille.

Tu protestes, t'agites :

— Je n'aime pas cette histoire.

L'ange de la mort jette un coup d'œil par l'embrasure et se demande ce qui se passe, puis retourne dans le corridor pour nous laisser un dernier moment d'intimité.

Tu continues, le souffle de plus en plus court, la main tendue vers moi :

— Notre histoire n'est pas encore finie ! Ne parle plus du Caire, s'il te plaît.

La sirène chante des chants de solitude et d'abandon dans les rues du Caire. Des hommes vêtus de noir et de vert s'emparent d'elle et on ne la reverra plus jamais. L'histoire se répète sans fin au Caire, où les cœurs sont condamnés à être brisés. Quelle tristesse que l'histoire de cette ville plus vieille que sa propre mémoire, où les habitants s'invectivent les uns les autres depuis le début des temps !

Pendant la révolution de janvier 2011, cherchant une nouvelle voie, l'Égypte a tenté de changer le fil de son histoire, d'abandonner le cycle sans fin décrété par les dieux qui l'ont de tout temps dirigée. J'ai depuis longtemps quitté cette ville, mais elle vit toujours en moi. À Damas, dans ma maison pleine d'amies lesbiennes, je visitais furtivement les sites Web pendant que mes amies ne regardaient pas.

Les gens marchaient dans les rues du Caire avec des drapeaux. Ils priaient sur le pont Qasr al-Nil, qui mène à la place Tahrir, et se faisaient disperser par les hommes de main du gouvernement avec de l'eau sous pression et du gaz lacrymogène. Le père Noël, avec son gros ventre et ses lourdes bottes, avait manifesté, lui aussi, pour demander des emplois décents, du pain et de la justice sociale. Juste avant qu'on lui tire dessus, il avait crié au soldat qui pointait son arme vers lui :

— C'est mon pays, j'ai le droit de vivre !

Le père Noël a perdu son œil gauche ce jour-là. À son réveil, entouré de murs blancs et d'infirmiers vêtus de blanc, il avait mis un moment à comprendre où il se trouvait et un autre pour réaliser qu'il ne voyait plus que d'un seul œil. Comme moi avant lui, il avait tâté son corps à la recherche d'autres blessures.

Fady a fini par accepter sa sexualité. Il est tombé amoureux d'un Italien qui vivait en Égypte à l'époque de la révolution de 2011. Ils ont fui le pays ensemble, l'organisme humanitaire pour lequel travaillait son compagnon évacuait ses employés et leurs conjoints. Il a vécu à Rome pendant des années, jusqu'à ce qu'ils retournent tous les deux en Égypte pour y passer le reste de leurs jours.

Les manifestations se sont poursuivies, mais le régime, que le passage du temps laisse indemne, n'a pas changé : le roi est mort, vive le roi !

Le Caire ressemble à une sirène qui aurait échangé sa voix contre deux belles jambes. Ses choix la définissent et reflètent sa véritable personnalité. Impossible d'effacer le passé, ou de le cacher. La poussière n'est jamais bien loin, toujours balayée sous le tapis. Les choix que j'ai faits dans la vie me hantent et m'entraînent dans un enfer, dont seule ton étreinte est capable de me sortir.

Je te dis que tout ce que j'ai vraiment voulu, dans ma vie, c'est te connaître, sans zones d'ombre.

Tu me réponds :

— J'ai toujours été celui que tu voulais que je sois.

Tu as compris que je souffrais, même si je n'arrivais pas à décrire ma douleur. Tu es resté à mes côtés pour me protéger de mes démons. Sans toi, je me cassais la figure et m'effondrais sur les rives de mes fantasmes.

Je t'arrache à un autre moment de lumière agonisante.

Tu me pries d'arrêter de scander des chants de douleur et de souffrance, et moi, je te demande si tu as compris mon histoire :

— Ne m'en demande plus, si tu n'aimes pas ce que je raconte.

— Tu continueras, *hakawati*, car tu aimes t'entendre raconter toi-même.

Une petite sirène cache ses seins sous de petits coquillages ; le marin n'a jamais vu de telles merveilles. Elle le voit venir de loin et prend peur. Il tend vers elle des jouets brillants et des oiseaux chantants, et réussit à lui arracher un sourire. Sa longue chevelure bleue comme un jour d'été ressemble aux feuilles de cet arbre qui borde les rivières et dont le marin a oublié le nom. Ses yeux portent le bleu des vagues et pleurent de l'eau salée. Elle avance la main vers les jouets d'un air craintif.

Hélas, juste au moment où son sourire se transforme en rire, son père, le roi Marduk des Sept Mers, fait son apparition, armé de son gros trident et de trois épées, debout dans son magnifique attelage tiré par six dauphins. Un cadeau de son frère, le dieu mésopotamien Assur, qui a fait fabriquer son propre char de guerre dans le même bois. Le marin tente de lutter contre le raz-de-marée qui le frappe de plein fouet. En vain. La vague brise son rêve bleu, celui de se reposer dans la chevelure ondulante de la sirène. Marduk, dieu vengeur, l'engloutit dans les flots. Les mains du marin demeurent figées dans un ultime geste de surprise totale.

Tu me demandes, comme un enfant impatient :

— Arrête ! C'est l'histoire de Damas, la ville qui t'a tant déçu.

Damas est une petite sirène aux cheveux bleus et aux yeux rouges qui pleure des larmes de sel. Une fillette qui se noie au fond de l'océan. Nous avons tenté de la sauver plusieurs fois, et retrouvé son corps perdu dans la mer rougie de sang. Comme un père sur la plage qui clame le nom de son enfant emporté par les vagues, tu ne cesses de crier celui de Damas, année après année.

Tu parles à ta chère ville comme à une enfant disparue que tu aurais trop aimée. Tel un père dévoué qui jetterait des chocolats dans l'océan pour une morte, tu envoies tes souvenirs d'amour à la ville qui t'a vu naître. Tu crains de l'oublier, face aux vagues de Marduk, qui inonde la ville nichée entre les montagnes.

Tu te tais, comme le marin qui a compris que seul importe l'amour. Tu pleures pour la sirène telle une fille née de toi que tu imagines devenue femme. Aux côtés de millions de réfugiés, dans le café des oubliés, tu te plains des vagues inlassables qui déferlent sur le rivage. Tu envoies un message dans une bouteille, que la mer recrache. La fille aux cheveux bleus est sur la rive de la Méditerranée, les pieds mouillés et couverts de sable. Elle te salue gentiment de la main.

Tu as dominé tes démons et glacé tes pleurs. Tu acceptes enfin de ne plus jamais revoir ta chère ville. Les yeux fixés sur moi, tu me caresses le visage et murmures :

— À mon tour de te conter une histoire.

Surpris, je tends l'oreille. Dans l'obscurité, je scrute ton visage à moitié assombri, tes yeux. Tu souris et ta barbe, blanche et broussailleuse, brille autour de tes dents. Tu commences ton court récit :

— Sais-tu quel est mon premier souvenir ? En haut de l'escalier, j'attendais mon père, qui rentrait toujours chez nous, à Damas, avec des fruits et des sucreries. Un petit garçon a passé devant moi en poussant une pierre du pied. J'ai tout de suite senti un lien étrange entre nous. Je lui ai demandé de jouer avec moi et il a accepté, sans façon. Nous avons sauté à la corde à danser et joué au *dahal* en riant sans arrêt.

Ce petit garçon avait passé un bon moment. Tu n'avais pas changé sa vie, sans doute, mais donné à son âme un peu d'espace pour respirer. De loin, la mère de cet enfant, jeune et belle avec ses cheveux noirs qui glissaient sur ses épaules, avait pris une photo de vous deux.

Les larmes aux yeux, je me rappelle cette photo qui brûlera quelques années plus tard sur le balcon d'une maison sans lumière. On y voyait deux petits garçons jouant à la corde à danser et riant de bon cœur.

Je traverse le temps qui sépare ce jeu innocent de ton agonie à mes côtés, le cœur toujours bon, l'âme en partance, et t'attire vers moi, t'embrasse tendrement et te dis pour la dernière fois que je t'aime.

Tu réponds en souriant dans un souffle, ton dernier :

— Je sais.

Ta voix est pure comme une première goutte de pluie. Tu fermes les yeux. Tu t'endors.

TABLE DES MATIÈRES

DANS LA MÊME COLLECTION

Gouverneurs de la rosée, Jacques Roumain

Nègre blanc, Jean-Marc Pasquet

Trilogie tropicale, Raphaël Confiant

Brisants, Max Jeanne

Une aiguille nue, Nuruddin Farah

Mémoire errante (coédition avec Remue-Ménage), J.J. Dominique

Dessalines, Guy Poitry

Litanie pour le Nègre fondamental, Jean Bernabé

L'allée des soupirs, Raphaël Confiant

Je ne suis pas Jack Kérouac (coédition avec Fédérop), Jean-Paul Loubes

Saison de porcs, Gary Victor

Traversée de l'Amérique dans les yeux d'un papillon, Laure Morali

Les immortelles, Makenzy Orcel

Le reste du temps, Emmelie Prophète

L'amour au temps des mimosas, Nadia Ghalem

La dot de Sara (coédition avec Remue-Ménage), Marie-Célie Agnant

L'ombre de l'olivier, Yara El-Ghadban

Kuessipan, Naomi Fontaine

Cora Geffrard, Michel Soukar

Les latrines, Makenzy Orcel

Vers l'Ouest, Mahigan Lepage

Soro, Gary Victor

Les tiens, Claude-Andrée L'Espérance

L'invention de la tribu, Catherine-Lune Grayson

Détour par First Avenue, Myrtelle Devilmé

Éloge des ténèbres, Verly Dabel

Impasse Dignité, Emmelie Prophète

La prison des jours, Michel Soukar

Coulées, Mahigan Lepage

Maudite éducation, Gary Victor

Je ne savais pas que la vie serait si longue après la mort, dirigé par Gary Victor

Jeune fille vue de dos, Céline Nannini

L'amant du lac, Virginia Pésémapéo Bordeleau

La nuit de l'Imoko, Boubacar Boris Diop

Les chants incomplets, Miguel Duplan

La dernière nuit de Cincinnatus Leconte, Michel Soukar

Cures et châtiments, Gary Victor

Des vies cassées, H. Nigel Thomas (traduit par Alexie Doucet)

Le testament des solitudes, Emmelie Prophète

Première nuit : une anthologie du désir, collectif dirigé par Léonora Miano

La maison des épices, Nafissatou Dia Diouf

L'enfant hiver, Virginia Pésémapéo Bordeleau

Quartz, Joanne Rochette

Fuites mineures, Mahigan Lepage

Les brasseurs de la ville, Evains Wêche

Le vieux canapé bleu, Seymour Mayne

Volcaniques : une anthologie du plaisir, collectif dirigé par Léonora Miano

Le bout du monde est une fenêtre, Emmelie Prophète

Manhattan Blues, Jean-Claude Charles

Le parfum de Nour, Yara El-Ghadban

Le jour de l'émancipation, Wayne Grady (traduit par Caroline Lavoie)

Le petit caillou de la mémoire, Monique Durand

Bamboola Bamboche, Jean-Claude Charles

Nuit albinos, Gary Victor

Le bar des Amériques, Alfred Alexandre

De glace et d'ombre, H. Nigel Thomas (traduit par Christophe Bernard et Yara El-Ghadban)

Le testament de nos corps, Catherine-Lune Grayson

La femme tombée du ciel, Thomas King (traduit par Caroline Lavoie)

Sans capote ni kalachnikov, Blaise Ndala

Adel, l'apprenti migrateur, Salah El Khalfa Beddiari

Phototaxie, Olivia Tapiero

Écorchées vivantes, collectif dirigé par Martine Fidèle

Manikanetish, Naomi Fontaine

Sainte dérive des cochons, Jean-Claude Charles

160 rue Saint-Viateur Ouest, Magali Sauves

Masi, Gary Victor

Je suis Ariel Sharon, Yara El-Ghadban

Cartographie de l'amour décolonial, Leanne Betasamosake Simpson (traduit par Arianne Des Rochers et Natasha Kanapé Fontaine)

Le rossignol t'empêche de dormir, Steven Heighton (traduit par Caroline Lavoie)

Le chant de Corbeau, Lee Maracle (traduit par Joanie Demers)

Les enfants du printemps, Wallace Thurman (traduit par Daniel Grenier)

Ben Aïcha, Kebir Ammi

La balançoire de jasmin, Ahmad Danny Ramadan (traduit par Caroline Lavoie)

Jonny Appleseed, Joshua Whitehead (traduit par Arianne Des Rochers)

Débutants, Catherine Blondeau

Tireur embusqué, Jean-Pierre Gorkynian

On se perd toujours par accident, Leanne Betasamosake Simpson (traduit par Arianne Des Rochers et Natasha Kanapé Fontaine)

Boat-People, Sharon Bala (traduit par Marc Charron et Véronique Lessard)

Ayiti, Roxane Gay (traduit par Stanley Péan)

Balai de sorcière, Lawrence Scott, (traduit par Christine Pagnoulle)

Laisse folie courir, Gerda Cadostin

Les villages de Dieu, Emmelie Prophète

Dans le ventre du Congo, Blaise Ndala

Annie Muktuk et autres histoires, Norma Dunning (traduit par Daniel Grenier)

Le K ne se prononce pas, Souvankham Thammavongsa (traduit par Véronique Lessard)

Mémoire d'encrier reconnaît l'aide financière
du Gouvernement du Canada
par l'entremise du Conseil des Arts du Canada,
du Fonds du livre du Canada
et du Gouvernement du Québec
par le Programme de crédit d'impôt pour l'édition
de livres, Gestion Sodec.

Mémoire d'encrier reconnaît également l'aide financière du Gouvernement du Canada par l'entremise du Programme national de traduction pour l'édition du livre, initiative de *la Feuille de route pour les langues officielles du Canada 2013-2018 : éducation, immigration, communautés*, pour ses activités de traduction.

Mémoire d'encrier est diffusée et distribuée par :
Harmonia Mundi livre : Europe
Diffusion Gallimard : Canada
Communication Plus : Haïti

Dépôt légal : 3e trimestre 2019

Édition originale : *The Clothesline Swing*, Nightwood Editions, Bristish Columbia, 2017.

ISBN 978-2-89712-633-9
LCC PS8635.A4613 C5614 2019 | CDD C843/.6—dc23

Révision : Jeannot Clair, Leila Tahir, Monia Mazigh,
Yara El-Ghadban, Rodney Saint-Éloi, Élise Nicoli
Mise en page : Pauline Gilbert
Couverture : Étienne Bienvenu

MÉMOIRE D'ENCRIER

1260, rue Bélanger, bur. 201 • Montréal • Québec • H2S 1H9
Tél. : 514 989 1491
info@memoiredencrier.com • www.memoiredencrier.com

IMPRIM'VERT®

L'OUVRAGE *LA BALANÇOIRE DE JASMIN*
DE AHMAD DANNY RAMADAN
EST COMPOSÉ EN ADOBE GARAMOND PRO 11,5/13,5.
IL EST IMPRIMÉ EN FRANCE
SUR DU PAPIER ISSU DE FORÊTS DURABLEMENT GÉRÉES
ET DE SOURCES CONTRÔLÉES
EN MARS 2021
PAR CPI FIRMIN DIDOT (162889)
POUR LE COMPTE
DES ÉDITIONS MÉMOIRE D'ENCRIER.